DESIDERI INESPRESSI

NATASHA GRACE

CAPITOLO UNO

«Sam, sei qui!»

Samantha Collins aveva appena posato la sua valigetta sulla scrivania, che si ritrovò stretta nell'abbraccio di Karen Parker.

«Per fortuna sei tornata. Da quando ti sei assentata, gli analisti non fanno altro che litigare.»

Sorrise, staccandosi dalla frizzante contabile dai capelli rossi. Aveva esitato a tornare al lavoro ma quell'accoglienza così calorosa riusciva a cancellare i suoi timori.

«Conoscendoli, si staranno contendendo i titoli di prim'ordine.» A nessuno piaceva passare il tempo a revisionare società noiosamente stabili quando si poteva cercare il prossimo affarone. Quando si era unita al fondo del marito tre anni prima, non aveva esperienza nell'analisi societaria, così si era offerta di sollevare la Harkin Capital Management da quel peso. Immaginava che non ci fosse modo migliore per imparare cosa separava la società nella media da quelle di grande successo, dello studiare quelle sopravvissute alla prova del tempo. Con sua sorpresa, il lavoro le era piaciuto e quindi lo aveva portato avanti.

Karen rise sollevando una mano. «Mi avvalgo del Quinto Emendamento» scherzò brevemente prima di tornare seria e guardarla attentamente negli occhi castani, «Come stanno andando le cose?» le domandò.

Sam sentì la gola stringersi. Era grata e onorata che così tante persone tenessero a lei ma domande simili le ricordavano tutto quello che aveva perso.

«Tornare è stato molto più duro di quanto pensassi» ammise.

Erano passate due settimane dalla morte di Jason ma l'essere in ufficio teneva ancora la ferita aperta. C'erano ricordi di lui ovunque ed era facile immaginarlo entrare con quel suo sorriso in grado di scioglierle il cuore, chiedendole se fosse libera a pranzo. Al pensiero che non lo avrebbe più fatto, sentì un dolore al petto e gemette silenziosamente.

Quando aveva deciso di tornare era più che determinata a non piangersi addosso, ma ora le sembrava di non aver fatto altro che dolersi o portare il lutto. Aveva sperato che il lavoro l'aiutasse a distrarsi dal pensiero di aver perso Jason, ma aveva scordato che la Harkin Capital Management *era* Jason. Ogni centimetro di quel luogo rifletteva la sua personalità, la sua visione e sarebbe sempre stato così.

«Oh, tesoro» Karen le strinse una mano, «Se vuoi parlare, io sono qui.»

«Grazie, lo apprezzo.»

La donna le fece un sorriso d'incoraggiamento prima di indicare la porta.

«Meglio che vada prima che qualcuno mi cerchi. Ultimamente è tutto così frenetico. Quando ti va pranziamo insieme.»

Una volta sparita, Sam si tolse il cappotto e lo appese all'appendiabiti. Una veloce occhiata fuori dalla finestra le confermò che stava ancora nevicando. Aveva sempre amato l'inverno e ciò che comportava - la neve, la cioccolata calda… ma ora quelle cose erano solo un promemoria delle strade ghiacciate che le avevano strappato Jason. Non sarebbe mai più riuscita a guardare di nuovo la neve senza collegarla al suo mortale prezzo.

Cacciò via quel pensiero, si voltò e prese i bigliettini di condoglianze impilati sopra la scrivania. Mentre li infilava nella valigetta, buttò l'occhio sui resoconti annuali che aveva lasciato due settimane prima, quando le era arrivata la telefonata dell'incidente.

Proprio quel giorno era uscito quello di una società di computer che stava monitorando e sebbene fosse un po' tardi, pensò di terminarlo per primo. Chissà, magari avrebbe potuto scovare qualcosa che il mercato si era perso.

Dieci minuti dopo aveva a malapena terminato la seconda pagina. Le parole iniziavano a farsi sfocate, non riusciva a concentrarsi. Pensava solo a Jason e a come probabilmente, se fosse stato ancora vivo, lei si sarebbe trovata nel suo ufficio a discutere l'ordine del giorno.

Con un sospiro allontanò la poltrona dalla scrivania e raggiunse le finestre terra-cielo. Il profilo di Manhattan si stendeva davanti a lei, ma per una volta quella vista, che aveva sempre ammirato, non le provocò alcuna emozione. Proprio come l'ufficio, anche la città era piena di ricordi di suo marito. A destra c'era la familiare facciata art-déco dell'-

hotel in cui, quattro anni prima, Jason le aveva chiesto di sposarlo. Le aveva detto di avere una riunione con un cliente ma in realtà aveva prenotato l'intero ristorante invitando tutti i loro amici più intimi. Poi, davanti a tutti, si era messo in ginocchio e le aveva chiesto la mano.

Sam era così felice, le era parso di essere riuscita finalmente ad avere tutto quello che aveva sempre sognato. Non si aspettava certo che le venisse strappato o che succedesse in modo tanto repentino. Una strada ghiacciata, Jason che andava troppo veloce...

«Sei tornata.»

Spaventata si voltò e vide Luke Darren, l'amico e socio in affari del marito, in piedi sulla soglia. Aveva l'aria esausta, con le borse sotto gli occhi e i capelli color dell'inchiostro parevano esser stati tormentati dalle dita più e più volte. Come lo aveva visto molte volte negli anni in cui si impegnavano per riuscire a battere il tempo, aveva il colletto sbottonato e la cravatta allentata. Solo che, a differenza di allora, era mattina inoltrata.

«Hai passato qui la notte?» domandò di getto.

Lui si strofinò la barbetta tipica del tardo pomeriggio.

«Sì, abbiamo appena stretto un accordo con la Leeds.»

«La catena di alimentari?» chiese lei sorpresa. Anche se di recente non le era capitato di farci la spesa, pensava che stesse andando bene. I nuovi punti vendita sembravano spuntare in tutta la città. Che fossero stati troppo aggressivi con l'espansione e si fossero rivolti a loro per i fondi?

«Già. Correvano il rischio di non pagare gli stipendi. L'esordio in Pennsylvania non sta andando come avevano sperato.»

Pensare che era rimasta due settimane a casa mentre Luke si era ovviamente dato da fare le smosse i sensi di colpa, specie quando si rese conto che non era l'unica in lutto. Non solo Luke aveva perso il suo migliore amico, ma anche il socio in affari e sapendo quanto fosse maniaco del controllo, Sam era assolutamente certa che si fosse accollato la maggior parte - se non tutte - delle responsabilità di Jason, oltre a tutto quello che aveva da fare.

«C'è nulla in cui possa aiutarti?» gli domandò, pentendosene all'istante. Anche se erano pseudo-amici da anni, conosceva l'opinione che Luke aveva di lei. L'inferno si sarebbe congelato prima che l'uomo ammettesse di aver bisogno del suo aiuto. Nemmeno la voleva a lavorare per la società.

«Sì» rispose lui. Sam batté le palpebre. Quanto tempo era stata via esattamente?

«Stiamo revisionando i contratti e le proprietà. Posso farti mandare da Sheila una lista di alcune società da esaminare.»

Sheila Thompson era la segretaria personale di Luke e sembrava lavorare con la Harkin da sempre. Sam non era sicura di dove l'avessero scovata, ma aveva sempre considerato miracoloso il fatto che non fosse terrorizzata da lui.

«Le rivediamo tutte contemporaneamente?»

Di solito facevano un controllo solo se un resoconto riportava nuovi sviluppi. Rivedere tutte le società comportava una mole di lavoro extra assolutamente enorme. Di prassi, le finanze di una compagnia venivano revisionate da almeno tre soggetti diversi prima che la Harkin comprasse anche solo un'azione. Fare un nuovo controllo di tutto senza informazioni aggiuntive le sembrava semplicemente assurdo: cosa si aspettava di trovare esattamente Luke?

Sul volto di lui comparve un'ombra. «Sì. Tra l'affare Cervco e la morte di Jason non possiamo permetterci alcun punto debole nel nostro portafoglio.»

Al ricordo del fiasco con la Cervco, a Sam si chiuse lo stomaco. L'aveva scordato: la società di software era stata una delle holding maggiori della Harkin finché la Commissione di Controllo sulla Borsa non l'aveva denunciata per falso in bilancio. Il prezzo delle azioni si era dimezzato nel tempo di una notte. Avevano venduto immediatamente tutti i titoli per limitare le perdite, ma il danno era già fatto.

Le parole di Luke erano un crudo promemoria alla vastità dell'impatto prodotto dalla morte di Jason. La decisione di Sam di prendersi due settimane per soffrire in silenzio le sembrava improvvisamente egoistica se pensava a tutti gli impiegati di cui era responsabile la Harkin, senza contare tutto il denaro affidato alla società.

«Certo.»

Gli avrebbe fornito tutto l'aiuto possibile, anche se era sorpresa dalla disponibilità di Luke ad accettare la sua offerta. In fondo era lo stesso uomo che si era opposto con determinazione alla sua presenza lì, che aveva mentito dicendole che Jason aveva un'altra storia. Doveva proprio essere con l'acqua alla gola.

«Grazie, lo apprezzo.»

«Per il resto, come sta andando?»

Aveva saputo che due clienti avevano ritirato il loro investimento e sperava che non ce ne fossero stati altri.

Luke esitò prima di entrare del tutto nell'ufficio e chiudersi la porta alle spalle.

«Penso che potremmo perdere Peter.»

Peter Ricci era uno dei loro top manager. Assieme a Jason aveva presieduto uno dei due fondi vanto della società, mentre Luke gestiva l'altro. La Harkin Capital Management aveva iniziato con un singolo fondo, ma Luke e Jason ne avevano presto aggiunti altri per andare incontro ai bisogni della clientela numerosa.

«È risentito perché ho preferito George per dirigere il fondo distressed.»

«Oh!»

Pur sapendo che le responsabilità di Jason sarebbero state divise tra i manager rimasti, faceva male pensare che qualcun altro avrebbe preso il suo posto. Ma era così che andavano le cose, la vita proseguiva anche se tu non lo volevi.

«Mi dispiace» mormorò Sam. L'uscita di Peter sarebbe di sicuro stato un colpo, ma concordava con la decisione di Luke. I ricavi di George erano minori rispetto a quelli di Peter, ma almeno sapeva riconoscere le critiche ed accettare i propri errori. Le probabilità di trovarsi in una situazione simile alla Cervco sarebbero state molto minori con lui a capo.

«Meglio lui di George, giusto?» commentò, conscia che non fosse stata una decisione facile. Peter era uno dei primi a esser stato assunto.

Luke annuì e si sedette davanti a lei. I secondi iniziarono a scorrere e il silenzio divenne assordante, ma lui continuò a fissare la scrivania. Non era mai stato un tipo ciarliero ma così era un po' troppo anche per lui.

Sam stava proprio per chiedergli come stesse Janet, l'assistente di Jason, quando lo vide passarsi una mano sul volto e sospirare.

«Dalla morte di Jason sono stati ritirati circa quattrocento milioni.»

Quattrocento milioni? Era quasi un terzo di quanto gestivano.

«Come?» balbettò lei. Com'era possibile che avessero perso una cifra simile in un lasso di tempo tanto breve?

«Sai che è sempre stato Jason il volto della società.»

«Ma tutti conoscono anche te.»

Jason le mostrava sempre articoli in cui veniva menzionato Luke. Anche se non lo intervistavano tanto quanto il marito, la gente comunque sapeva chi fosse e che ruolo giocasse nella società. *Giusto?*

«Non quanto conoscevano lui» rimarcò lui guardandola dritto in faccia.

Sam scosse la testa ammutolita: come mai la morte di suo marito aveva causato un simile esodo? Era vero, era Jason il volto della società nonché parte importante del fondo sin dagli albori, ma negli ultimi anni aveva fatto un passo indietro per concentrarsi sulla beneficenza, lasciando il socio a gestire le operazioni quotidiane. E sì, molti clienti erano suoi amici personali, ma anche i restanti manager erano bravi nel loro lavoro. Sin dal suo avvio e prima dell'anno scorso, la Harkin Capital Management aveva sistematicamente battuto il mercato. Amicizia e legami a parte, la società faceva soldi per i suoi clienti. *Molti* soldi.

Sam non riusciva a immaginare che li buttassero via solo perché Jason non c'era più.

«Perché non me lo hai detto?» domandò finalmente.

Se avesse saputo che le cose erano messe così male, sarebbe tornata prima. Magari non sarebbe servito a molto, ma perlomeno avrebbe potuto cercare di dare una mano. Le venne in mente che avendo ereditato la parte di Jason, lei e Luke ora erano soci alla pari. Ecco perché *avrebbe dovuto* essere lì.

«Visto tutto quello che stavi passando non volevo che affrontassi anche questa.»

Se non fosse stata un'idea tanto ridicola, si sarebbe messa a ridere: Luke, che non era mai stato un suo fan ora la coccolava a sua volta.

Improvvisamente un pensiero le attraversò la mente.

«Un attimo: dobbiamo licenziare qualcuno?» Un tale svincolo di denaro avrebbe avuto effetti drastici sulla riga finale del bilancio.

«In questo esatto momento? No. Abbiamo sempre avuto una politica conservatrice rispetto ai nostri costi fissi, ma se continuiamo a perdere clienti…» Luke fece spallucce provocandole un lungo brivido. Aveva visto tantissimi fondi d'investimento falcidiare lo staff negli anni. Gli analisti e chi gestiva i portafogli di solito erano sistemati, ma molti altri - trader e staff amministrativo ad esempio - no. L'idea di dover mandare via persone che erano diventate come una famiglia la faceva stare male. Non aveva mai pensato che potesse accadere anche alla Harkin, perché la società era sempre apparsa piuttosto solida.

«Ti andrebbe di partecipare alla riunione di martedì?» le

domandò lui, «Presiede George ma mi sentirei meglio sapendo che ci sei anche tu.»

«Tu non verrai?»

In tutto il tempo passato alla Harkin, Luke non aveva mai saltato una riunione settimanale coi gestori di portafoglio e gli analisti. Era un manager troppo partecipativo per lasciare che lo facesse qualcun altro, mentre ora non solo stava per perdersene una, ma voleva che fosse lei il secondo paio di occhi al posto suo? Sam annuì mentre il suo disorientamento aumentava.

«Grazie» l'uomo le sorrise alzandosi, «Sono davvero felice che tu sia tornata, Sam.»

Una parte di lei voleva ricordargli che c'era stato un tempo in cui era vero il contrario, ma resistette all'impulso. Far oscillare la barca non sarebbe servito a nessuno, specie dato che intendeva continuare a lavorare lì. La società aveva significato così tanto per Jason: voleva continuare a mantenerla in vita per lui.

«Anche io» mormorò, presa in contropiede dalla sua stessa sincerità. Amava davvero il suo lavoro e i colleghi. Quello era *il suo posto* e Luke avrebbe dovuto semplicemente farsene una ragione.

CAPITOLO DUE

Era tempo di lasciarsi il passato alle spalle, o almeno era questo che Samantha andava ripetendosi alla fine della settimana, mentre attraversava la piazza di scambio diretta verso l'ufficio di Luke. Aveva ripreso piuttosto velocemente il passo alla Harkin, riducendo di molto la lista di società che lui le aveva chiesto di revisionare. Per fortuna, quelle controllate fino a quel momento erano in buona salute e prossime a centrare gli obiettivi pianificati.

Una delle precauzioni in più che l'uomo aveva istituito in corso di revisione era assicurarsi che gli analisti non auto-verificassero il proprio lavoro. Lo aveva quindi suddiviso in modo anonimo e a meno che non si parlassero tra loro, nessuno avrebbe saputo chi controllava cosa. Era stata una mossa saggia di cui Sam gli era particolarmente grata. Aveva sempre avuto il sospetto che gli altri analisti fossero reticenti a muoverle delle critiche perché era la moglie del capo. Sperava quindi che la possibilità dell'anonimato desse loro carta bianca, permettendogli di esprimere ciò che pensavano veramente del lavoro altrui.

Visto il carico di lavoro, non aveva visto spesso Luke dopo il primo giorno e anche se in passato si erano evitati, non potevano certo proseguire così. Ora che erano soci dovevano assicurarsi di essere sulla stessa linea d'onda e non comportarsi come se uno dei due non fosse presente nella stanza. Avrebbero dovuto imparare ad andare d'accordo e dato che Luke non aveva fretta di cambiare lo status quo, toccava a lei tendere la mano.

Era decisamente ora.

Sì, lui le aveva tirato un colpo basso anni fa, quando mentendo le aveva detto che Jason aveva un'altra storia ma forse, lo aveva fatto convinto di proteggere in qualche modo il suo amico. Tanti ritenevano che Jason avesse sposato una donna non alla sua altezza e probabilmente, Luke doveva essere tra quelli. In quel caso, Sam non avrebbe potuto portare rancore nei confronti di chi teneva al proprio amico, anche se sbagliava di grosso.

Un po' di risentimento comunque rimaneva. All'epoca, lei era rimasta stupita da quanto in basso lui fosse disposto a finire per convincerla a lasciare Jason e quindi la società. Sapeva che suo marito l'amava, ma per il bene di quell'amicizia non gli aveva mai riferito quella conversazione, preferendo invece prendere le maggiori distanze possibili da Luke e limitandosi a essere educata quando necessario. Ora era tutto diverso: elusione e cortesia non funzionavano più.

Sospirò stringendo la scatoletta. Conteneva uno dei due orologi che Jason e Luke avevano acquistato dopo che la società aveva incassato le commissioni del primo anno di gestione. Anche allora i due sapevano che avrebbero avuto successo, ne erano talmente sicuri da spendere i guadagni di un intero anno in quegli orologi, senza nemmeno un ripensamento. Era stato un gesto sciocco, ma volevano ricordare a loro stessi che i profitti realizzati quell'anno erano nulla se paragonati a quelli futuri. E avevano avuto ragione: di quegli orologi costosi e stravaganti ora ne avevano a dozzine.

Sam riteneva che dare a Luke l'orologio di Jason avrebbe dimostrato la sua disponibilità a ricominciare da capo per creare un legame professionale, ma era anche una specie di ringraziamento per tutto ciò che lui aveva fatto per il funerale. Se ci avesse dovuto pensare lei, avrebbe avuto grossi problemi e dubitava che i genitori di Jason se la sarebbero cavata meglio. Luke aveva fatto tutto senza che nemmeno glielo chiedesse, l'unico compito di Sam era stato presentarsi. Gliene sarebbe stata grata per sempre.

Era ancora presto, perciò la segretaria non era ancora arrivata. Samantha bussò piano alla porta chiusa.

«Avanti» risuonò la voce di lui.

Beh, o la va o la spacca.

«Ehi» mormorò entrando.

Luke alzò lo sguardo dal suo computer e nel vederla sgranò gli occhi scuri.

«Ehi a te» ricambiò cauto il saluto.

Stava facendo un errore? *E se interpretasse male il mio gesto?*

No. Non avrebbe permesso alle preoccupazioni di

fermarla. Nelle settimane dopo la morte di Jason, così come dal suo rientro in ufficio, Luke era stato gentile, assicurandosi che non si trovasse subito alle prese con un eccesso di lavoro. E poi si era dato un gran daffare per mettere in piedi la Harkin Capital Management. A essere del tutto sincera, Samantha dubitava che Jason avrebbe raggiunto un successo tale senza l'amico. Per quanto fosse un fantastico analista e gestore di portafoglio, non possedeva la stessa perseveranza e tenacia di Luke. Questi metteva sempre al primo posto la società laddove Jason, invece, si lasciava distrarre da altre priorità.

Certo, suo marito aveva trovato la maggior parte dei clienti ma era stato l'altro a generare quei ricavi che li aveva soddisfatti nel corso degli anni; ed era sempre stato Luke a metterci una pezza quando l'interesse maggiore del socio era diventata la beneficenza. Perciò, sì: Luke si meritava l'orologio.

Sam si accomodò su una delle poltroncine di cuoio davanti alla scrivania di mogano.

«Stavo sistemando alcuni effetti personali di Jason e credo che avrebbe voluto che tu avessi questo.» Sorrise porgendogli la scatola, che Luke prese con una scintilla di curiosità nello sguardo. Quando si rese conto di cosa si trattasse però, si fece di ghiaccio.

La aprì deglutendo e prese in mano l'orologio. Le luci a LED brillavano esaltate dai diamanti incastonati nel quadrante mentre lo teneva in mano con profondo rispetto.

«Io...» Scosse la testa guardandola, «Grazie, Samantha.»

Quel tono emozionato la sorprese: Luke era sempre stato così stoico. All'improvviso, tutto ciò che si era prefissa di dirgli riguardo alla squadra perfetta che aveva formato con Jason, le parve trito. Anche se si erano davvero completati a vicenda - le debolezze di uno erano la forza dell'altro - Sam riteneva che dalla morte, Luke dovesse averle già sentite dire molte volte.

«Se ti va di parlare, sono sempre disponibile per te» gli comunicò invece.

Nello sguardo di lui comparve la tristezza. «Grazie. Lo stesso vale per te.»

Lei annuì e un mesto silenzio colmò la stanza. Samantha guardò la libreria su un lato e si rese conto che era la prima volta che tornava nel suo ufficio da quando Luke le aveva parlato della storia di Jason. Rammentava ancora come quelle parole avessero sconvolto il suo mondo, rendendola ferita e rabbiosa. Dopo mesi in cui non erano riusciti a prendersi, pensava che finalmente fossero diventati amici. Lui aveva smesso di guardarla storto, sorridendole persino una volta o due. La donna non si era accorta che quel suo comportamento era solo un tassello di un piano più articolato per liberarsi di lei. Appena abbassate le difese, Luke aveva colpito, rifilandole quelle bugie.

A quel ricordo, Sam raddrizzò la schiena e si alzò di scatto.

«Allora ti lascio tornare alle tue cose» gli disse, indicando il lavoro sulla scrivania. Solo perché aveva deciso di perdonarlo, non significava che fosse pronta a dimenticare.

Era quasi alla porta quando lui la fermò.

«Samantha.»

Lei strinse i pugni e si voltò lentamente per guardarlo.

«Grazie» Luke sollevò l'orologio, «Significa davvero molto per me.»

Aveva uno sguardo sincero e la donna realizzò che mentre Jason era stato spesso geloso di Luke, non poteva certo affermare il contrario. Era un'illuminazione sconcertante.

«Ma certo.»

* * *

L'uomo stava ancora parlando.

Luke Darren resistette al bisogno pressante di guardare l'orologio nell'angolo della sala riunioni. Aveva sempre ritenuto gli incontri col cliente una perdita di tempo, ma non poteva permettersi di insultarne altri rifiutandosi di parlare con loro. Nelle ultime settimane, aveva imparato nel modo peggiore che alcuni pretendevano di interloquire proprio col capo. Se ne sentivano in diritto.

Al pensiero che avrebbe potuto evitare il ritiro di alcuni investitori se si fosse preso il tempo per incontrarli personalmente e placarne le preoccupazioni proprio come faceva Jason, provò un profondo senso di colpa. Comprendeva l'importanza delle relazioni coi clienti ma sentiva che per quanto lo riguarda, dovessero essere i risultati a parlare. Gli eccellenti ricavi della Harkin sarebbero dovuti bastare per rendere felici gli investitori senza doverli per forza intrattenere di continuo. Avrebbe dovuto saperlo.

Aveva già dato un taglio a quei pranzi da migliaia di dollari che, nonostante le insistenze di Jason, considerava solamente una forma legale di corruzione. Il meno che avrebbe potuto fare sarebbe stato incontrare quelle persone che avevano chiesto di vederlo; invece aveva spedito un'e-mail di massa. Non proprio la sua mossa migliore. Il senno di poi poteva davvero essere un bastardo.

All'epoca non sentiva il bisogno di tutte quelle riunioni a tu per tu. Se i clienti non parlavano di argomenti come yacht o l'ultimo musical di Broadway, cercavano di carpire informazioni sul patrimonio societario. Era ridicolo. Non si era certo preso il disturbo di rendere segreto il patrimonio titoli solo per spiattellarlo poi davanti a un cliente.

Sapeva bene che c'era gente - compresi i clienti stessi - che cercava di replicare da solo il portafoglio della Harkin per evitare di pagare i costi di gestione e mentre era lusinghiero avere chi li copiava, questo faceva anche alzare forzatamente i prezzi delle azioni in loro possesso. C'erano stati momenti agli inizi della carriera, in cui Luke non era riuscito ad acquistare più azioni di una società perché gli emulatori avevano fatto lievitare i prezzi.

Hank Randall, bravo quasi quanto Jason nel trattare coi clienti, avrebbe dovuto partecipare alla riunione quella sera per aiutare la conversazione, ma nella mattinata, a quanto pareva con qualche settimana di anticipo, alla moglie si erano rotte le acque. Luke nemmeno sapeva che Barbara fosse incinta e pur essendo felice per il suo Direttore Operativo, si domandava come mai Hank non ne avesse mai fatto parola prima di quel giorno. Passavano insieme ore ogni giorno e non aveva mai nemmeno pensato di menzionare il fatto che lui e la moglie fossero in attesa del primo figlio?

«È una scuola davvero esclusiva» commentò Thomas

Baine, l'erede di alberghi con cui Luke si trovava bloccato al momento.

Si domandò cosa gli avrebbe risposto se lui gli avesse raccontato che aveva frequentato quelle pubbliche dall'asilo fino al college e che i suoi genitori non si erano mai potuti permettere la scuola preparatoria. Probabilmente, Thomas avrebbe ritirato tutti i suoi fondi come prima cosa il giorno dopo. Quelli come lui non volevano avere nulla a che fare con i proletari, anche se le loro famiglie si erano arricchite proprio grazie al lavoro di quest'ultimi.

«La retta costa quarantanove mila dollari all'anno ma ne vale la pena» si vantò, «Hanno un rapporto insegnante-studente di quattro a uno. *Wealth* l'ha eletta miglior scuola elementare della West Coast: è veramente l'unica che potremmo prendere in considerazione per nostro figlio.»

Le palpebre di Luke vibrarono. Non gliene importava nulla della scuola a cui era iscritto il figlio di Thomas o quanto costasse. Aveva ancora tanto da fare quella sera e voleva solo trovare un modo per concludere quella riunione senza offendere l'ennesimo cliente. Di recente, aveva scoperto che Jason aveva usato un eccesso di denaro nel fondo *distressed* e ora, Luke stava liquidando alcuni dei loro asset più rischiosi il più velocemente possibile per attenuare il rischio. Detestava fare operazioni basandosi sull'intuizione e non su una ricerca accurata, ma non aveva molto tempo e quindi non poteva permettersi quel lusso.

Una parte di lui ancora faticava ad accettare ciò che Jason aveva fatto. Sapeva che l'amico aveva perso la faccia con i media quando una delle holding più grandi era stata beccata a falsificare i registri di bilancio, ma non credeva che avrebbe mai tradito il loro accordo.

Quando avevano aperto quel fondo *distressed*, avevano concordato di usare una leva al massimo triplicata. Era azzardato comprare titoli con soldi in prestito ma era un rischio calcolato, perciò erano decisi a gestire il tutto con la massima attenzione. Se anche una delle due compagnie nel fondo fosse colata a picco, l'altra sarebbe riuscita a coprire le perdite. Jason però, aveva aumentato la leva a otto volte: se il vento nel mercato fosse improvvisamente cambiato, quell'eccesso di indebitamento non solo avrebbe colpito i clienti che gli avevano affidato il loro denaro, ma avrebbe anche distrutto la Harkin.

«Tuo figlio deve essere davvero molto intelligente» commentò scioccamente, obbligando sé stesso a concentrarsi su quella conversazione invece che sulle società da vendere.

Maledizione, questa riunione non potrebbe essere più eterna.

Se Hank non fosse riuscito a presenziare agli incontri in agenda l'indomani, George o uno degli altri manager, avrebbe dovuto intervenire per aiutarlo a portare avanti la conversazione. Luke non poteva rischiare l'ennesimo disastro quella sera. Era in grado di discutere di affari per tutto il giorno ma parlare di sciocchezze? Non era proprio nelle sue corde.

Thomas gonfiò il petto. «Ci puoi giurare. È piuttosto sveglio per la sua età.»

Luke stava per aggiungere un «Tale padre, tale figlio» quando notò Sam che arrivava dal corridoio e tacque.

È ancora qui?

Erano passate le sette. Si domandò se fosse la sua mente a giocargli uno scherzo, ma poi si rese conto che indossava lo stesso abito blu che aveva quando era andata a trovarlo in ufficio quella mattina. Anche Thomas doveva aver guardato nella stessa direzione seguendo il suo sguardo, perché domandò: «Oh, quella è la moglie di Jason?»

«Sì.»

Pensando che la riunione si sarebbe conclusa in fretta con solo loro due, Luke si alzò. «Te la presento.»

Aprì la porta e infilò fuori la testa mentre Sam si avvicinava. Quando lei lo notò, il suo passo si fece incerto e lo stomaco di Luke si strinse: era ancora cauta nei suoi confronti. Aveva sperato che il gesto di consegnargli l'orologio di Jason quella mattina, significasse che le aveva perdonato la rivelazione della scappatella, ma forse le ferite erano troppo profonde per riuscire a rimarginarsi del tutto. Tuttavia, quello non era né il tempo né il luogo per pensare a ciò che avrebbe potuto fare diversamente, perciò ricacciò quell'idea dalla mente.

«Ehi, Sam. Puoi venire un secondo?»

Lei esitò per un attimo. «Certo.»

Colse il suo profumo di vaniglia appena lei entrò e strinse ulteriormente il pomello della porta. Non era il momento di pensare a Sam in quel modo. Non lo era mai stato, si corresse. Solo perché Jason era morto, non significava che improvvisamente lui potesse avere una possibilità con lei. Non importava che il suo amico non l'avesse mai apprezzata quanto avrebbe dovuto: gli amici non si rubavano le mogli, e Luke doveva tutto a Jason. Se non lo avesse invitato ad avviare il fondo, probabilmente sarebbe diventato un semplice analista alla Brown & Hale. Lui stesso non si sarebbe mai sognato di possedere un proprio fondo d'investimenti, non aveva i contatti né il denaro necessario. Dopo tutto quello che Jason aveva fatto per lui, Luke voleva anche sua moglie?

Disgustato da sé stesso, guardò Thomas facendo le presentazioni.

«Sam, questo è Thomas Baine. Thomas, lei è Samantha Collins.»

E comunque, Samantha non era poi tanto interessante.

«Ciao, Samantha. È bello conoscerti finalmente» le disse Thomas tendendole la mano, «Jason mi ha parlato così tanto di te.»

La donna lanciò a Luke un'occhiata interrogativa prima tornare sull'altro.

«Spero dicesse belle cose» commentò stringendogli la mano con un sorriso. Thomas rise.

«Ma certo, anche se non mi aveva mai detto quanto fosse bella sua moglie.»

Venti minuti più tardi, Luke stava ridendo tra sé e sé perché la conversazione si era spostata sulla cucina, e Samantha *odiava* cucinare. In quanto figlia maggiore di due operai a tempo pieno, si era dovuta accollare la preparazione dei pasti ma quando aveva avuto la possibilità di poter assumere uno chef, l'aveva comprensibilmente sfruttata.

«Perciò fai la pasta a mano?» domandò Thomas. Era chiaramente retorico, perché prima ancora che lei potesse rispondere, si lanciò in un monologo su una spronella comprata di recente. Non sembrò rendersi conto che l'interesse di lei era simulato, proprio come quello di Luke mentre aveva raccontato dell'educazione di suo figlio.

Luke non poteva certo biasimarlo: se Samantha gli avesse dedicato l'esclusiva della sua attenzione, probabilmente non sarebbe riuscito a ricordare nemmeno il proprio nome.

Forse per la centesima volta si diede una pacca mentale sulla spalla per averla introdotta in quella riunione. Per quanto esitante, Sam aveva velocemente preso il controllo coinvolgendo Thomas e Luke le era grato. Mettendo il cliente a proprio agio, la donna lo avrebbe fatto uscire da quell'incontro sicuro che tutto alla Harkin andasse per il meglio.

Abbandonato a sé stesso, Luke sapeva che la sua incapacità di parlare del più e del meno, unita alla sua impazienza avrebbero messo a disagio Thomas, convincendolo che c'erano dei problemi. L'erede della catena alberghiera non ci avrebbe messo molto a unirsi ai disertori. Per quello gli serviva un uomo - o in questo caso una donna - in seconda quando si trattava dei clienti: la sua forza erano numeri e analisi mentre per quanto riguardava le persone, non sapeva come raccapezzarsi. Perdinci, persino il suo Direttore Operativo gli aveva taciuto l'imminente paternità!

Proprio come se stesse raccontando un segreto a Thomas, Sam si allungò in avanti e indicò Luke con l'ombra di un sorriso a incurvarle le labbra. «Forse non lo sai, ma Luke qui prepara delle puntine di manzo favolose.»

Il diretto interessato batté le palpebre, colpito dallo sfoggio di memoria di lei. Aveva preparato da mangiare per

Sam e Jason due anni prima e non si era reso conto di aver lasciato una qualche sorta di segno. All'epoca, Samantha aveva elogiato il cibo definendolo 'magnifico' ma lui l'aveva reputata semplice educazione. Possibile che in realtà lo avesse davvero tanto apprezzato? Quell'idea lo compiacque più di quanto avrebbe dovuto.

«Sul serio?» domandò Thomas voltandosi verso di lui, «Qual è il tuo segreto? Io ho cercato di prepararle un paio di volte ma la salsa finiva sempre per essere troppo unta.»

«Di solito lascio marinare le puntine per tutta la notte e tolgo l'eccesso di grasso prima di metterle a cuocere.»

Le preparava proprio come gli aveva insegnato sua madre e non lo reputava un gran segreto per la sua famiglia.

«La lunga marinatura esalta il sapore del vino.»

«E quale vino utilizzi?»

«Cabernet.»

«Questo sì che è interessante» osservò Thomas, «Io lo sherry. Hai mai provato le puntine del Jacques Martin? Io ho tentato di replicare la loro ricetta.»

Luke si obbligò a sorridere mentre Thomas raccontava come il suo primo tentativo fosse risultato eccessivamente brunito mentre nel secondo, la carne era troppo cotta. Guardò Sam e la vide sorridergli. Il primo sorriso autentico che gli faceva da anni. Non resistette all'impulso di contraccambiarlo.

Thomas diede un'occhiata al suo orologio. «Scusate ma devo andare. Se perdo la recita di mio figlio, mia moglie mi uccide.»

«Va bene» replicò Luke scattando in piedi, «È stato bello vederti.»

«Anche per me» Thomas si alzò a sua volta poi si rivolse a Samantha, «E non dimenticare di mandarmi la ricetta via mail» le ricordò, riferendosi all'arrosto di cui avevano parlato.

Si toccò la tasca della camicia. «Ti ho dato il mio bigliettino?»

«Domani prenderò l'indirizzo da Janet.»

Lui sorrise a trentadue denti e Luke si sforzò di non alzare gli occhi al cielo. Probabilmente, Sam aveva ereditato da sua madre una ricetta che non aveva mai nemmeno provato a fare.

«Grazie.»

Thomas tese la mano a Luke. «E anche a te per avermi dedicato del tempo. So che hai molto da fare.»

Stava per replicare 'Quando vuoi' ma ricordò quanto fosse stato terribile quell'incontro prima dell'arrivo di lei. Anche se era stata piuttosto brava, non poteva certo contare sulla sua partecipazione in futuro: non solo Sam aveva abbastanza da fare di suo, ma a parte quella mattina in cui gli aveva portato l'orologio, di solito lo evitava come la peste. Per quello si limitò a un semplice «Nessun problema.»

S'incamminò verso il suo ufficio dopo aver guardato il cliente infilarsi nell'ascensore, quando Samantha gli rivolse la parola.

«Allora… è stato strano.»

«Mi dispiace di averti coinvolto ma avevo veramente l'acqua alla gola» si scusò indicando la sala riunioni. Quella sera aveva sottovalutato uno dei motivi per cui si era associato a Jason: il suo talento per parlare di argomenti leggeri e per i convenevoli lo rendevano perfetto per gestire direttamente i clienti, mentre Luke si concentrava su quello che gli veniva meglio - fare soldi.

«Immagino» un sorrisino comparve sulle labbra di lei mentre alzava gli occhi al cielo. Luke cercò di non pensare a quanto fossero morbide.

«Non penso di averti mai visto prima a una riunione. Anzi, hai sempre detto che erano una perdita di tempo e di risorse al punto che… Oh, lascia perdere. Hank e Barbara hanno avuto un maschietto, stavo andando a trovarli quando mi hai chiamata.»

Il fatto che Hank avesse chiamato Sam e non lui lo assillava tanto quanto lo infastidiva non essere stato informato della gravidanza. Gli sembrava una grande notizia, di quelle che un uomo condivide con i colleghi di ogni giorno.

Non volendo che Sam capisse quanto poco fosse aggiornato sui suoi impiegati, commento: «Fantastico. Hai ancora intenzione di andare?»

«Sì, l'ospedale è comunque di strada.»

«Vengo con te.»

Avrebbe potuto rivedere i resoconti che gli aveva passato George più tardi, una volta tornato a casa.

«Scusa, non volevo obbligarti.»

«Non l'hai fatto. Mi va di venire, a meno che tu non mi voglia…»

Grazie al modo in cui Sam gli aveva sorriso durante la riunione era stato facile scordare che aveva sempre fatto di tutto per evitarlo.

«No. Certo che puoi venire con me. Ero solo sorpresa, non pensavo che facessi cose simili.»

Era così infatti, ma allo stesso tempo si stava godendo la sua compagnia e semplicemente non aveva ancora voglia di lasciarla. Non poteva dirglielo però, perciò scrollò le spalle e annuì in direzione del suo ufficio. «Lasciami prendere un paio di cose.»

CAPITOLO TRE

Il cuore di Sam si addolcì mentre guardava Luke decidere tra un orsacchiotto con un grazioso cappellino da marinaio e un cagnolino peloso con enormi adorabili occhioni nel negozio dell'ospedale. Erano passati quaranta minuti. Anche comprare giocattoli per bambini era una cosa seria per lui.

Stava per dirgli di prendere il cagnolino quando lo sentì esclamare: «È ridicolo!» scegliendo entrambi. Rise e lo seguì alla cassa. Apprezzava che avesse riflettuto su quale regalo sarebbe stato migliore: era così diverso da Jason, che per fare bella figura avrebbe comprato uno di tutto.

Quel pensiero sgradevole la fece sentire in colpa ma sapeva che era la verità: Jason aveva sempre avuto una propensione per l'aspetto vistoso delle cose. Era fatto così e basta.

Luke scelse anche un vaso di fiori e lo mise sul bancone assieme ai giocattoli. Prese il portafoglio e guardò Sam.

«A te serve nulla?»

La donna scosse la testa sollevando il sacchetto che aveva in mano.

«Appena ho saputo, ho chiesto a Charles di prendere delle salviette per neonati e un romanzo d'amore.»

Charles, il suo autista, aveva anche menzionato il costo dei pannolini, così Sam aveva regalato alla famiglia un anno di pannolini da consegnare direttamente a casa di Hank. Non aveva pensato però di portare un gioco per il piccolo. Jason non se ne sarebbe dimenticato e quel ricordo rese più profondo il senso di colpa per aver pensato male del marito.

«È il tuo kit ospedaliero?» domandò Luke.

Il ghigno la colse di sorpresa. Non ricordava l'ultima volta che le avesse sorriso e solo quel giorno l'aveva fatto due volte!

«È più un kit per tutti i giorni» ammise, «Porto sempre delle salviette nella borsa e ho migliaia di libri sul cellulare.» Non poteva mai sapere quando avrebbe avuto del tempo per leggere un po'.

Luke terminò di pagare e raggiunsero gli ascensori fuori dal negozio.

«Cosa ti piace leggere?» le chiese mentre entravano nel primo libero.

«Di solito saggi di economia o biografie durante la settimana e romanzi storici davvero lunghi nei week-end, se ne ho il tempo.»

Le piacevano quelle giornate pigre in cui poteva restarsene in casa e fuggire dentro le pagine di un buon libro. Non succedeva quasi mai con la frequenza che avrebbe voluto, ma quando capitava, se la godeva.

«Quei libri che si leggono tutti d'un fiato ti fanno davvero passare il sonno.»

«Ti capisco. A volte ne inizio uno e prima che me ne renda conto, è ora di andare al lavoro.»

«Tu leggi?» gli chiese, suonando sconvolta senza alcuna intenzione.

Era ovvio che anche lui avesse degli hobby, tutti li avevano. Semplicemente, lei doveva aver considerato Luke una specie di automa che viveva e respirava lavoro.

L'uomo scrollò le spalle. «Se riesco. Amo i misteri.»

Sam faticava davvero a immaginarselo che leggeva per divertimento. Le sembrava una persona troppo seria per apprezzare la narrativa e poi, quando mai ne aveva il tempo?

«Quando è stata l'ultima volta che hai letto un libro?»

«Vediamo. Me l'aveva dato mia sorella, un romanzo di John Abrams… Oh, devono essere passati quasi due anni.»

Due anni? Lei non riusciva a far passare un mese senza leggere.

Doveva averlo guardato in modo strano, perché Luke si mise sulla difensiva. «Sono stato occupato.»

«Lo so» mormorò Sam mentre le porte dell'ascensore si aprivano ed entrambi uscivano su un corridoio.

Non avrebbe dovuto giudicarlo perché sapeva bene quante ore passasse in ufficio. Era già lì quando lei arrivava alla mattina e c'era anche quando usciva alla sera. Si assentava di rado persino per il pranzo.

«Non posso credere che sia passato tutto questo tempo» commentò lui, seguendo i cartelli che puntavano al reparto maternità, «I miei genitori non potevano permettersi le attività dopo scuola, perciò passavo i pomeriggi nella biblioteca che era proprio accanto all'edificio.»

Ora che era un uomo di successo, per Luke era facile scordare le difficoltà della sua infanzia. Sam aveva pensato che il motivo della sua disapprovazione nei suoi confronti fosse dovuta alla sua estrazione modesta, ma in realtà quella di Luke era anche peggiore; quindi se non si trattava di quello, allora significava che non approvava *lei*.

Che fosse una perdita di tempo cercare di aggiustare le cose tra loro? Luke ovviamente aveva preso una decisione su di lei tanto tempo fa ed era improbabile che cambiasse opinione a prescindere da quanto Sam si fosse impegnata.

Prima che potesse ulteriormente indugiare su quel pensiero, arrivarono alla stanza di Barbara, vicino all'estremità del corridoio. La porta era aperta ma Sam bussò comunque leggermente prima di entrare.

Quando la vide, Hank si alzò immediatamente dalla sedia accanto al letto.

«Sam!» Aveva le borse sotto gli occhi eppure era circondato da una sorta di irrequieta energia.

«Congratulazioni» si complimentò lei abbracciandolo. Oltre la spalla vide Barbara che le sorrideva cullando il suo piccino e provò una stilettata di gelosia.

Aveva sempre pensato che ormai, anche lei avrebbe avuto dei bambini. Da un lato era grata che con Jason non ne avessero avuti, perché non voleva che suo figlio o sua figlia crescesse senza padre. I suoi erano stati amorevoli e avrebbe voluto lo stesso privilegio anche per i suoi bambini, ma a volte il cuore non concordava col cervello, perciò si ritrovava a desiderare ancora di averne avuti, perché sarebbe stato bello serbare una parte di Jason con sé.

Sapendo che quello non era né il tempo né il luogo per rimuginare su ciò che avrebbe potuto essere, si obbligò a non pensarci e andò verso Barbara.

* * *

Sam sarebbe stata una madre fantastica. Luke la guardava cinguettare col neonato e si domandò come mai lei e Jason non ne avessero avuti. L'amico non aveva mai dimostrato interesse nell'avere dei figli, ma si vedeva che a Sam invece piacevano. Che lui l'avesse in qualche modo scoraggiata? Era probabile.

Non gli era difficile immaginarlo persuadere Sam, dandole migliaia di motivi per ritardare quella scelta, e lei accettare. Samantha era stata davvero una debole con il marito e poi, i bambini avrebbero intaccato lo stile di Jason, che di sicuro non avrebbe apprezzato di dover sottrarre tempo ai suoi affari.

E Luke non era forse il *migliore* degli amici a pensare il peggio di lui? Sì, ce l'aveva a morte con Jason, ma non perché fosse morto lasciandolo con tanti casini da sistemare. Era incazzato per tutte le volte che aveva dato Sam per scontata. Eppure, nonostante tutte le sue pecche era stato un uomo decente, che gli aveva fatto del bene e Luke avrebbe fatto meglio a ricordarsene.

Guardando nuovamente l'espressione di lei mentre giocava col piccolino, ricordò a sé stesso che nulla le impediva di risposarsi e costruirsi una famiglia in futuro. Non solo era bellissima e ricca, ma era anche gentile e intelligente. Era sicuro che dal momento in cui si fosse dichiarata nuovamente pronta (se non già ora) avrebbe avuto la fila davanti alla porta.

A quel pensiero, il suo stomaco si chiuse: non sapeva come sarebbe riuscito a sopportare che lei ricominciasse a frequentare qualcuno, vederla ridere e sorridere tra le braccia di un altro uomo. Di nuovo.

«Mi dispiace di aver perso la riunione» si scusò Hank a bassa voce.

Non era la prima volta quella sera che lo faceva, spingendo Luke a chiedersi se desse davvero l'impressione di un capo pronto a prendersela perché uno dei suoi impiegati doveva rimanere accanto alla moglie in travaglio.

Sapeva di essere duro a volte, ma non aveva mai pensato di essere *così* cattivo. Sì, spronava di continuo gli impiegati a dare il meglio ma non li caricava mai di ciò che non erano in grado di affrontare. Il fatto che Hank fosse uno dei pochi nel fondo che non lo temeva, che non esitasse mai a dirgli ciò che pensava davvero, rendeva questa sua improvvisa deferenza ben peggiore. Che cercasse di usare Jason come cuscinetto? Pensava forse che avrebbe perso il lavoro se non fosse stato d'accordo con Luke su qualcosa?

«Non preoccuparti» mormorò, sperando di tranquillizzarlo. Non voleva che Hank lo considerasse una specie di mostro, «Eri esattamente dove dovevi essere.»

«Allora, com'è andata?» chiese Hank dopo un attimo.

«Orribile» ammise Luke, «Per fortuna Sam si è fermata una ventina di minuti e sono riuscito a coinvolgerla.»

«Merda.»

«Cosa?» domandò quando Hank rimase in silenzio.

Lo vide sorridere timidamente. «Mi sono appena reso conto che avrei potuto andare da Sam e chiederle di incontrare i clienti. Ti avrei risparmiato la tortura.»

Subito dopo la morte di Jason, Hank aveva spinto Luke a incontrare personalmente alcuni dei clienti più importanti ma lui aveva rifiutato. Era troppo occupato con la transizione e aveva pensato che i clienti stessero solo facendo la voce grossa per capire se lui li avrebbe accontentati come faceva Jason. Ingenuamente, era convinto che bastasse fare un ottimo lavoro dai risultati stellari, ma non era così.

«Magari non sarebbe stato il massimo, ma almeno era qualcosa» proseguì Hank.

«No, avevi ragione. I clienti volevano che li rassicurassi e anche se sono certo che Sam avrebbe accettato, non sarebbe stato corretto nei suoi confronti. Aveva già tanto da fare anche così.»

«Papà!»

Un bambino biondo entrò correndo nella stanza e si lanciò contro Hank, che si chinò a prenderlo in braccio come se l'avesse fatto centinaia di volte.

Papà? Il neonato non era il primogenito di Hank?

Un uomo con una felpa rossa comparve sulla soglia della stanza.

«Scusa, Hank» disse mostrandogli un ciuccio, «Questa piccola peste ha tirato il suo ciuccio poi si è dato alla fuga.»

Hank rise. «Va tutto bene, Nathan sa essere un vero monello.»

Si voltò verso Luke e li presentò.

«Luke, questo è mio fratello Jared e questo mio figlio, Nathan. Jared, ti presento Luke Darren, il mio capo.»

«È bello conoscerti finalmente» gli disse Jared stringendogli la mano, «Ho sentito parlare molto di te e delle tue magie con le cifre.»

Luke avrebbe voluto poter dire qualcosa di simile ma Hank non gli aveva mai nemmeno menzionato di avere un fratello. O un altro figlio per quel che importava. Non riusciva a venire a patti con questa scoperta di un altro bambino: come poteva non saperlo?

«Piacere mio» replicò imbarazzato, ricambiando la stretta. Aveva davvero bisogno di lavorare sulla socialità.

«Nathan è cresciuto così tanto» esclamò Samantha avvicinandosi e facendogli una carezza sulla testa. Il bambino le sorrise, poi nascose il viso contro la spalla del padre.

«Ed è anche pesante.»

Con un gemito, Hank mise giù il piccolo che corse ad arrampicarsi sulla sedia accanto al letto della madre. Barbara gli fece un sorriso paziente passandogli le dita tra i capelli.

Sam rise, poi si accostò a Luke.

«Penso sia ora di andare.»

«Grazie per essere venuti» disse Hank.

«Figurati e ancora congratulazioni» replicò lei, poi guardò Jared, «E anche a te.»

Luke fece a sua volta le sue congratulazioni ed entrambi tornarono sui loro passi verso gli ascensori.

«Non sapevo che avessero un altro bambino» ammise, una volta che si ritrovarono lontani da orecchie indiscrete. Si pentì all'istante di quella confessione: cos'avrebbe pensato Sam di lui? Lei era così intima con tutti alla Harkin, ricordava date dei compleanni e degli anniversari, mentre lui non sapeva nemmeno che uno dei suoi collaboratori più stretti era padre.

La donna rise. «Non sei esattamente il tipo di persona a cui vai a raccontare i problemi famigliari e poi, Hank non è come Janet, che riesce in un modo o nell'altro a infilare i propri figli in ogni conversazione. Quando si parla di tenere separati affari e famiglia, lui è quasi peggio di te.»

Luke capì che stava cercando di aiutarlo, ma comunque si stava sentendo in colpa. Lavorava a fianco di Hank da più tempo di lei, eppure Sam ne sapeva molto di più di lui. E poi c'erano sempre quelle scuse che gli erano state fatte…

«Sono un capo tanto pessimo?»

Alcuni dei suoi impiegati non lo reputavano umano, lo sapeva, ma da lì a credere che li avrebbe voluti in ufficio mentre il loro figlio stava venendo al mondo…

«Ma dai» Sam gli diede un colpetto col gomito, «Non mi starai dicendo che ti va di ascoltare i problemi di tutti su come non dormono abbastanza perché il bambino piange o sul perché è stata cancellata la partita di baseball della Lega Pulcini?»

«Certo che no, ma c'è una bella differenza tra l'essere informato sulla Lega Pulcini e sapere che una persona ha un figlio.»

Luke non era un misantropo, ci teneva ai suoi collaboratori, solo che non era bravo a dimostrarlo.

«Potresti iniziare col chiedere qualcosa sulle giornate o sui fine settimana» gli suggerì Sam, «Ma ti avviso: alla gente piace parlare di sé.»

«È quello che temo.»

A lui non importava sapere come gli altri passassero i fine settimana, ma doveva superare quella sua avversione per le conversazioni disimpegnate. Ora che Jason non c'era più, voleva che i suoi impiegati riuscissero a parlare con lui se avevano un problema e non lo avrebbero fatto fino a che non li avesse messi a loro agio.

Il giorno dopo si sarebbe assicurato di chiedere a tutti come stavano. Forse non avrebbe più avuto sorprese come figli segreti che a quanto pareva, non erano segreti affatto.

Guardò il suo orologio e vide che era più tardi di quanto pensasse.

«Vuoi passare a prendere qualcosa da mangiare?»

«Mi dispiace ma non posso. Non voglio che Charles faccia tardi e dobbiamo ancora tornare a casa.»

Sam viveva a Greenwich, a quasi un'ora di macchina.

Stava per offrirsi di accompagnarla ma tacque. Una settimana. Era tornata in ufficio solo da una settimana e lui stava già mettendo da parte il lavoro per passare del tempo assieme a lei. Non lo aveva mai fatto. Accidenti, nemmeno accettava inviti a cena dalla sua famiglia quando era impegnato al lavoro, e la sua famiglia era tutto per lui.

Con la Harkin in acque tanto turbolente doveva concentrarsi solo sulla società e non a come passare più tempo con Sam. Quel pensiero innescò un'ondata di rimpianto. Si era reso conto che raccontandosi di averla superata, non aveva fatto altro che prendersi in giro: la voleva ancora, non aveva mai smesso.

Il senso di colpa lo investì in pieno. Jason poteva non esser stato il migliore dei mariti, ma era stato comunque un buon amico e come lo aveva ripagato lui? Invidiandogli la moglie e raccontandole della storiella di lui. Peccato che la cosa gli si fosse ritorta contro: Sam si era rifiutata di credergli e aveva preso le difese del marito. Ci erano voluti anni prima che lei tornasse a essere un po' più che gelidamente educata nei confronti di Luke. Ma lui la voleva ancora.

Sapeva che se avesse continuato a passarci del tempo assieme avrebbe finito per fare qualcosa di stupido, perciò decise che avrebbe preso ogni distanza possibile. Le diede la buonanotte all'ingresso dell'ospedale e guardò Charles che la portava via nel SUV nero.

Tornando a casa con un profondo senso di vuoto, si domandò come avrebbe mai potuto restarle lontano.

CAPITOLO QUATTRO

Luke parcheggiò davanti alla casa dei genitori e sospirò guardando il tetto rotto e le vecchie persiane alle finestre. Erano anni che voleva comprargliene una nuova e quando finalmente loro avevano ceduto, avevano scelto questa? Anche dopo averla restaurata, secondo Luke la soluzione più semplice rimaneva ancora buttare giù tutto e costruire una casa nuova. Era felice che i genitori si fossero finalmente trasferiti in un quartiere più sicuro, ma avrebbe preferito che gli avessero lasciato maggior carta bianca: a cosa servivano tutti i soldi che aveva se non poteva aiutare le persone che amava? Accidenti, l'unico motivo per cui la coppia aveva accettato di traslocare, era per essere vicina a dei vecchi amici che di recente erano andati a vivere nello stesso quartiere.

Scuotendo la testa guardò il sedile del passeggero e provò un senso di dolcezza nel vedere la sorella ancora addormentata. Probabilmente aveva passato le notti a studiare per gli esami finali della settimana a venire. Per quanto fosse orgoglioso di lei - non solo era la prima a laurearsi in famiglia, ma anche a diventare medico - il pensiero che da lì in poi le cose sarebbero solo peggiorate lo faceva star male. L'anno seguente Anna avrebbe iniziato il tirocinio e a quanto ne sapeva, i turni di trenta ore erano la norma, non l'eccezione. Non era il genere di vita che voleva per sua sorella ma dato che era lei a desiderarlo, l'avrebbe sostenuta in ogni modo possibile.

Non gli piaceva l'idea di svegliarla da quel sonno così necessario ma li stavano aspettando, perciò le scosse leggermente la spalla.

«Sveglia, Anna.»

Quando lei non rispose, Luke la scosse con più forza fino a che la ragazza si voltò.

«Siamo già arrivati?» domandò, gli occhi faticosamente aperti.

«Sì.»

Lei si coprì lo sbadiglio con una mano, stirandosi.

«Mi dispiace, Luke. Devo essere il passeggero peggiore del mondo.»

«Non c'è problema.»

In realtà si era goduto quel momento di quiete in cui aveva pensato ai problemi della società, ma dubitava che sua sorella l'avrebbe apprezzato se gliel'avesse detto.

Scese dall'auto e prese dal bagagliaio il gelato alla vaniglia francese che aveva fatto preparare al suo cuoco. Sarebbe andato benissimo con qualsiasi torta la madre avesse deciso di preparare.

«È grave che abbia già voglia di torta?» domandò Anna raggiungendolo.

«È tutta la settimana che la aspetto» ammise lui sogghignando.

Dopo che il fratello minore aveva lasciato il college, la madre aveva istituito il rituale della cena mensile per assicurarsi che nessuno se ne andasse e ogni volta, preparava una torta.

Mentre salivano i gradini la porta si aprì, rivelando il fratello con in mano una bottiglia di birra. «Ci avete messo un'eternità» commentò Brian.

Luke immaginò di alzare gli occhi al cielo: suo fratello aveva perennemente fame, per quello probabilmente aveva deciso di andare a vivere vicino a mamma e papà dopo il college, per restare a pranzo da loro e poi tornare di nuovo a cena.

Dopo il trasferimento nella casa nuova, Brian si era lamentato di doversi preoccupare quotidianamente dei pasti, ma Luke sapeva che continuava ad andare a cena dai genitori quasi ogni sera.

«Brian!» Anna corse ad abbracciarlo.

«Come sta andando lo studio?» le domandò lui ricambiando il gesto.

«Da schifo. Per fortuna l'anno prossimo avrò finito.»

«Sei proprio una Darren» osservò lui ridendo mentre la spettinava.

Sia Luke che il fratello avevano odiato la scuola, ma erano stati obbligati ad andare al college perché i genitori non avrebbero permesso loro di rinunciarvi. Volevano molto di più per i propri figli di un lavoro da operaio e cameriera come era stato per loro stessi.

«Come se ci fossero dubbi» Anna gli diede una gomitata prima di raggiungere il padre sul divano.

Dalla televisione arrivavano i cigolii delle scarpe da ginnastica contro il parquet. Luke li raggiunse in soggiorno e aggrottò le sopracciglia nel vedere il padre che guardava una partita di basket.

«Quando ha iniziato col basket?» domandò al fratello.

«Da quando hanno selezionato Tracy Howard.»

Luke cercò di dare un volto a quel nome ma non ci riuscì. «Dovrei sapere chi è?»

Brian gli sorrise passandogli un braccio oltre le spalle.

«Stava qualche anno indietro rispetto ad Anna alla Jefferson High. L'anno scorso è stato reclutato. Ha fatto solo quattro partite, ma lo sai come vanno queste cose.»

Luke annuì. La comunità sosteneva i suoi membri anche se il giocatore era solo un panchinaro.

«È quasi fatta!» gridò il padre dal divano e Brian rise avvicinandoglisi.

«Non fai che dirlo da mezz'ora.»

Luke fece un sorrisino attraversando il soggiorno per entrare in cucina. Certe cose non cambiavano mai. Nella stanza, sua madre stava versando la salsa sui tagliolini.

«Ciao, mamma» la salutò avvicinandosi con accortezza per non spaventarla. Una volta, quando era più giovane le aveva accidentalmente fatto cadere il polpettone e anche se tutti lo avevano perdonato, lui non aveva mai dimenticato con quanta fame fosse andato a letto quella sera.

«Ho portato il gelato» le annunciò abbracciandola di lato.

Lei gli strinse un braccio. «Grazie, caro. Andrà benissimo con la torta ai mirtilli.»

Mmm, mirtilli... Gli piaceva l'idea.

La lasciò e andò a mettere la vaschetta in freezer. Aveva appena chiuso lo sportello quando la madre lo riabbracciò. Il suo cuore si addolcì mentre la ricambiava: anche a lui era mancata.

«Volevo un abbraccio come si deve» mormorò la donna arretrando e indicandogli la terrina di pasta sul bancone, «Ora metti quella sul tavolo e chiama gli altri.»

Avevano a malapena terminato la preghiera quindici minuti dopo, quando la madre partì all'attacco: «Quando hai intenzione di sposarti e farci diventare nonni?»

Non di nuovo.

Luke guardò il fratello in cerca di aiuto e lo vide sogghignare. Capendo che non ne avrebbe ricevuto andò sul padre, improvvisamente interessato all'insalata. Maledizione! Anche lui voleva dei nipotini, era solo più sottile al riguardo. *Molto* più sottile.

«Mamma, ho solo trentaquattro anni» rispose alla fine.

Solo perché i loro amici erano già nonni, non significava che anche loro dovessero diventarlo.

«Uff! Sai, io avevo ventun anni quando ho sposato tuo padre» gli ricordò lei indicandolo con la forchetta.

«Lo so.»

Avevano sentito la storia di quell'amore centinaia di volte nel corso degli anni: sua madre lavorava in una tavola calda quando il padre era entrato dopo una giornata pesante in fabbrica. Uno sguardo e l'uomo si era scordato tutto di quella giornata. Per una settimana era tornato ogni giorno a bersi una bibita - era tutto ciò che poteva permettersi - prima di avere finalmente il coraggio di invitarla a uscire. Dopo soli sei mesi le aveva fatto la proposta, anche se suo padre aveva sempre dichiarato di aver saputo che l'avrebbe sposata dal primo momento in cui le aveva messo gli occhi addosso.

La donna scosse la testa guardando il marito. «Ma cos'-hanno i ragazzi di oggi? Mettono sempre la carriera davanti alla famiglia.»

«È che non ho ancora incontrato la donna giusta» ribatté Luke, pur sapendo di non avere affatto tempo per una relazione. Non ne aveva nemmeno per leggere e con tutte quelle défaillance che la società stava sperimentando, era quella la sua priorità al momento. Se colava a picco, lui ci sarebbe affondato assieme. La Harkin Capital Management sarebbe diventato solo un altro nome nella lista dei fondi d'investimento che erano nati e morti e nessuno gli avrebbe più accordato la fiducia necessaria a fargli gestire i loro soldi.

«La donna giusta?» ripeté la madre, «Il vero problema è che tu di donne ne conosci anche troppe.»

No, non troppe. Solo una.

L'immagine di un bellissimo paio di occhi castani gli passò per la mente prima che potesse impedirlo. Non aveva intenzione di pensarci, già era abbastanza brutto aver voluto Sam quando non era sposata, non avrebbe peggiorato le cose inseguendola ora che Jason era morto.

«Non ce ne sono state così tante» protestò mentre Brian

rideva. Lo guardò con un sopracciglio inarcato, «Lo sai che sei il prossimo, vero?»

«C'è stata Rhonda...» lo ignorò sua madre iniziando a contare sulle dita, «Veronica e poi Angela...»

Quelle erano donne che non avrebbe mai portato a casa. Luke si voltò e notò che sua sorella sembrava improvvisamente ignorarlo. Quand'era che tutti quanti si erano messi contro di lui? Per caso Anna aveva fatto una ricerca per riferire tutto alla mamma? No. Sua sorella non aveva tempo nemmeno per dormire, era più probabile che fosse stata sua madre a chiederle di farla. A volte sapeva essere così ficcanaso.

Stava per dire che con tutte quelle ragazze c'era stata una storia fugace quando si rese conto di come sarebbe suonato e preferì tacere. A sua madre non serviva conoscere la sua vita sessuale - o la totale mancanza.

«Non ha funzionato e basta» mormorò.

All'epoca pensava che frequentare altre donne lo avrebbe aiutato a dimenticare Samantha e invece aveva solo peggiorato le cose. Si era ritrovato a paragonarle tutte a lei, trovando in ciascuna delle mancanze. La cosa più brutta era stata scoprire che la maggior parte di quelle donne non lo considerava per sé stesso: loro vedevano il miliardario e la vita di lusso che poteva permettersi.

Sam, che quella vita dalle altre tanto desiderata l'avrebbe potuta avere dopo aver sposato Jason, aveva deciso invece di entrare a lavorare nella società e lo faceva proprio come gli altri impiegati: sodo, a volte anche troppo rispetto al resto dell'organico, come se stesse cercando di compensare il fatto di essere la moglie del capo.

«Quasi dimenticavo: Sam!»

Luke raggelò. Sua madre gli stava davvero chiedendo se provasse qualcosa per Sam? Era così evidente? Aveva sempre cercato di non menzionarla troppo ma probabilmente i suoi accorgimenti non erano bastati.

«Come sta?» domandò la donna.

Ma certo: stava solo chiedendo sue notizie, non se lui provasse qualche interesse nei suoi confronti.

«Okay. È già tornata al lavoro.»

Luke prese un bel sorso di acqua cercando di riordinare i pensieri.

«È bello saperlo. Eravamo così preoccupati per lei.»

«Ancora non riesco a credere che lui sia morto» mormorò Anna, «Jason mi è sempre parsa una persona fuori dall'ordinario.»

«Lo so.»

A volte, il modo in cui era entrato nella sua vita dodici anni prima gli sembrava ancora incredibile. Un ragazzo col fondo fiduciario e grandi sogni, che aveva voluto condividere con lui. Luke era consapevole delle mille altre scelte che Jason avrebbe avuto - analisti e manager di portafoglio con maggior esperienza - eppure aveva puntato su di lui. Un tizio conosciuto durante uno stage alla Brown & Hale.

La vita di Luke era cambiata quasi dal giorno alla notte: dopo essere cresciuto col minimo indispensabile, improvvisamente aveva più di quanto gli sarebbe mai servito. Non doveva mai più preoccuparsi di potersi permettere un pasto caldo o di pagare l'affitto il mese seguente. Per tutto quello gli sarebbe stato debitore in eterno.

Ripensare a quanto era stato fortunato ad avere l'opportunità di una vita migliore - non solo per sé ma anche per la sua famiglia - lo rese ancor più determinato a non rovinare tutto: avrebbe riportato la Harkin in auge e recuperato i contratti persi, fosse stata anche l'ultima cosa che avrebbe fatto.

CAPITOLO CINQUE

«Oh, mio Dio!» esclamò Nina Hall, posando l'empanada che aveva appena addentato, «È favolosa. *Devi* provarla.»

«Grazie, ma sto davvero scoppiando» ammise Sam guardando i piatti sul loro tavolo. Non rammentava di essere mai stata tanto piena, le sembrava quasi di affogare nel cibo. Nina, che era arrivata al ristorante per prima aveva praticamente ordinato tutte le tapas del menù. Oltretutto, c'erano ancora due ordini che aspettavano di essere serviti solo perché al momento non c'era spazio sul tavolo.

L'amica affilò lo sguardo. «Vuoi tenerti il posto per il dolce, vero?»

Sam rise a quella dichiarazione inaspettata. La sua amica ed ex coinquilina la conosceva bene, sapeva che per quanto sazia, Sam accettava sempre il dessert.

«Okay. Ammetto che non vedevo l'ora della torta al cioccolato, ma penso che mi servirà qualche minuto - o magari un'ora - per far assestare il tutto.»

«Uff! Scommetto che se il cameriere adesso ti mettesse

una fetta di torta davanti al naso, non esiteresti un attimo a mangiarne un po'.»

«Come se ci fosse spazio. A cosa pensavi quando hai ordinato tutta questa roba?»

Anche se Nina spesso saltava il pranzo - in quanto avvocato societario, era talmente occupata da dimenticarsi di mangiare per poi abbuffarsi in seguito - questo era un po' un troppo persino per lei.

«Credo di aver reagito male. Andrew ha passato la notte al lavoro in ufficio e poi non mangiavo da ieri. Ed era un'insalata.»

Sam s'irrigidì. «Intendi quello stesso Andrew conosciuto alla festa di Natale qualche settimana fa? Il tizio a cui hai dato il tuo numero?»

«Già.»

«Non posso credere che tu non mi abbia detto che ti vedevi con qualcuno! Come hai potuto? Io ti telefonai un minuto dopo che Jason mi chiese di uscire.»

Il fatto che Nina le stesse parlando in quei termini della sua nuova relazione le bruciava. Sam non aveva molti amici intimi. Sì, c'erano tante conoscenze e gente con cui era amichevole, ma nessuno era come Nina. Avevano legato immediatamente alla lezione di calcolo al college ed erano diventate velocemente amiche. Negli anni, quel loro legame era diventato un punto saldo nella vita di Sam, qualcosa in cui poteva contare a prescindere da quante volte si vedessero. La feriva quindi questa sua segretezza riguardo al nuovo ragazzo. Forse, dopotutto non erano così legate come aveva sempre creduto?

«Volevo dirtelo,» replicò l'amica con tono contrito, «ma tu eri sempre occupata e poi con Jason…»

Il senso di colpa arrivò prepotente: era vero, Sam era stata spesso troppo occupata per vedere Nina. Cercare di infilare un pranzo o una cena tra tutte e due era diventato praticamente inutile negli ultimi anni. C'erano sempre riunioni o galà in cui lei doveva accompagnare il marito e quando aveva del tempo libero, era Nina a essere bloccata con qualche cliente. Alla fine si erano rassegnate a telefonarsi e mandarsi messaggi, vedendosi solo se c'era un qualche evento.

A essere sincera, quando l'amica le aveva mandato un messaggio chiedendole se fosse libera a cena, Sam non avrebbe voluto accettare ma allo stesso tempo, non voleva nemmeno ritornare in una casa vuota. Stava bene per la maggior parte della giornata, ma la morte di Jason si faceva più pesante al momento di rientrare sola a casa. Perciò, era stata sorpresa quando si era ritrovata a divertirsi, recuperando il tempo perso assieme alla sua vecchia amica. Avrebbe dovuto sforzarsi di più per riprendere a vederla.

Notando l'improvvisa esitazione nell'espressione di Nina e pensando che fosse per colpa della morte di Jason, Sam sospirò. Le persone che la circondavano continuavano a camminare sulle uova e stava iniziando a stancarsi. Intenzionata a tornare sulla conversazione serena avuta fino a qualche minuto prima, la donna si sforzò di sorridere e le strinse una mano.

«Va bene, ti perdono. Ora raccontami tutto di Andrew.»

* * *

«Questa serata è stata uno spasso» esclamò Nina quasi due ore più tardi. Come promesso, Sam le aveva telefonato appena arrivata a casa per assicurarle che era al sicuro. Quello era l'ennesima conseguenza dell'incidente a Jason: amici e famigliari erano molto più preoccupati per lei di quanto lo fossero prima.

«Dobbiamo rifarlo presto.»

«Sono d'accordo» convenne Sam salendo la scalinata di marmo. Dopo una lunga giornata era esausta e voleva solo sdraiarsi e riposare, «Magari non nello stesso locale. Sono piuttosto sicura che il ristorante ci abbia messo entrambe sulla lista di clienti da non servire più dopo questa sera.» O almeno doveva aver ideato una sorta di limite ai piatti ordinabili.

«Uff. Comunque le loro costolette erano un po' asciutte.»

Non era vero e Nina lo sapeva.

«Ancora non riesco a credere che fossimo entrambe libere stasera» mormorò Sam entrando in camera e accendendo le luci.

«Lo so. Nemmeno ricordo l'ultima volta che siamo uscite insieme. Forse ero ancora sul caso Matterson.»

Risuonò un bip. «Mi dispiace, Sam. Devo andare. Miranda mi sta chiamando. Telefonami!» Nina le mandò un bacio via telefono e riattaccò.

Sam buttò il cellulare sul letto e allungò le dita alle cinghie dei sandali, sospirando di sollievo una volta tolti. *Finalmente.* Se avesse saputo che Nina l'avrebbe invitata a cena avrebbe messo le ballerine, ma pensava di tornare dritta a casa dal lavoro.

Si sistemò contro i cuscini sul letto, accigliandosi al pensiero di quanto facilmente si fosse adattata alla vita senza Jason. *Andare avanti non dovrebbe essere più difficile?*

Erano stati insieme cinque anni, avrebbe dovuto sentirsi come se le mancasse una grossa parte di sé e invece usciva con Nina come se nulla fosse successo.

Fece una smorfia ripensando a quanto si era divertita quella sera e si sentì anche peggio non appena realizzò che se Jason fosse stato ancora vivo, non sarebbe riuscita a uscire affatto. Probabilmente, in quel momento sarebbe stata bloccata all'ennesimo evento o a una cena con lui.

Rammentò improvvisamente la borsa degli effetti personali che la polizia le aveva restituito dopo l'incidente e raggiunse l'armadio per prenderla. Timorosa di scoppiare a piangere a dirotto non aveva osato guardarci dentro ma forse, ricordare il marito le avrebbe fatto bene.

Si sistemò sul letto e la aprì, notando il portafoglio che gli aveva regalato per lo scorso Natale. Le si strinse il cuore mentre tracciava le iniziali che aveva fatto incidere. Non sapeva se gli sarebbe piaciuto oppure no. Comprare regali per sé era già abbastanza difficile, farlo per qualcuno che poteva permettersi qualunque cosa? Assolutamente impossibile. Tuttavia, ogni timore era scomparso appena Jason aveva aperto la scatola e Sam aveva visto il calore del suo sguardo. Ripensò a come le avesse confermato che gli piaceva tantissimo per poi baciarla e ricacciò le lacrime: come aveva potuto lasciarla sola?

Beh, lui aveva sempre guidato un po' troppo oltre il limite ma avrebbe dovuto sapere come comportarsi sulle strade ghiacciate. Ora, tutto ciò che le restava erano i ricordi. Si rese conto che stava stringendo il portafoglio. Lo mise giù poi guardò il cellulare, quell'oggetto che per Jason era come un arto. Se non stava lavorando, dava una mano a uno dei tanti enti di beneficenza. Voleva ricordare quel lato del marito invece di quello egoista e incurante che lo aveva spinto su strade pericolose ad alta velocita.

Quando lo accese, il telefono vibrò per le varie notifiche. Fece scorrere il polpastrello verso destra e cliccò sul primo messaggio. Veniva da Carla Williams, direttrice di uno degli enti benefici con cui collaborava Jason.

Si aspettava qualche parola al riguardo, magari dei progetti per un galà futuro o aggiornamenti sul programma scolastico invece c'erano delle foto di Carla in lingerie! Sam lasciò cadere il telefono come se fosse in fiamme.

Deve esserci qualche errore.

Il suo cervello iniziò a cercare affannosamente spiegazioni: probabilmente Carla si era sbagliata, spedendo quelle foto a Jason invece che al marito o magari era il marito di lei ad aver lasciato il suo cellulare nell'auto di Jason.

La donna lo riprese in mano e riprese a scorrere il resto dei messaggi, cercando qualche indizio che fosse del marito di Carla ma non ne trovò. Sentì lo stomaco serrarsi quando ne vide uno in cui lei chiamava Jason "piccolo". Iniziò a leggere la conversazione e le divenne chiaro che non solo lui l'aveva incoraggiata ma le aveva persino comprato quella stessa lingerie che indossava!

Il telefono le scivolò nuovamente dalle mani.

Come? Come aveva potuto fare questo? Non l'aveva amata?

Provò una stretta al petto e improvvisamente le divenne

difficile respirare. *Per quello continuava a rimandare l'idea di avere dei figli?* Non era perché voleva aspettare di avere il tempo per essere un padre come il suo. A quanto pareva ne aveva in abbondanza per una scappatella. Semplicemente, non voleva essere legato a *lei*.

Singhiozzò. Che stupida era stata. Una cretina integrale.

Un'ora più tardi, piante tutte le sue lacrime restava solo la rabbia. Cinque anni. Aveva dato a quell'uomo cinque anni di galà, colazioni veloci, noiose cene d'affari e paparazzi, tutto perché lui voleva che lei fosse una brava fidanzata prima e una moglie poi. E Jason aveva ripagato la sua lealtà e l'impegno in quel modo?

Sam aveva persino rinunciato al suo lavoro dei sogni alla Anderson per lui, perché nessuno voleva una contabile il cui marito gestiva un fondo d'investimento. Quella decisione le aveva fatto del male - amava il suo lavoro e apprezzava i suoi colleghi - ma l'aveva accettata perché amava Jason e avrebbe fatto di tutto per stare con lui. E invece aveva scoperto di essere l'unica a provare quei sentimenti.

Scuotendo la testa guardò la sua camera da letto senza vederla davvero. Improvvisamente, quella che una volta era stata la casa dei suoi sogni, le sembrava diventata una parodia dei suoi desideri. Non poteva rimanerci un minuto di più.

Senza preoccuparsi di fare una valigia indossò le scarpe, afferrò la borsa e andò verso il garage.

CAPITOLO SEI

Luke aveva appena terminato di mettere l'ultimo piatto in lavastoviglie quando sentì bussare alla porta. Non avendo autorizzato nessuno a salire emise un brontolio. L'ultima volta che gli era capitato un visitatore inaspettato, si trattava di un vicino che aveva cercato di fargli comprare la sua casa negli Hamptons. A quanto pareva, aveva ricevuto un bonus annuale minore di quanto si aspettava. Magari, Luke avrebbe potuto essere un po' più empatico rispetto alle traversie del vicino, ma era difficile simpatizzare con qualcuno che oltre all'appartamento al piano inferiore aveva tre case per le vacanze e quattro auto, il cui singolo valore superava quello della sua casa natale. Alcune persone proprio non capivano quanto fossero fortunate.

Andò a controllare dallo spioncino, battendo le palpebre quando vide Samantha.

Perché non ha usato l'ascensore privato?

Aprì subito la porta e la visione gli strinse il cuore: anche se era bellissima come sempre, sembrava avvolta da un'aria cupa. Le spalle erano basse e quegli occhi che aveva sempre ammirato, colmi di tristezza. Non l'aveva mai vista così, persino al funerale gli era parsa tanto più forte. Ora invece appariva sconfitta.

«Come facevi a saperlo?» gli domandò sottovoce.

Luke corrugò la fronte. «Sapere cosa?»

Sam deglutì visibilmente e sollevò il mento. «Del tradimento.»

L'uomo si sentì gelare: voleva parlare di quello *adesso*?

Gliel'aveva riferito anni prima e lei lo aveva tempestivamente bollato come un bugiardo, cosa che si meritava. Anche se non aveva mentito, le sue intenzioni non erano comunque onorevoli. Luke voleva Sam per sé e in un momento di crisi aveva pensato che raccontandole della storiella di Jason, avrebbe finalmente avuto una possibilità con lei.

Si rese conto che Sam doveva aver trovato qualcosa tra gli effetti personali del marito e il suo stomaco si chiuse. Non riusciva proprio a immaginare ciò che stava passando: perdere un marito e poi scoprire che la stava tradendo... doveva essere distrutta.

«Perché me l'aveva detto lui» rispose alla fine, sapendo di non avere altra possibilità. Sperava di poterle almeno risparmiare il dolore. Nonostante ciò che le aveva fatto, non avrebbe mai voluto ferirla.

La vide assimilare quelle parole, annuire rigidamente e provò un dolore al petto: Sam non se lo meritava, era una donna meravigliosa e Luke non sopportava di vederla usata a quel modo. Avrebbe tanto voluto prenderla tra le sue braccia e consolarla ma non era una buona idea, quindi resistette. Se solo fosse stato più forte per potersi comportare come quell'amico di cui lei aveva bisogno... Ma non lo era. Sam gli si era infilata sottopelle come nessuna donna era mai riuscita e francamente, non si fidava di sé stesso quando c'era di mezzo lei, semplicemente perché avrebbe voluto sempre e solo di più.

La guardò andare silenziosamente al divano, sedersi e fissare muta il pavimento. Sembrava così persa e piccola.

«Lui...» deglutì poi alzò la testa per guardarlo, «La amava?»

Luke emise un gemito: credeva che Jason avesse avuto *una sola* donna?

Magari era andata così, lui non poteva certo saperlo. Per evitare che l'amico scoprisse ciò che provava per Sam, si era sempre adoperato per non fare commenti o chiedergli delle sue scappatelle. Vedere lei ogni volta che baciava Jason per salutarlo pensando che andasse a una riunione quando invece stava per scoparsi un'altra, lo uccideva; ascoltare lui che si vantava quando tornava in ufficio poi, era troppo. Una volta, dopo una giornata particolarmente pesante, Luke non era riuscito a controllarsi e gli aveva detto esattamente ciò che pensava del suo modo di trattare la moglie.

Jason aveva attribuito quella piazzata al fatto che aveva una sorella e Luke non si era premurato di correggerlo. Sapeva di aver esagerato. Dopo quell'episodio, Jason non aveva più menzionato quella conversazione né alcuna delle sue conquiste.

«No, non credo proprio» mormorò raggiungendo Sam sul divano. In un certo senso, a Jason non era mai importato di nessun altro a parte sé stesso.

Lei scosse la testa. «Ma tre anni...» spalancò gli occhi voltandosi verso di lui, «C'è stata più di una donna, vero?»

Non sapendo che altro fare, lui annuì.

«Quante?»

Luke si passò la mano tra i capelli facendo spallucce.

«Non lo so.»

A un certo punto, gli era parso che ce ne fosse una nuova ogni settimana, ma era sicuro che negli ultimi tempi Jason avesse rallentato perché nessuna si era fatta avanti dopo la sua morte per raggranellare qualche soldo. A meno che non fossero tutte sposate...

Gli occhi di Samantha si riempirono di lacrime prima che potesse distogliere lo sguardo.

«Mi sento così stupida» mormorò e la sua voce si spezzò, «Insomma, avrei dovuto saperlo. Stava pochissimo in ufficio.»

«Penso che Jason fosse molto bravo a nascondere le cose a tutti.»

Non avrebbe mai pensato che si sarebbe sovresposto alle sue spalle con il denaro dei clienti, però lo aveva fatto. La fiducia che Luke nutriva nei suoi confronti era il motivo per cui non l'aveva scoperto prima e rendeva il tutto anche peggiore.

«È una follia. Insomma, perché mi ha permesso di venire a lavorare in ufficio se intendeva tradirmi?»

Luke esitò ma dato che Sam era lì per delle risposte, scelse di dirle la verità.

«Penso che volesse tenerti d'occhio. Era... beh, sospettava che fossi tu a tradire lui.»

Suonava ridicolo persino a lui. Bastava semplicemente

vedere gli sguardi adoranti di Sam quando c'era Jason in giro per sapere cosa provava la moglie nei suoi confronti. Non lo avrebbe mai tradito, non era quel genere di persona.

Lei sgranò gli occhi. «Io?»

«Sai come funziona la paranoia.»

Alla fine, il traditore inizia a pensare di essere tradito a sua volta.

«Tu come l'hai scoperto?» non riuscì a non chiederle. All'epoca non gli aveva creduto, come mai lo faceva ora?

Sam guardò in basso mentre giocava col bordo dell'abito verde e Luke si sforzò di non pensare al fatto che le stava talmente vicino da riuscire a vedere la trama delle sue calze. Il materiale traslucido gli metteva voglia di toccarla, di passare le

mani su quelle gambe sulle quali aveva passato ore a fantasticare. Provò un moto di vergogna: Samantha era ferita e lui stava lì a pensare alla morbidezza delle sue gambe? Disgustato da sé stesso strinse il pugno e si obbligò a distogliere lo sguardo.

Il silenzio nella stanza era assordante. Luke iniziò a pensare che non avrebbe ricevuto risposta quando Sam parlò.

«Volevo sentirlo più vicino, così ho preso la borsa coi suoi oggetti personali che la polizia aveva preso dall'auto. Il telefono era pieno di messaggi da parte di Carla Williams» gli rivelò con una smorfia, «Credo di averla persino abbracciata al funerale.»

Merda. Già era abbastanza brutto venire traditi, ma che fosse successo con qualcuna che probabilmente era tua amica? Immorale. Come avevano potuto Jason e quella donna?

Avrebbe voluto sapere cosa dire per far sentire meglio Sam, ma era sempre stato Jason quello bravo con le parole, non lui.

«Mi dispiace» disse alla fine. Non si era mai sentito tanto inetto in vita sua. Voleva assicurarle che era una donna forte e fantastica, e che Jason non l'aveva mai meritata ma non era sicuro di come l'avrebbe presa lei.

«No. Dispiace a me, non ti ho creduto» replicò Samantha, improvvisamente accorata. Alzò la testa e i loro sguardi s'incrociarono, «Era semplicemente più facile credere che stessi cercando di liberarti di me.»

Lui fece una smorfia al pensiero di quanto male l'avesse trattata quando aveva iniziato a lavorare con loro. Non le aveva dato alcun motivo di fidarsi di lui.

«È come se avessi appena buttato questi ultimi cinque anni della mia vita» proseguì Sam.

«Non direi. Ti sei rivelata un'analista piuttosto brava.»

Lei gemette coprendosi il volto con la mano e Luke rammentò che all'inizio, Sam non voleva lavorare alla Harkin più di quanto ce la volesse lui. Aveva messo in dubbio la sua capacità di dare un contributo alla squadra - Sam era un revisore, non un'analista - e non voleva che Jason ne fosse distratto. Invece era stato lui a distrarsi.

Non aveva mai capito come avesse fatto quella donna a infilarglisi sotto pelle. Era passato dal risentimento nei confronti della sua presenza in ufficio, all'ammirazione per la sua etica del lavoro. Alla fine, Luke si era detto che avrebbe dovuto trovarsi una donna come lei e l'unica cosa che ricordava dopo, era di volere Samantha tutta per sé.

«Non è un incubo, vero?» chiese lei con tono bassissimo, voltandosi verso di lui.

Luke scosse il capo. Se solo ci fosse stato qualcosa per farla sentire meglio... Purtroppo solo il tempo avrebbe fatto passare quel dolore.

La donna sospirò alzandosi.

«Mi dispiace di averti disturbato a quest'ora, ma eri l'unico con cui potevo parlare.»

L'uomo si rese conto di qualcosa che lo fece accigliare.

«Non sei venuta qui in macchina da sola, vero?» domandò alzandosi a sua volta.

«Sì, ma non è un problema. Non c'era traffico.»

Non c'era traffico? Era pazza? Non era in condizioni di guidare nemmeno in assenza di altri veicoli.

Pensieri terrificanti su ciò che avrebbe potuto accaderle gli riempirono la mente e fu felice che non fosse successo nulla. Aveva appena perso Jason, non era certo di poter affrontare anche la morte di lei. Pur sapendo che Sam non gli era destinata, aveva comunque bisogno di saperla in salute.

Non voleva discutere con lei, specialmente in quel momento, ma non le avrebbe comunque permesso di guidare ancora per quella sera.

«Ti riaccompagno a casa.»

«No. Va bene così, andrò in albergo.»

«Allora ti accompagno lì.»

«Non devi, ma grazie per l'offerta. Lo apprezzo, davvero.»

«Non ti lascio andare in giro in macchina stanotte, Sam» se le fosse successo qualcosa, non se lo sarebbe mai perdonato.

Lei rise sommessamente. «Non mi ero mai resa conto di quanto ti prendessi cura delle persone.» Sospirò, abbassando per un attimo lo sguardo per poi ritrovare nuovamente quello di lui.

«Mi dispiace di averti dato del bugiardo anni fa. Non te lo meritavi.»

Luke sentì rimordere la coscienza: non le aveva detto del tradimento di Jason per bontà di cuore. Lui la voleva e quell'atto egoistico non meritava certo il suo perdono, ma poiché non c'era modo di correggerla senza rivelarle i suoi sentimenti, tacque.

Sam guardò la porta. «Va bene se resto qui stanotte? Io...»

«Certamente» la interruppe, grato che avesse lasciato perdere l'idea di andarsene.

Averla vicina, specie ora che tra loro non c'erano più i segreti di Jason, non era una buona idea per il bene della sua sanità mentale e forza di volontà, ma Luke sapeva che almeno quella notte Sam sarebbe stata al sicuro. A prescindere da ciò che voleva, le avrebbe concesso lo spazio che le serviva e se la tentazione si fosse rivelata troppo grande, sarebbe andato in ufficio.

Lo sguardo di lei brillò di sollievo. «Grazie. In questo momento non ho proprio voglia di affrontare il mondo.»

«Ti capisco. Ti mostro la stanza degli ospiti.»

* * *

L'aveva almeno mai amata?

Sam gemette rotolando su un lato. Era a letto da ore e Jason continuava a infestarle i pensieri. Doveva smetterla. Era ovvio che lui non avesse tenuto a lei, almeno non abbastanza da restarle fedele perciò perché sprecare un altro secondo pensando a lui?

Perché lo amo.

Ecco perché.

Doveva proprio essere la stupida per antonomasia per voler bene a quel bastardo fedifrago, ma l'amore non svaniva solo perché aveva scoperto il tradimento e non poteva giurare che sarebbe mai successo.

Sospirò voltandosi sulla schiena e fissò il soffitto buio. Che la loro fosse una storia segnata fin dall'inizio? Non riusciva a non pensare a tutte le preoccupazioni che l'avevano assalita appena accettata la proposta di matrimonio: cose a cui non aveva fatto caso quando avevano iniziato a frequentarsi, avevano iniziato a darle il tormento. Improvvisamente si preoccupava se fosse abbastanza per lui, in grado di renderlo felice e pensava a tutte le altre donne che lo avevano puntato. Oltre a essere affascinante e gentile, Jason era ricco e conosciuto. Era destino che le donne gli dessero la caccia anche se era già impegnato. Dopo essere impazzita per settimane con quei timori, aveva preso la decisione consapevole di fidarsi di lui, altrimenti avrebbe passato una vita miserevole. Non voleva che le sue insicurezze avessero la meglio.

E poi era successo questo.

Diavolo, persino Luke l'aveva avvertita che Jason la stava tradendo e invece di credergli, Sam gli aveva dato del bugiardo. Come aveva potuto essere tanto cieca verso la reale natura di suo marito? Come aveva fatto a non vedere quel che aveva davanti al naso? A lei, Jason non aveva mai comprato della lingerie... Negli anni, per sorprenderlo a letto e mantenere accesa la scintilla Sam ne aveva comprata spesso, mentre lui mai una volta. Ed era *sua moglie*. In compenso l'aveva regalata a Carla e forse a chissà quante altre!

Agitarsi tanto era stupido, ma non riusciva a impedirlo. Provò l'ennesima ondata di dolore. Cos'aveva di sbagliato per non essere nei pensieri di Jason quando entrava in un negozio di intimo? Aveva smesso di essere attraente? Era per quello che lui aveva cercato altre donne, perché Samantha non era sufficientemente sexy? Abbastanza affascinante? Cos'aveva Carla che lei non aveva?

Strinse i pugni mentre le lacrime minacciavano di sgorgare. Detestava che il marito riuscisse a farla sentire meno donna. Non aveva fatto nulla di sbagliato se non avere un pessimo gusto in fatto di uomini: se Jason voleva chiudere col loro matrimonio, avrebbe dovuto chiederle il divorzio, non fargliela dietro le spalle. Invece aveva scelto di tradirla ripetutamente. Mentre lei stava a casa a fare la brava mogliettina, lui se la spassava con tutto quello che aveva un paio di gambe!

Che non le avesse chiesto il divorzio perché non avevano stilato un contratto prematrimoniale? Con la squadra di avvocati che aveva alle spalle, almeno uno doveva averglielo raccomandato ma Jason non le aveva mai chiesto di firmarlo. Sam aveva pensato che quello dimostrasse quanto lui le fosse devoto, ma col senno di poi immaginava che più che altro non volesse fare nulla che potesse essere visto come una mancanza di fiducia, dato che Jason detestava esser messo in dubbio. Tuttavia, doveva essersene pentito in un secondo tempo, altrimenti perché continuare a rimanere sposato con lei quando chiaramente si godeva la vita dello scapolo? O forse il tradimento lo eccitava?

Scosse la testa. Per anni non aveva capito perché alcune donne cercassero di ottenere il possibile dal divorzio, ma improvvisamente era tutto chiaro: erano ferite e rabbiose e volevano un modo per rivalersi sugli uomini che le avevano messe in quella situazione.

La cosa divertente era che lei, Jason non avrebbe nemmeno provato a ridurlo sul lastrico. Aveva perso abbastanza tempo così come stavano le cose, ma non le sarebbe dispiaciuto tirargli un drink in faccia. (Riusciva anche a immaginarlo, preoccupato per le macchie su uno dei suoi abiti su misura o sui mocassini italiani). O magari vedere la sua espressione mentre gli rigava quelle auto che amava così tanto.

Jason l'aveva privata anche di quella soddisfazione. Detestava il fatto che non avrebbe potuto vendicarsi nemmeno un po'. Non era equo: lui l'aveva tradita per chissà quanti anni e l'aveva fatta franca impunemente. Dov'era la giustizia?

I suoi pensieri andarono a Luke. Anche se non gliel'aveva detto esplicitamente, Jason ne era sempre stato geloso: non solo veniva ritratto sulle prime pagine dei giornali senza di lui, ma i guadagni che faceva ottenere alla società avevano sempre surclassato i suoi. Probabilmente quello era uno dei motivi per cui Jason si era dato alla beneficenza, per non dover competere con Luke, che a differenza sua si sarebbe sparato prima di farsi beccare a socializzare con l'élite.

Come si sarebbe sentito Jason se lei fosse andata a letto con l'uomo di cui era tanto invidioso? Al pensiero dell'ennesimo vantaggio che Luke avrebbe avuto su di lui, Sam immaginò il viso del marito diventare paonazzo e sorrise. Certo, Jason non lo avrebbe mai scoperto ma quella piccola vendetta nei suoi confronti avrebbe avuto in qualche modo un buon sapore.

No. Non poteva - non voleva - avere una botta e via con Luke. Prima di quella sera era sempre stata convinta che fosse un bugiardo e che la detestasse. Pur superando l'imbarazzo di quei cattivi pensieri tenuti tanto a lungo, lui non avrebbe comunque accettato le sue avances e il solo immaginare quanto avrebbe riso, la trattenne esattamente dov'era.

Però... Luke era un uomo molto attraente, lo aveva sempre pensato, anche se aveva lasciato che la rabbia nei suoi confronti le impedisse di ammetterlo con sé stessa. Senza quella a trattenerla, riusciva ad apprezzarne la sensualità. Sul divano quella sera le era parso deliziosamente arruffato e disponibile. Avrebbe tanto voluto consolarsi tra le sue braccia, sentirsi al riparo da quella verità che continuava a tormentarla. Si immaginò a passare le mani su quel suo torace ampio... Dio: poteva davvero fare sesso con Luke? Rabbrividì nell'immaginare la sensazione del suo corpo nudo contro quello di lei. Sì, *poteva* decisamente.

Le farfalle presero a svolazzarle nello stomaco mentre

quell'idea metteva radici. Non aveva mai avuto una storia occasionale prima, ma se c'era qualcuno che la meritava, era lei. Perché no? Era single, come lui. Però si trattava di Luke, partner di Jason e uomo con cui era stata arrabbiata e fredda per anni. Avrebbe scopato con lei come forma di vendetta per come era stato trattato?

No. In un modo o nell'altro, Sam sapeva istintivamente di potersi fidare; che con lui sarebbe stata al sicuro. Uno come Luke non si sarebbe mai comportato male per vendetta o per orgoglio ferito. E poi, il fatto che non avesse mai avuto nulla di serio con una donna giocava a suo favore: non avrebbe trasformato la cosa in ciò che non era. Sarebbe rimasto solo sesso.

Non c'era altro a trattenerla.

Emozionata al pensiero, andò verso il soggiorno con addosso solo la maglietta che Luke le aveva prestato. Si sorprese nel vedere le luci ancora accese ma non si fermò a riflettere. Se l'avesse fatto, si sarebbe tirata indietro e non voleva passare altro tempo a pensare.

Il suo cuore saltò un battito quando lo vide seduto al tavolo, che leggeva un resoconto. Poteva farcela. Mosse un passo e come se lui l'avesse percepita, alzò gli occhi addolcendo l'espressione.

«Non riesci a prendere sonno?»

«Io...» ricordando che doveva sedurlo, Sam di fermò, «Stai ancora lavorando» disse avvicinandosi.

Non avrebbe dovuto sorprendersene, ma era così. Luke passava la maggior parte della giornata al lavoro e quando finalmente tornava a casa, continuava? Non c'era da stupirsi che la società avesse tutto quel successo. Quell'uomo era una macchina.

Lui torse le labbra guardando le carte sparse davanti a sé. «Sì, sto cercando di capire una cosa.»

Il senso di colpa per essere lì a importunarlo quando lui era ovviamente impegnato col lavoro, la investì prima che riuscisse a respingerlo: erano le tre del mattino, Luke avrebbe dovuto essere a letto e non dietro a leggere scartoffie. Se Jason fosse stato ancora vivo, di sicuro non sarebbe rimasto ancora in piedi. Sam realizzò improvvisamente quanto le abitudini del marito fossero sbagliate rispetto a quelle dell'amico.

«Beh, non devi finire di fare tutto stanotte, vero?» domandò in quello che sperava fosse un tono seducente, mettendogli una mano sul petto. Era così muscoloso… Quel pensiero le diede le vertigini. Senza dargli il tempo di rispondere lo cinse con un braccio e lo baciò prima di perdere il coraggio. Aveva labbra morbide e il profumo di fresco e pulito era inebriante. Voleva di più, perciò gliele accarezzò con la lingua ma appena si rese conto che lui non la stava ricambiando, si trovò preda della mortificazione.

Perché avrebbe dovuto farlo in fondo? Lei si era presentata sulla porta di casa sua, gli aveva scaricato addosso tutti i suoi problemi poi gli aveva domandato di passare lì la notte. E come ripagava la sua gentilezza? Saltandogli addosso.

Maledicendosi, stava per spostarsi e scusarsi quando lui gemette e infilata una mano tra i suoi capelli, approfondì il bacio. La mente di Sam si liberò da ogni pensiero tranne la sensazione delle loro labbra unite e della lingua di lui che danzava assieme alla sua. *Sì.* Era proprio quello che stava cercando.

Si spinse ancora più vicina, apprezzando il modo in cui il suo corpo si fondeva con quello di lui. Gli passò le mani avide sulla schiena, saggiando i muscoli tonici, poi si avventurò più in basso, premendosi contro di lui. Quando la sua erezione le si strofinò contro, provò una sensazione di calore tra le cosce.

Non voleva nulla tra loro, perciò iniziò a sbottonargli la camicia. L'elettricità crepitò nell'aria quando lui prese a tracciare la linea del suo collo con dei baci e la barbetta le graffiò deliziosamente la pelle. Trovò un punto delicato dietro all'orecchio e come se volesse farla impazzire, prese a succhiarlo poi a morderlo, lambendolo con la lingua. Sam mugolò. *Che bello.* Era davvero meraviglioso.

Doveva toccarlo. Appena ebbe scoperto a sufficienza il suo torace smise di sbottonare la camicia per passare le mani ovunque, godendosi quel suo profilo sodo. Gli punteggiò la pelle di baci fino a che lui non le catturò le labbra per l'ennesima incredibile volta.

Le mani di Luke scesero al bordo della maglietta, innescandole ondate di piacere in tutto il corpo quando si posarono sulla sua pancia. Di più... Sam voleva che la toccasse molto di più.

Con un movimento lesto e agile lui le tolse la maglietta. Il suo primo istinto fu di coprirsi ma resistette. Non avrebbe permesso al dubbio di offuscare quella notte. Era un momento solo per sé stessa e presumibilmente, anche per Luke.

Gli occhi di lui si velarono mentre l'ammirava, rendendole difficoltoso respirare: nessuno l'aveva mai guardata così, come se fosse un dolce da gustarsi avidamente. Era una sensazione in grado di darle alla testa.

«Bellissima» mormorò con voce roca Luke, «Sei maledettamente bella.»

Oh, Dio...

Prima che potesse rispondergli, la sollevò sul tavolo infilandosi tra le sue gambe. Le strinse una mano e la spinse a sé. Il piacere le scosse il corpo quando lui le inumidì un capezzolo con la lingua bramosa. Sam gli infilò la mano tra i capelli incoraggiandolo, tenendolo più stretto e in risposta, lui la mordicchiò dolcemente. «Oh, Luke.»

* * *

La voce di Sam lo riportò alla realtà. Lasciò andare il suo seno e alzò lo sguardo. Alla vista delle sue labbra gonfie e della lussuria nel suo sguardo, venne pervaso da una soddisfazione tutta maschile. Era stato lui a provocarle tutto ciò e voleva farle molto altro, ma qualcosa l'aveva fermato.

«È il tuo modo per farla pagare a Jason?»

Era sciocco chiederlo ma aveva bisogno di sapere che lei provava almeno una frazione di ciò che sentiva lui; che quella non era una vendetta. Sam gli accarezzò il torace provocandogli scintille in tutto il corpo. Diavolo, praticamente Luke era già al punto di non ritorno. Temeva che se non avesse avuto ancora quelle dolci labbra sarebbe morto, ma non aveva intenzione di partecipare ad alcun piano contorto di rivalsa. Per quanto complicato fosse ciò che nutriva nei confronti di Jason ora, Luke non poteva stare con Sam per i motivi sbagliati. Si meritava di più. *Lei* meritava di più e quel suo silenzio era eloquente. Avrebbe dovuto aspettarsi la rivalsa, eppure continuava a sentirsi come lo avessero preso a calci nello stomaco.

Tutte le volte in cui aveva immaginato di stare con lei, pensava che anche per Sam sarebbe stato lo stesso. Era assurdo desiderarlo, specie ora che aveva tutto ciò che desiderava davanti a sé, ma lei doveva volerlo per ciò che Luke era. Dandosi dell'idiota integrale la lasciò andare. Stava per fare un passo indietro quando lei lo bloccò.

«Per favore» lo pregò abbracciandolo. Il suo seno nudo si spinse contro il torace di lui, «Mi sento come se non fossi una donna e detesto il pensiero che sia stato Jason a ridurmi così. Voglio farlo. Ne ho *bisogno.*»

Il cuore dell'uomo si strinse: Sam non aveva mai avuto bisogno di lui prima e in quel momento, si ritrovava a voler essere colui che cancellava ogni dolore causato dall'altro.

Le prese cauto il viso con la mano e la baciò e quando il sapore di lei gli esplose in bocca, si rese conto che non ne avrebbe mai avuto abbastanza.

La donna si staccò spostandosi più a sud per stuzzicarlo, alternando baci a lappate sul torace. Un sogno. Doveva essere un delizioso sogno, era l'unica spiegazione che poteva dare al fatto che Sam lo stesse toccando e baciando. E dato che non voleva svegliarsi, la prese in braccio portandola nella sua camera da letto. Anche lei continuò a sfiorarlo con le mani e le labbra sia sul petto che sulla schiena, come se non ne avesse abbastanza. Era troppo eppure non bastava mai.

Con grande sollievo di Luke, i sensori accesero le luci

mentre entravano: non voleva perdersi un solo dettaglio. Le leccò un capezzolo sistemandola sul letto, prima di graffiarlo coi denti. Quando lo prese tra le labbra, le ciglia di Sam fremettero. Gemendo, la donna s'inarcò, le unghie affondate nella schiena di lui. Era così sensibile…

Gli diventò ancora più duro: l'uomo tracciò la strada lungo lo stomaco di lei con dei baci, apprezzando il suono affaticato del suo respiro; le abbassò le mutandine e le schiuse le cosce. Quando scoprì che Samantha era eccitata, bagnata per lui, sentì la testa leggera.

Voleva il suo sapore. La leccò facendola sussultare: era dolcissima. Si saziò avidamente al suono dei dolci gemiti che riempivano l'aria e quando la sentì prossima, la coprì interamente con le labbra, mugolando al suo orgasmo.

Conscio che quella potesse essere un'opportunità unica, non smise di leccarla e succhiarla, inebriandosi del suo sapore. Sentirle pronunciare il suo nome lo fece impazzire, spingendolo ad accelerare il ritmo. Le gambe di Sam iniziarono a tremare e ben presto venne di nuovo, invocandolo.

Doveva averla. *Ora.*

Si raddrizzò togliendosi il resto dei vestiti poi prese un preservativo e lo calzò con mani tremanti. Una parte di lui ancora non riusciva a credere che stesse succedendo davvero, che non fosse un sogno. Dopo aver passato anni a desiderarla, finalmente Sam era nel suo letto: cosa aveva mai fatto per meritarsela?

Incredulo, alzò lo sguardo solo per assicurarsi che fosse ancora lì e notò che lo guardava. Non era semplicemente qualcuno coi suoi capelli e i suoi occhi, era proprio *lei*. Nel suo sguardo Luke notò il desiderio, l'apprezzamento per ciò che vedeva e provò una vertigine. Il pensiero che lo volesse in ogni modo gli stava dando alla testa.

Non sarebbe mai stato abbastanza veloce a tornare da lei. Le sue mani si riappropriarono del suo corpo e riprese a baciarla come se stesse morendo di fame. Sam emise un dolce gemito quando la penetrò, il suono più sexy mai sentito. *Una meraviglia. Una dannata meraviglia.*

Trovò il ritmo avvolto da deliziose sensazioni. Lei chiuse gli occhi cingendolo con le gambe e muovendosi verso di lui. Luke la guardò arrendersi a quelle emozioni, gioendo di pura soddisfazione. Diavolo: nulla era più sexy di una donna che godeva ma il fatto che fosse proprio Sam ne aumentava la sensualità. Non aveva mai visto nulla di simile al mondo né sarebbe più successo.

Si ritrovò ben presto vicino all'apice ma non voleva venire senza di lei. Stava per toccarle il clitoride quando Sam gridò. La sensazione dei suoi muscoli interni che lo stringevano divenne soverchiante: Luke venne riversandosi dentro di lei.

Mugolando, posò la sua fronte su quella della donna, stringendole un seno mentre si assicurava di non schiacciarla. Lo guardò salire e scendere seguendo il respiro e ne restò incantato. Non ne avrebbe mai avuto abbastanza di lei.

Si scambiarono di posizione e Sam gli si stese sopra. Lui iniziò ad accarezzarle un braccio, sapeva di dover buttare il preservativo ma non voleva ancora muoversi. Tenerla tra le braccia era bellissimo e forse, una parte di lui si preoccupava che appena liberata, lei potesse sparire. Perciò, rimase dov'era godendosela il più a lungo possibile.

CAPITOLO SETTE

Si sentiva incredibilmente bene. Sam si stirò svegliandosi
ma poi, quando realizzò che c'era un corpo sotto al suo - un
corpo davvero sodo - si bloccò.

Luke.

Le si mozzò il respiro quando aperti gli occhi, vide il suo
bel volto. La cingeva con un braccio mentre l'altro era sollevato oltre la testa. La donna colse l'opportunità per guardarlo senza che lui lo sapesse. Studiò i morbidi capelli scuri,
il naso importante e quelle labbra che l'avevano baciata così
meticolosamente la notte scorsa; poi scese più in basso,
all'ombra di barba e un brivido le corse lungo il corpo nel
ricordarla contro la pelle mentre lui la baciava.

Ripensò a quanto fosse stata appiccicosa e si sentì morti-
ficata: Luke aveva cercato di allontanarsi e lei gli si era
attaccata come se fosse la sua ultima speranza. Vergognan-
dosi, si mosse per uscire dal letto ma quelle braccia la strinsero e prima che potesse rendersene conto, si ritrovò a
baciarlo. Le si arricciarono gli alluci per il piacere, prima di

tornare in sé. Interruppe il bacio e rimase sorpresa dall'intensità dello sguardo di lui.

«Non dirlo» la avvisò Luke, «Non dirmi che la notte scorsa è stata un errore.»

«Non ne avevo intenzione. Ieri notte è stata...» Sam lottò per trovare le parole giuste.

Era stato favoloso e sorprendentemente intimo forse per via di tutto ciò di cui avevano parlato, ma non si era mai sentita così vicina a nessuno.

«Ieri notte è stata proprio ciò che mi serviva» decretò finalmente, anche se non rendeva affatto ciò che significava per lei.

Non riusciva a non preoccuparsi: quella notte di sesso dove li collocava ora? Sam sperava che sarebbero rimasti amici, ma dopo quella notte dubitava di volerlo ancora. Probabilmente avrebbero finito per evitarsi nuovamente, il che la faceva sentire orribile. Non solo lo aveva usato, ma aveva probabilmente gettato al vento l'ultima possibilità di diventare sua amica. E in quel momento, per motivi che non comprendeva, quello le sembrava disperatamente importante.

L'uomo parve rilassarsi e annuì. «Io vorrei vedere come si evolve la cosa.»

«Come si evolve?» gli fece eco lei stolidamente, prima di capire e inorridire. Pensava di dover far funzionare una relazione tra loro per evitare imbarazzi in ufficio? Perché era l'unica spiegazione che riusciva a dare al fatto che Luke stesse cercando di renderla ciò che non era. La società significava tutto per lui e Sam non faticava a capire che cercasse di limitare i danni.

«Luke, non c'è bisogno di fare così. Penso che entrambi siamo abbastanza maturi per non trasformare questa cosa in ciò che chiaramente non è.»

Non aveva bisogno che lui fingesse di provare qualcosa che non era. Ne aveva avuto abbastanza con Jason, grazie tante.

«La notte scorsa è stato solo sesso» puntualizzò, cercando di sollevargli il morale, «Sesso veramente da favola…»

Prima che potesse aggiungere altro, le labbra di lui s'infransero sulle sue in un bacio appassionato ed esigente e Sam capì di esserci caduta dentro con tutte le scarpe: non ne avrebbe mai avuto abbastanza dei suoi baci.

Sentì l'erezione di lui scavarle dentro.

«Ti sembra solo sesso?» le chiese l'uomo guardandola intensamente.

Le si inceppò il respiro. Lui imprecò e si scostò. Disorientata, lei lo guardò portarsi sul bordo del materasso e passarsi una mano tra i capelli. I dorsali che si allungavano nel movimento le fecero seccare la bocca: perché doveva essere così sexy?

Pur sapendo di doversene andare il più in fretta possibile, tutto ciò che avrebbe voluto fare era stringerlo e riportarlo nel letto. Non riusciva a pensare a nulla di meglio che passarci la giornata assieme.

«Non dirmi che non ha significato nulla per te» ribatté lui infine, voltandosi a guardarla.

La gola di Sam si serrò nel comprendere che l'uomo provava davvero qualcosa o non sarebbe stato così insistente. Lentamente, una sensazione di calore si propagò dentro di lei, lenendo le ferite ancora fresche e aperte figlie del disinteresse di Jason, ma a prescindere da quanto buttare al vento la cautela e accogliere l'offerta di Luke la tentasse, sapeva di non essere nemmeno lontanamente pronta a livello mentale per iniziare una nuova storia. E lui meritava di meglio. Scosse leggermente la testa a quel suo limite.

«Mi dispiace, Luke. È che non sono pronta per un'altra storia.»

E a giudicare da come si sentiva in quel momento, non era sicura che lo sarebbe mai stata. Sapeva che gli uomini non erano tutti come Jason ma dubitava di essere disposta a correre nuovamente il rischio. Quel dolore, quel senso di inadeguatezza facevano troppo male.

La mascella di lui si serrò e lo sguardo divagò.

«Io sì, però» commentò un momento dopo. Si alzò e se ne andò.

Sam provò il bisogno impellente di seguirlo, di buttare tutto alle ortiche e cedere a ciò che volevano entrambi disperatamente, ma poi rammentò a sé stessa che nessuna delle sue storie era mai durata più di una sola notte. Diamine, in tutti quegli anni di conoscenza dubitava di averlo mai visto due volte con la stessa donna. Prima o poi si sarebbe stancato anche di lei e quello l'avrebbe distrutta.

Sospirando per la futilità di quella situazione andò in bagno a rinfrescarsi prima di rivestirsi.

Stupido. Stupido. Stupido.

Luke chiuse la caffettiera sbattendola. Che cosa si credeva, che dopo una notte Sam si rendesse improvvisamente conto che era l'uomo giusto? Che contraccambiasse i suoi sentimenti dopo averlo detestato per tutto quel tempo? Assurdo. Luke doveva essere un matto patentato, era l'unica spiegazione per averle suggerito di concedersi una possibilità.

Furioso, strinse il manico della caraffa mentre versava l'acqua nella macchina. Non importava che i baci di Sam fossero quelli di una che moriva dalla voglia di assaggiarlo, o che averla tra le braccia sembrasse tanto giusto. Non solo lei aveva perso il marito, ma aveva anche scoperto che era un bastardo, bugiardo e traditore. Ovvio che non fosse pronta per una relazione.

Quello non impediva che invece Luke la volesse con tutto sé stesso e nemmeno che sperasse di cambiare idea. Capì che stava usando le storielle di Jason come scusa per non sentirsi in colpa riguardo alla notte scorsa e non fu una bella sensazione. Solo perché lui l'aveva tradita non significava che lei fosse pronta da conquistare. La cosa peggiore però, era sapere che se non fosse stato per il suo egoismo quando le aveva dato la notizia, quella notte non ci sarebbe mai stata. Beh, ora l'avrebbe decisamente pagata: avere Sam per una notte e mai più…

Gli sfuggì un gemito. Aveva sempre pensato che guadarla fare gli occhi dolci a Jason fosse un inferno, ma questo era mille volte peggio. Conoscere il sapore di quelle labbra dolci ma non poterla baciare mai più? Era assolutamente insopportabile.

«Ehi.»

Luke alzò lo sguardo e sentì il cuore saltagli un battito nel vedere Sam entrare in cucina con addosso solo una delle sue camicie. Era poco abbottonata e l'orlo terminava appena sotto i fianchi, dandogli piena visione di quelle gambe lunghe.

«Spero non t'importi se ho preso in prestito una delle tue camicie.»

Dato che non aveva portato abiti, lui le aveva prestato una maglietta per dormire, voleva che stesse comoda e poi apprezzava l'idea di qualcosa di suo che le sfiorava la pelle. Non aveva mai pensato che avrebbe avuto anche il piacere di togliergliela. Beh, se avesse potuto restare ad ammirarla mentre l'aveva addosso, gliele avrebbe prestate anche tutte.

«Sì, certo» mormorò, cercando di non pensare a quanto sarebbe stato facile strappargliela di dosso. Era chiusa solo da qualche bottone, tutto ciò che doveva fare era tirare e sarebbe sparita. Ma lei non lo voleva e lui doveva imparare a conviverci. Di nuovo.

Strinse il pugno, chinando la testa verso la macchina del caffè e le chiese con noncuranza se ne volesse. Se c'era qualcuno da biasimare, era sé stesso. Avrebbe dovuto avere un maggior controllo la notte scorsa, ma come poteva? Dopo tutti quegli anni, la donna dei suoi sogni era finalmente tra le sue braccia e lui la voleva, dannazione. La voleva troppo.

«Sì, grazie.»

Lui ne versò due tazze e aggiunse il latte in quella che lei accettò con la fronte increspata.

«Sai come prendo il caffè?»

Luke sapeva tutto di lei ma sarebbe suonato bizzarro dirlo, quindi fece spallucce.

«Da quanto lavoriamo assieme?»

«Jason non lo sapeva» mormorò lei fissando la tazza.

Avrebbe voluto spiegarle che quello era un segno di dargli una possibilità per dimostrarle che lui era diverso da suo marito, ma non voleva asfissiarla quindi ci scherzò su.

«Forse dovresti renderlo un requisito per il tuo prossimo uomo.»

«È una possibilità» Sam rise portando la tazza al naso e sospirando, «Ha un profumo divino. Grazie.»

Lui sorrise. «Il sapore è anche meglio.»

Lei sogghignò soffiandoci dentro per raffreddarlo. Alla vista delle sue labbra protese, il suo membro ebbe un fremito e Luke si costrinse a distogliere lo sguardo.

Avrebbe mai smesso di volerla? Era almeno possibile? La desiderava da talmente tanto tempo che gli sembrava naturale. Probabilmente era quello il motivo per cui non aveva mai fatto seriamente con nessun'altra donna, perché nel suo cuore c'era posto solo per una ed era Sam.

«Vuoi restare per colazione? Maria…»

«Veramente dovrei vestirmi e andare» tagliò corto lei, «ma grazie per l'offerta.»

«Certo» l'uomo si sforzò di non farsi prendere dallo sconforto. A quanto pareva erano tornati al punto di partenza, con lei che lo evitava.

Fantastico. Davvero magnifico, cazzo.

* * *

Sam fissava la televisione, prestando a malapena attenzione al film che aveva noleggiato in albergo. Dopo aver lasciato casa di Luke si era fermata a comprare dei vestiti prima di fare il check-in. Aveva pensato che guardare un film di azione l'avrebbe distratta ma non riusciva a concentrarsi abbastanza per goderselo.

Non riusciva a pensare ad altro che Jason e quanto fosse stata stupida. Per tutto quel tempo lui le aveva messo le corna e lei non si era mai resa conto che qualcosa non andasse. Come aveva potuto essere così cieca e fiduciosa?

Quando lui voleva uscire con gli amici, lei non aveva mai fatto storie e quando aveva deciso di essere più attivo nella comunità lo aveva anche sostenuto. Oh, le risate che doveva essersi fatto alle sue spalle! Era come se la donna gli avesse lasciato campo libero per tradirla mentre si sforzava di fare la brava mogliettina.

Giurò a sé stessa che una volta di nuovo in pista, non avrebbe permesso a un altro uomo di esporla al ridicolo. Non sarebbe più stata molle come lo era stata con Jason.

Di nuovo in pista!

Emise un brontolio nel rendersi conto che l'unico motivo che la spingeva a pensarci di nuovo, era Luke. Anche se aveva rifiutato la sua offerta di vedere come si poteva evolvere quella cosa tra loro, non riusciva a toglierselo dalla mente. Era stata profondamente tentata di accettare, ma sapeva che in nessun modo sarebbe mai riuscita a mantenere vivo l'interesse di lui. Come avrebbe potuto d'altronde, non ci era riuscita nemmeno con suo marito! E poi in quel momento la sua mente era un casino, non poteva certo trascinare Luke a fondo con lei.

Ancora non riusciva a credere del tutto di averlo usato come aveva fatto. Lei non era tipo da fare cose del genere e l'aver scelto Luke peggiorava il tutto. Lui era stato così gentile - non solo a svelarle di Jason anni prima, ma anche a esserci per lei la sera precedente. Si era offerto di riaccompagnarla a casa e invece di apprezzare tutto ciò che aveva fatto per lei, Sam lo aveva sfruttato. Provò una profonda vergogna. Sì, il sesso era stato il migliore che avesse mai fatto ma aveva anche rovinato quello che sarebbe stato l'inizio di una nuova amicizia. Come avrebbe mai potuto affrontarlo ancora? Chissà cosa doveva pensare adesso di lei.

Ieri sera sarebbe dovuta restare a casa o meglio ancora, andare dritta in hotel. Che cosa sperava esattamente, che Luke negasse le sue accuse? Che avesse una scusa per tutte le fotografie e i messaggi trovati sul cellulare di Jason? Invece di buttarsi ogni cosa alle spalle, Sam aveva solo aggravato il rapporto con lui.

Prese il telecomando e spense la televisione. Doveva iniziare a pensare al futuro e alla direzione da far prendere alla sua vita. Sarebbe partita da un nuovo appartamento, perché non intendeva certo restare in quella casa che aveva condiviso con Jason. Il nido che una volta rappresentava i suoi sogni di avere una famiglia e invecchiare con lui, ora era una testimonianza di quanto fosse stata ingenua. Non ci poteva più vivere. Si sarebbe trovata un appartamento in città, molto molto lontano da quella casa.

Cercò tra i contatti del suo cellulare fino a trovare un agente immobiliare con cui era amica. Attese un momento prima di chiamare: chiedere di cercarle un appartamento le sembrava un qualcosa che avrebbe fatto Jason. Lui non si prendeva mai il disturbo di curare i dettagli quando poteva lasciarli a qualcun altro. Gli bastava schioccare le dita e la gente accorreva.

Non voleva avere più nulla a che fare con lui. Pensò a come aveva trovato un appartamento prima di conoscerlo e ricordò che prima si iniziava online. Se anche non avesse trovato nulla che le piacesse, almeno si sarebbe chiarita le idee rispetto ai suoi desideri. Decisa, aprì il browser sul cellulare e fece una ricerca di appartamenti liberi a Manhattan. Quel gesto, per quanto piccolo e insignificante, la fece sentire emancipata. Come se dopo un lungo periodo in cui era stata dormiente, lasciando prendere le decisioni agli altri al posto suo, si fosse finalmente fatta carico della sua stessa vita.

CAPITOLO OTTO

«Buongiorno, Mrs. C.»

Il benvenuto della guardia di sicurezza lunedì mattina la fece fermare. Per tutto il fine settimana era stata incerta se tornare al lavoro. Da un lato detestava il pensiero di continuare ad operare nel fondo creato da Jason e odiava l'idea che quel bugiardo traditore continuasse a dettare legge nella sua vita; ma dall'altro amava ciò che faceva e aveva la sensazione che mollare il fondo, in un certo senso significasse lasciarlo vincere. Doveva fare ciò che era meglio per lei e impedire alla rabbia nei confronti di lui, di spingerla a decisioni affrettate, come quella di sedurre Luke venerdì sera.

Perciò stava cercando di riflettere sulle cose prima di farle, ma il saluto cordiale di Ruben aveva cementato il fatto che lei, per chiunque lì sarebbe sempre stata la moglie di Jason. Non serviva impegnarsi per essere la miglior analista possibile, sarebbe sempre stata la donna che aveva ottenuto il posto perché il capo era suo marito. Era grazie a lui se aveva quell'ufficio che tanto amava con la vista perfetta su Bryant Park, per non parlare poi del poter saltare la lunga fila per il controllo della sicurezza e l'ascensore privato in cui stava entrando. Alla Anderson, anche dopo tutte le promozioni ottenute aveva continuato a condividere lo spazio con un altro revisore. Era come se la sua vita altro non fosse che una lista di privilegi ottenuti per aver sposato Jason.

Con un sospiro, Sam si fermò e sorrise alla guardia. «Buongiorno, Ruben.»

«Ha visto la partita ieri sera?»

«No, ma so che sono andati ai supplementari.»

Ruben scosse il capo. «Se n'è persa una davvero bella, Mrs. C. Hill ha segnato venticinque punti.»

«Considerato quel che guadagna avrebbe dovuto farne trenta.»

Gli sport professionistici non le interessavano granché ma aveva imparato un paio di cose da Jason e da quando gli aveva corretto il nome di un giocatore davanti a Ruben, la guardia di sicurezza aveva iniziato a parlare di sport anche con lei.

L'uomo le sorrise.

«È solo al secondo anno, aspetti il prossimo e ne farà quaranta!»

«Va bene, ti credo» concluse lei entrando nell'ascensore privato. Aveva il cuore pesante al pensiero che Jason avesse rovinato qualsiasi cosa, comprese le sue conversazioni con il personale di sicurezza. Come poteva continuare a lavorare lì sapendo che il marito le aveva praticamente servito tutto quanto sul palmo? Se fosse rimasta, non sarebbe mai stata sé stessa.

Provò nuovamente rabbia mentre l'ascensore saliva. E pensare che subito dopo la sua morte aveva voluto tornare a lavorare per mantenere vivo il suo spirito! Se non avesse scoperto quei messaggi, se non avesse saputo del suo tradimento, avrebbe proseguito nel ruolo di vedova fedele.

Con improvvisa chiarezza si rese conto che non poteva restare alla Harkin. L'amore per il suo lavoro e l'amicizia coi suoi colleghi sarebbero sempre stati messi in ombra da Jason e dal modo in cui aveva controllato la sua permanenza nella società. Sì, era stata lei a permetterglielo, ma ora aveva chiuso. Aveva una scelta e voleva, anzi *aveva bisogno* di essere sé stessa, un'entità completamente separata da lui. E quello significava abbandonare la Harkin.

Sentì un peso che si sollevava dal suo petto anche se quella decisione la rattristava. Avrebbe parlato con Luke appena possibile e gliel'avrebbe detto.

* * *

«Luke! Sei proprio la persona che stavo cercando.»

L'uomo si voltò verso Sam e il suo cuore perse un battito. Non la vedeva da quando aveva lasciato il suo appartamento sabato mattina e aveva sentito la sua mancanza, i suoi capelli di seta nei quali amava infilare le dita, quelli bellissimi occhi nocciola che battevano per il piacere quando entrambi diventavano una persona sola... Pregò che stesse per annunciargli di volergli dare una possibilità: non avrebbe chiesto mai più nulla.

«Ciao, Sam.»

«Possiamo parlare in privato?»

Nonostante l'accelerazione assurda del suo cuore, l'uomo riuscì a mostrarsi esternamente calmo. E speranzoso.

«Certo.»

Diede un'occhiata agli uffici occupati. La sala riunioni era vuota ma le vetrate non avrebbero dato loro alcuna privacy e lui moriva dalla voglia di baciarla, di tenerla ancora tra le braccia.

«Andiamo da me» le propose. Non era altrettanto vicino, ma almeno nessuno li avrebbe visti.

Resistette al bisogno urgente di cingerla con un braccio mentre si muovevano. Non era qualcosa che faceva di solito e dubitava che Sam volesse sbandierare la loro storia davanti ai colleghi. Una volta chiusa la porta del suo ufficio, la donna si voltò a guardarlo.

«Voglio vendere la quota societaria di Jason.»

La testa di lui scattò all'indietro come se fosse stato schiaffeggiato. *Vuole vendere?*

Non erano lì per discutere di possibilità, ma perché Sam voleva tagliare l'unico legame tra loro. A quel pensiero sentì lo stomaco rovesciarsi: lei si stava liberando di ogni ricordo della sua vecchia vita, compreso lui.

Quell'improvvisa decisione di vendere era la prova che Luke era stato semplicemente un venerdì sera utile, un mezzo per sentirsi meglio dopo la scoperta delle menzogne di Jason. E anche se sapeva che quella notte insieme non aveva per Sam lo stesso significato che aveva per lui, la certezza di quanto poco importasse lo ferì. Era stata la notte più bella della sua vita.

Quasi in seconda battuta si rese conto di quanto quella scelta avrebbe pesato su di lui, professionalmente parlando. La stampa lo stava già facendo sembrare uno che non sapeva cosa stesse facendo e un giornalista aveva persino insinuato che fosse Jason il cervello della Harkin, consigliando ai lettori di ritirare i soldi dalla società. L'uscita di Sam sarebbe stata interpretata come un segnale che nemmeno lei aveva fiducia nella sua gestione della Harkin.

Scosse la testa. «Sam...»

«Cinquanta milioni» mormorò lei sottovoce ma con tono fermo.

Cinquanta milioni? Era meno di quanto realizzassero in costi di gestione annuali. Doveva volersene andare davvero... non aveva nemmeno chiesto a quanto ammontasse il guadagno di un anno.

«Metà a me ora e l'altra metà a un paio di enti benefici, scaglionati nei prossimi anni» specificò poi.

Nonostante tutto quello che stava succedendo, Sam continuava a pensare agli altri. Se non si fosse sentito tanto infelice, avrebbe riso.

Gli serviva tempo per pensare, così andò a sedersi alla sua scrivania. In momenti come quello avrebbe desiderato avere dei liquori a portata di mano.

«Mi dispiace, Sam ma non posso correre alcun rischio al momento» esordì una volta raccolte le idee, «Magari il prossimo trimestre o tra sei mesi.»

Prima di prendere qualche grossa decisione a livello

finanziario doveva essere sicuro che gli affari tornassero stabili.

«Io non rimango, Luke» gli comunicò la donna con un'intensità sorprendente.

Sam si zittì come se avesse appena realizzato quanto fosse stata dura nel tono e aggiunse con maggior dolcezza: «Non posso continuare a lavorare qui. Penserei a lui ovunque.»

«Mi dispiace» le disse lui, ignorando la parte su Jason. Detestava che il suo ricordo rimanesse per sempre presente. Odiava il pensiero che quell'uomo continuasse a prendere più di quanto già non avesse ricevuto da quella donna meravigliosa, «Non ho intenzione di pagare cinquanta milioni per la metà di una società che tra un anno potrebbe non esistere più.»

Sapeva di renderle le cose difficili, ma gli affari dovevano restare la sua priorità.

«Va davvero così male?» domandò lei sedendogli davanti.

«Sai che colpo è stato il fiasco della Cervco l'anno scorso. La morte di Jason ha peggiorato il tutto» Luke sospirò, «E c'è un altro motivo per cui non potrei saldarti la quota ora. Poco dopo la sua morte, ho scoperto che Jason si era sovre-sposto con il fondo *distressed*. Abbiamo liquidato una grossa parte dei beni ma la strada è ancora lunga. Stavo pensando di usare le riserve liquide se fosse successo qualcosa di brutto.»

Beh, quello che rimaneva delle riserve. Con tutti i rimborsi che avevano dovuto dare, i liquidi che tenevano da parte - erano tra le società con più riserve sotto quell'aspetto - erano stati messi a dura prova.

«Mi spiace non avertelo detto prima, ma non volevo che pensassi male di lui.»

I suoi occhi brillarono di una qualche emozione. Luke rifletté che probabilmente Sam stava pensando a come potesse andarsene nel mezzo di tutto quel casino.

«Dammi sei mesi» le chiese per alleviare le sue preoccupazioni, «Se va tutto bene per allora, rileverò la quota.»

L'idea che Sam lo lasciasse lo metteva a disagio, ma capiva che le serviva per poter andare avanti. Pregava solo che si rendesse conto di quanto amava il suo lavoro e decidesse di restare.

La donna esitò poi finalmente annuì.

«Ti dispiace rimanere ancora due settimane per la transizione?» aggiunse l'uomo. Sapeva che andandosene avrebbe provocato scompiglio, pur lavorando prevalentemente come analista di fondi aziendali, era dentro un po' a tutti i reparti societari.

«Io... ma certo» gli assicurò guardandolo con gratitudine e sollievo.

Luke sapeva che sperare nel suo cambio di idea era illusorio: appena possibile, Sam se ne sarebbe andata senza guardarsi indietro.

«Come vuoi fare? Vuoi dire che il motivo è il bisogno di prenderti del tempo per te stessa?»

«Credo di sì» la donna scrollò le spalle aggrottando le sopracciglia, «Forse possiamo annunciare che ho deciso di lasciare la società per dedicarmi alla beneficenza?»

«Certo. Con tutte le donazioni che hai in progetto nessuno lo metterebbe in dubbio. Devo solo parlare con

Hank prima di annunciare la cosa. Più tardi potremmo confrontarci sulla spartizione delle tue responsabilità?»

Con la Harkin messa com'era messa attualmente, non voleva assumere altro personale.

«Certo.»

Luke sentì un grosso peso posarglisi sulle spalle e spingerlo verso il basso. Non riusciva nemmeno a respirare. Prima il fiasco con la Cervco, poi la morte di Jason e come se non bastasse, ora Sam che se ne andava a sua volta. Quest'ultimo evento non avrebbe influito sugli affari come i primi due, ma personalmente lo trovava devastante. Vederla era sempre stato uno dei momenti migliori delle sue giornate, non riusciva a immaginare di non farlo più. Non voleva.

Per non rendersi ridicolo cercando di farle cambiare idea, si schiarì la gola alzandosi.

«Devo incontrare un cliente tra pochi minuti. Passo nel tuo ufficio più tardi, così parliamo dei dettagli.»

«Certo, bene.»

Luke le sorrise cupamente accompagnandola alla porta. Gli serviva un drink. Magari avrebbe potuto portare il suo cliente al bar all'angolo. Non poteva certo ubriacarsi durante l'orario di lavoro, ma un drink lo avrebbe aiutato ad offuscare il dolore per la partenza di Sam.

* * *

«Sicura di non volerci parlare tu con gli stagisti?» le domandò Ross il giorno seguente, dopo che Sam gli ebbe annunciato che non poteva più tenere il workshop sull'analisi finanziaria. Quel giorno avrebbero comunicato ufficialmente la sua uscita ma lei aveva voluto preallertare l'analista, dato che gli stagisti avrebbero iniziato la settimana seguente. Aveva tenuto quel corso introduttivo negli ultimi due anni e prevedeva di farlo ancora, ma dato che se ne andava, Ross avrebbe dovuto prendere il suo posto oppure trovare qualcun altro che la aiutasse.

«Sicura.» Sarebbe ancora stata presente a programma iniziato, ma immaginava fosse meglio non incontrare gli stagisti del tutto. Non voleva che familiarizzassero e poi una volta andata, si sentissero abbandonati. Oltretutto, Sam era certa che uno o due colleghi avrebbero apprezzato la richiesta di fare da mentore. Per quanto gli analisti non fossero esattamente dei formatori, dubitava che avere uno o due tirocinanti da seguire sarebbe stato un problema.

«Che ne dici di passare per fare due chiacchiere?» le propose Ross.

La donna sorrise. Quell'uomo si preoccupava troppo. Quando i manager del fondo compravano un titolo basandosi sulle sue raccomandazioni, non si concedeva nemmeno di esultare, anzi: di solito finiva per preoccuparsi dell'andamento di quel titolo e se fosse stato acquistato o meno troppo presto.

«Sono sicura che andrai bene. Se proprio non te la senti, trovati qualcuno a supporto. Sono certa che Joanne o Chris sarebbero felici di aiutarti.»

Lui prese un blocco appunti e una penna. «Come mai non usiamo più EBITDA?» domandò facendo oscillare la mano, «Voglio dire: lo so il perché, ma mi piace il modo in cui lo spieghi tu.»

Sam sapeva che ignorarlo andava contro il pensiero della maggior parte delle scuole di business, ma per lei rappresentava solo un eccesso di rumore bianco.

«Perché non c'è motivo di usarlo» rispose lei, «Fa solo sì che i guadagni sembrino maggiori di quanto sono in realtà. Interessi, tasse...» Sam si bloccò quando lo vide scrivere come un forsennato, «Preferisci che ti mandi una mail?»

Il sollievo nello sguardo del collega era quasi tangibile. «Sì, per favore.»

La donna rise. «Okay. Metterò insieme qualcosa e te lo manderò entro fine giornata.» Gli prese la mano rassicurandolo, «Rilassati, andrai benone.»

«Per te è facile da dire» ribatté lui accusatorio, «Ancora non posso credere che mi stai abbandonando.»

Sam si sforzò di non alzare gli occhi al cielo. Ross si stava comportando come se lei lo stesse per mollare con un mucchio di mocciosi.

«Sono solo cinque. Chiamami se ti serve altro.»

L'uomo gemette facendola ridere nuovamente.

Provò un formicolio familiare nelle vene mentre attraversava gli uffici e tornava nel suo e ammise che tutto quello le sarebbe mancato. Invece di sentirsi emancipata, come se si stesse impossessando nuovamente della sua vita, le sembra di abbandonare i colleghi che ormai erano diventati la sua famiglia. Sebbene i gestori di fondi e gli analisti non fossero particolarmente rinomati per il calore, lei era riuscita ad essere vicina ad una buona fetta di loro, forse perché nessuno l'aveva mai vista come un avversario.

Era stata la moglie del capo, quella che avrebbe dovuto mollare una volta avuti dei figli. Lei stessa lo aveva dato per scontato. Potersi scegliere gli orari era uno dei motivi principali per cui aveva accettato l'offerta di Jason di entrare a far parte della società. Immaginava così di poter avere il controllo sul lavoro ma di esserci comunque per i suoi bambini nel momento del bisogno.

Entrambi i suoi genitori avevano lavorato a tempo pieno e nessuno di loro aveva mai partecipato ai saggi di pianoforte o a qualsiasi altra sua attività scolastica. Sam aveva sempre invidiato i compagni, i cui genitori erano là a sostenerli e sapeva che una volta diventata madre, avrebbe voluto fare tutto: andare alle partite, portarli agli allenamenti e persino aiutarli nei compiti. Ma i bambini non erano mai arrivati. Jason aveva sempre trovato un qualche modo per rimandare. All'inizio, le aveva detto di volere un periodo di "luna di miele" senza figli, cosa che Sam aveva trovato romantica; poi quando l'anno seguente lei aveva ripreso il discorso, aveva replicato di essere troppo preso dal lavoro per creare una famiglia, perché una volta avuti dei figli, voleva che fossero la sua priorità. All'epoca, Sam non immaginava che il tempo lo avesse ma che le sue priorità fossero altre.

Strinse i pugni pensando a tutti gli anni sprecati dietro a Jason. A prescindere da ciò che provava nei confronti del suo lavoro e dell'abbandonare i colleghi, andarsene per ripartire da zero era decisamente la soluzione migliore.

Mentre si avvicinava al suo ufficio, le venne un'idea. Deviò quindi alla reception, sorridendo quando aprì la porta e vide una giovane biondina dietro al bancone.

«Ciao, Theresa. Vuoi ordinare il pranzo per tutto l'ufficio?»

Magari il cibo avrebbe addolcito la notizia della sua uscita dalla società.

«Certo, da dove?»

«Scegli tu.»

La ragazza sgranò gli occhi. «Sicura?»

«Sì, ma non farmene pentire.»

«Non lo farò. Wow! Grazie, Samantha!»

«Prego» replicò la donna lieta di aver reso felice qualcuno quel giorno.

Eppure, quando comprese che quella sensazione avrebbe avuto vita breve, provò un senso di colpa. Riusciva a immaginare l'espressione affranta di Theresa all'annuncio che Luke avrebbe fatto più tardi. Con un po' di fortuna, la giovane receptionist non sarebbe stata poi così colpita. Chi lo sapeva, magari Sam stava sopravvalutando il rapporto tra lei e gli altri colleghi.

«E ti prego di metterlo sul mio conto personale.»

Sì, un pranzo sarebbe stato un ottimo modo per indorare la pillola e sollevarle un peso dalla coscienza.

CAPITOLO NOVE

Il giorno dopo, Luke era appena arrivato al lavoro quando vide Hank andargli incontro. L'espressione del suo Direttore Operativo era cupa e capì istintivamente quale fosse il problema.

«Abbiamo perso un altro cliente» dedusse precedendolo proprio mentre Hank si fermava davanti a lui.

Luke sapeva che la tregua recente era stata troppo bella per essere vera. Da una settimana nessuno se ne andava e aveva sperato che quello significasse la conclusione di quelle defezioni.

«In realtà due, oggi.»

Merda. Quanto ancora sarebbe andata avanti? Già era dura abbastanza lavorare con quel poco di capitale rimasto, per non menzionare quanto fosse demoralizzante per i manager. Iniziava a intravedere già i primi segni di cedimento in alcuni dei ragazzi.

«Quali?» domandò.

«Uno dei fondi pensione New Jersey e la NorCal.»

«Ti prego, non dirmi che è quello insegnanti.»

Il fondo pensioni insegnanti del New Jersey valeva circa ottanta milioni.

«No, è il Dayner.»

La morsa al petto si allentò leggermente. Dayner valeva probabilmente una ventina di milioni al massimo, mentre il fondo NorCal era molto più grande, circa del triplo. Non potevano permettersi di lasciar andare altri clienti o ci sarebbero stati dei tagli. La notte scorsa aveva rivisto le cifre e aveva notato che anche con dei guadagni simili a quelli dell'anno precedente, sarebbero a malapena andati a pari. Perdendo altri due clienti, la Harkin sarebbe decisamente finita in negativo a meno che non ci fosse una contrazione delle spese, il che significava quasi sicuramente un taglio degli stipendi e Luke non voleva licenziare nessuno per qualcosa che era colpa sua. Mandare a casa qualcuno che non rendeva era un conto, farlo perché aveva perso lui stesso il controllo della situazione era impensabile.

«Apriamo i fondi a nuovi clienti» ordinò. Non volendo fare investimenti a maggior rischio solo perché avevano somme più alte, lui e Jason avevano messo un veto all'ingresso di nuovi investitori due anni prima e dopo la morte dell'amico e socio, Luke non l'aveva ancora rimosso. Non voleva che si spargesse la voce, allertando così anche quei clienti ormai di vecchia data ma era un rischio da correre se non voleva che la società andasse incontro a un licenziamento di massa.

Provò un lungo brivido all'idea che nessuno volesse più investire con loro, ma poi si fece un veloce rimprovero: stava reagendo spropositatamente. Ovvio che qualcuno avrebbe creduto nella Harkin: chi non l'avrebbe fatto dopo tutti quegli anni di utili ininterrotti? Aveva solo bisogno di un paio di mesi per mostrare a tutti che si erano fatti prendere dal panico mentre tutto sarebbe andato bene. Doveva.

«Fallo nel modo più discreto possibile» aggiunse.

«Ma certo.»

Quella era solo la punta dell'iceberg. Presto, quando la NorCal avrebbe firmato con un altro fondo, ci sarebbe stato di che preoccuparsi. Acquisire un ex-cliente Harkin era un colpo grosso e il nuovo fondo di gestione l'avrebbe senza alcun dubbio sbandierato ai quattro venti, proprio come aveva fatto Jason, indicendo conferenze stampa per annunciare di aver soffiato la NorCal alla Tyco Enterprises.

Hank esitò un attimo prima di aggiungere: «Hai valutato il congelamento dei fondi?»

Luke batté sorpreso gli occhi. Anche se ci aveva pensato, non riusciva davvero a credere che Hank che gliel'avesse appena chiesto. Evitare che i clienti potessero ritirare i loro soldi, anche se solo temporaneamente, avrebbe reso il suo lavoro - per non menzionare quello di tutti gli altri - ancor più difficile, perché oltre a tutto il resto, avrebbero dovuto gestire anche la rabbia. Per raccomandargli quella soluzione, doveva proprio essere preoccupato.

«Sì, ma poi ho deciso altrimenti» rispose, «Anche se ottenessimo risultati da record, i clienti ci lascerebbero appena possono.»

Sebbene avessero un portafoglio di investitori non propriamente indigenti, a nessuno piaceva non poter avere accesso ai propri fondi.

Nella speranza di mitigare le preoccupazioni di Hank,

Luke si obbligò a sorridere e riprese la strada del proprio ufficio.

«Grazie per avermi informato. Mi aspetto di avere più investimenti dall'estero che pensioni questa volta.»

Avrebbe preferito costruire un castelletto per quegli americani che lavoravano sodo invece che arricchire uno straniero già benestante di suo, ma bisognava prendere quel passava il convento.

«Solo tu puoi pensarci in tempi come questi» lo schernì Hank seguendolo, una battuta che ricordò a Luke le differenze delle loro origini. Il collega non aveva un patrimonio di famiglia alle spalle come Jason, ma non proveniva nemmeno da un contesto di povertà. Non sapeva cosa significasse lavorare per più di quarant'anni e poter fare affidamento solo una pensioncina; non capiva come gli alti ricavi di quei fondi facessero un mondo di differenza per i pensionati. Potevano permetter loro di ritirarsi con un paio d'anni di anticipo, contribuire all'educazione dei figli o magari ai conti medici.

«Non c'è nulla di male nel voler aiutare la gente.»

Se nel tentativo costante di esagerare coi ricavi, il gestore del fondo pensione a cui si era affidato non avesse scazzato a quel modo, suo padre non avrebbe dovuto lavorare tanto e per tutto quel tempo, consumandosi fino al midollo in fabbrica.

«Ed è così che veniamo ripagati» commentò Hank indicando i locali della società.

Come Jason, anche lui era sempre stato più a favore dei clienti danarosi. Meno scartoffie e richieste e più conoscenze altolocate. Ma a che scopo rendere uno ricco, ancora più ricco? Alla fine della fiera, non facevano altro che colmare forzieri già pieni.

«Andiamo, quelli dei fondi pensione non sono gli unici a essersi ritirati.»

Anche alcuni dei loro clienti più benestanti l'avevano fatto, ma era il volume più ampio di alcuni fondi pensionistici a farli sembrare i maggiori criminali. Forse avrebbe dovuto impegnarsi di più nel contrastare la decisione di Jason di chiudere la Harkin ai nuovi clienti due anni prima. Se l'avesse fatto, ora non si sarebbero trovati in quella posizione. D'altro canto, avrebbero potuto finire con l'avere ancor più impiegati di cui preoccuparsi e c'era la possibilità che il danno provocato dalla sovraesposizione di Jason fosse anche peggiore.

Gli pulsava la testa: erano fortunati che il mercato si trovasse in una fase positiva in quel momento o sarebbe stato un inferno.

«Sì, ma sono i fondi pensione e i sindacati a darci i problemi maggiori al momento» Hank scosse la testa, «Andrò a parlare con Betty per la riapertura.»

Luke sospirò e aprì la porta. Almeno aveva la certezza che Hank avrebbe fatto quel che gli veniva detto. Magari poteva non essere d'accordo con lui, ma non lo avrebbe sfidato come aveva fatto Jason.

Come capitava spesso, la sua mente si ritrovò a vagare verso Sam mentre si accomodava in ufficio. Ancora non se n'era andata ma a lui già mancavano il suo sorriso e il suono della sua voce. Non era difficile capire come sarebbe stato nei mesi a venire.

Non erano mai stati davvero amici e non si tenevano in

contatto tranne sul lavoro. Sarebbe stato fortunato se a ricevere ancora qualche occasionale messaggio da parte sua.

Si domandò brevemente se potesse sfruttare il ritiro dei clienti come scusa per trattenerla più a lungo delle due settimane richieste, ma poi se ne vergognò: Sam stava facendo del suo meglio per affrontare quello che le era capitato e lui cercava di peggiorare il tutto per assecondare i suoi bisogni egoistici.

Intimorito dall'intensità della tentazione di ritardare il rilevamento della sua quota, prese il telefono. Non voleva correre il rischio di cambiare idea nell'attesa che lei arrivasse. Anche se poteva non essere la scelta migliore per la società, il taglio netto era perfetto per sé stesso e anche per lei. Sam lo aveva ridotto alla disperazione, perciò era normale che lui facesse di tutto per trattenerla a sé una volta giunto il momento di andarsene. Sparita lei, la Harkin avrebbe finalmente ricevuto tutta la sua attenzione. Non avrebbe più passato tutto il tempo a pensare costantemente a Sam, né fatto pause caffè ogni paio d'ore sperando solo di scorgerla.

Il telefono squillò. Luke corrugò la fronte. Forse era stato un bene che lei lo avesse rifiutato, non aveva esattamente il tempo per una relazione ma non era riuscito a non proporle di averne una. Dopo una sola notte con lei, Luke aveva voluto di più.

«Luke?» Il piacere gli corse lungo tutto il corpo nel sentire il suo nome uscire dalle sue labbra e l'uomo seppe di aver preso la decisione migliore. Considerata la situazione della società, non poteva permettersi distrazioni.

Bloccando la voce che gli stava suggerendo l'errore,

disse di punto in bianco: «Rilevo la tua quota. Ti farò avere le carte prima che tu esca dal lavoro oggi.»

«Aspetta, dici sul serio? Grazie, Luke.»

«Grazie a te» replicò lui, cercando di non pensare al sollievo nel tono della donna. Voleva davvero andarsene, «So che avresti potuto chiedere di più.»

«Lo meriti. So quanto hai lavorato per la società.»

«Anche Jason» si sentì obbligato a puntualizzare.

Anche se ce l'aveva ancora a morte per quello scherzo col denaro altrui, sapeva che se non fosse stato per Jason non sarebbe esistita nessuna società di cui preoccuparsi. Luke da solo non avrebbe mai avuto né il coraggio né le risorse per avviarla dopo il college e gli sarebbero mancate anche la pazienza e le conoscenze da corteggiare.

«Se avessi ceduto le quote ai genitori di Jason, me le avrebbero restituite.»

Probabilmente Sam aveva ragione. I suoceri la adoravano e non era che a loro mancasse il denaro. Il padre di Jason apparteneva a una delle famiglie più antiche e ricche degli Stati Uniti e la madre era cresciuta a sua volta col fondo fiduciario. Entrambi avevano abbastanza capitale per almeno dieci vite.

«Puoi mandarmi un elenco degli enti benefici a cui vuoi donare, oltre a un piano preliminare il prima possibile?»

«Io... ma certo. Non mi aspettavo davvero che succedesse tanto in fretta ma grazie. Lo apprezzo davvero.»

«Di nulla» mentì Luke, «Farò stilare il contratto a John.»

Riattaccò, schiarendosi la mente. Si era appena complicato il lavoro accettando di togliere altro denaro alla società ma sapeva di poter gestire la situazione. Avrebbe inglobato un altro po' d'investitori, iniziato a corteggiare un paio di fondi pensione e si sarebbe concentrato sul far crescere gli asset già in loro possesso. Era una sfida, ma lo aveva già fatto in passato.

La mente seguiva un certo ordine ma le sue emozioni erano in subbuglio e per quello non aveva soluzioni, quindi mise da parte le preoccupazioni e si buttò nel lavoro.

* * *

L'ultimo giorno di Sam alla Harkin.

Luke la guardò infilare una cornice con una fotografia dentro allo scatolone e provò una stretta al cuore. Non riusciva a credere che Sam se ne stesse andando veramente. Probabilmente, una parte di sé aveva sperato in un miracolo - che la donna si rendesse conto di amare il proprio lavoro e decidesse di restare o che qualcosa (qualsiasi cosa, davvero) le facesse cambiare idea - ma era stata solo una vana speranza.

Dato che non sapeva quando l'avrebbe rivista, l'uomo si prese il suo tempo per ammirare tutto di lei, dai morbidi capelli scuri a quelle curve da infarto così ben evidenziate dall'abito nero. E non era solo l'aspetto esteriore a piacergli. Dentro, era ancora più bella.

In puro stile Samantha, non solo donava metà dei ricavi dalla cessione della sua quota societaria, ma aveva anche avviato un programma di borse di studio a nome di Jason usando il denaro investito alla Harkin. Anche se la società avesse realizzato solo un guadagno in linea col mercato, la somma accantonata per le borse di studio sarebbe bastata per coprire l'intera retta di cinque nuovi studenti ogni anno per un bel po' di tempo.

Probabilmente, Sam avrebbe dichiarato di averlo fatto per i genitori di Jason ma lui sapeva la verità: anche se non amava mettersi in piazza quanto il marito, le piaceva aiutare le persone.

Luke si rese conto che l'aveva fissata a lungo, perciò tamburello sulla sua porta aperta. Lei si voltò lesta verso e lui si obbligò a sorriderle mentre infilava le mani nelle tasche.

«Grazie per aver guidato gli altri nei vari passaggi.»

«Non c'è di che.»

Le labbra di lui si torsero. Aveva sentito più di una persona cercare di convincerla a rimanere usando i sensi di colpa e sapendo quanto Sam fosse vicina a tutti, non riusciva nemmeno a immaginare quanto fosse risultato difficile salutare. Il fatto che comunque se ne andasse a prescindere dai suoi sentimenti rispetto ai propri colleghi, era emblematico di quanto volesse allontanarsi dalla società.

«Oh. Quasi dimenticavo.»

La donna si voltò per prendere una busta dalla scrivania.

«Ecco tutte le mie chiavi e le carte di credito» gli disse allungandogliela, «Le carte sono già state annullate ma volevo dartele in caso ti servissero. La maggior parte delle chiavi è stata azzerata tranne un paio di cui non so nulla.»

Scrollò le spalle. «Negli anni si sono accumulate.»

«Grazie» mormorò lui tracciando i bordi della busta col dito.

Doveva esserle grato per la premura con cui aveva pensato a tutto e invece riusciva solo a pensare a come gli stesse togliendo ogni scusa per contattarla un domani.

«Allora, cosa farai ora?» le domandò, allontanando quei pensieri. Non se la immaginava a casa a poltrire, Sam era troppo abituata a lavorare sodo per restare inattiva a lungo.

«Beh, inizialmente avevo pensato di tornare alla Anderson. Il mio vecchio capo adesso gestisce il reparto e sono piuttosto sicura che mi riassumerebbe.»

Il cuore di Luke si fermò prima che lei aggiungesse all'istante: «Non preoccuparti… la settimana scorsa mi sono resa contro che non lo avrei fatto.»

«Scusa, Sam ma sai bene che andare a lavorare da qualche altra parte metterebbe la società in pessima luce, vero?»

Il motivo addotto per la sua uscita di scena era che voleva dedicarsi alla beneficenza, perciò non poteva andare a lavorare da qualche altra parte, punto e basta.

«Lo so. La verità è che non so cosa farò. Non mi ci vedo a entrare in un comitato di beneficenza. Anche prima di tutto quello è che successo con Jason, non è mai stato nelle mie corde.»

Nemmeno in quelle di lui, penso Luke corrugando la fronte, ma poi si sforzò di non pensare a quanto fossero simili anche sotto quell'aspetto.

«Come mai non ti hanno mai dato del denaro da gestire?»

Qualcun'altra a quest'ora sarebbe già stata promossa a junior portafoglio manager.

«Io…» la donna fece spallucce, «Non è successo e basta.

Sai che sono capitata in questo ambiente per caso» fece una pausa considerando la cosa, «Tu pensi che avrei potuto fare la manager?»

Odiava la sfumatura speranzosa nella sua voce. Jason non le aveva mai detto quanto fosse brava? Anche se non aveva le conoscenze di base rispetto agli altri analisti, Sam era proprio come tutti gli altri, anche meglio secondo Luke per quanto lui probabilmente era di parte. Amava tutto di lei, compresi i resoconti che scriveva. Gli piaceva vedere come lavorasse la sua mente e il fatto che mentre li leggeva, riuscisse quasi a sentire la sua voce.

Strinse i pugni al pensiero di Jason che ne inficiava la crescita, poi si mandò mentalmente a quel paese: non importava quello che aveva o non aveva fatto, perché tanto Sam se ne stava andando. Voltava le spalle alla Harkin senza nemmeno guardarsi indietro, perciò invece di dire qualsiasi cosa volesse dire, annuì seccamente.

«Sì, penso di sì.»

Lei lo guardò raggiante.

«Grazie. Non che abbia intenzione di diventarlo, ma per me la tua opinione in merito conta tantissimo.»

Sollevò le spalle infilando una mano nello scatolone.

«Ho appena preso un appartamento tra la Quarantanovesima e la Lex, mi trasferisco questo fine settimana» annunciò dopo un attimo.

Luke tentò di non pensare a quanto sarebbe stata vicino. Non gli avrebbe più fatto visita a tarda sera.

«Vendi la casa?»

«Sì, ho pensato fosse la cosa migliore. È un po' grande per una persona sola.»

Provò un'immensa rabbia nel rendersi conto di quante cose amava e stava lasciando per colpa di Jason: il lavoro, la casa… Avrebbe voluto dirle che non lo meritava, ma sapeva che Sam avrebbe dovuto arrivarci da sola.

«Ti va di cenare assieme stasera?» le propose prima di potersi trattenere.

Non importava quante volte si era ripetuto che sarebbe stato più semplice dimenticarla una volta lontana, Luke non aveva fretta di vederla andare via. A essere totalmente onesto con sé stesso, non voleva proprio scordarla. Ogni volta che ripensava a Sam o a quella notte di due settimane prima, sentiva che loro due si appartenevano.

Lei gli sorrise, dandogli la sensazione di leggerezza.

«Alle otto hai una riunione con Clarence Myers.»

Merda, se n'era dimenticato. Per un secondo prese in considerazione l'idea di mandarla a monte, ma poi il senso di colpa ebbe la meglio: con tutto il denaro perso, non poteva permettersi di fare un torto ad alcun cliente.

«Allora un'altra sera.»

«Certo» rispose lei ma non gli propose alcuna alternativa, confermandogli che si stava semplicemente comportando in modo educato e che non intendeva davvero rivederlo.

L'uomo provò una certa delusione, che si annidò alla bocca dello stomaco: che cosa si aspettava dopo che Sam lo aveva già rifiutato? Invece di perdere tempo sperando nell'impossibile, avrebbe dovuto prepararsi per la riunione e pensando a quello, fece un passo verso la porta.

«Okay, allora immagino che ci vedremo in giro.»

CAPITOLO DIECI

Sam guardava con sollievo il suo autista aiutare quelli dell'ente benefico che caricavano nel camion l'ultima delle auto di Jason. Era passata una settimana e finalmente, il garage era vuoto.

Una volta terminato, Jim, uno degli impiegati le si avvicinò: «Ancora grazie, Mrs. Collins. Lo apprezziamo davvero.»

«Nessun problema, sono felice che le auto vi possano essere utili.»

In realtà voleva sbarazzarsi di tutto così da poter mettere la casa sul mercato. Quello che era stato il suo luogo da sogno, ora sembrava una rappresentazione dei fallimenti. La stanza che avrebbe dedicato al bambino era stata modificata per diventare parte della sala cinema voluta da Jason. Lo spazio che invece avrebbe voluto adibire a sala giochi, era stato riconvertito nell'ufficio casalingo del marito. Diavolo, persino nel cortile sul retro, dove Sam avrebbe voluto mettere una struttura in legno con lo scivolo, era stato pavimentato per far posto a un gazebo dove ricevere gli ospiti. Anche se aveva ottenuto di poter scegliere la tinta e dare altri tocchi decorativi ogni volta che avevano rinnovato, era stato Jason ad avere l'idea di farlo. L'unica cosa che Sam aveva richiesto e ottenuto, era il vialetto lastricato che serpeggiava nell'erba. Lo aveva creato pensando alle visite dei suoi genitori ma nonostante quello sforzo, loro non erano mai venuti spesso perché in quella casa si sentivano a disagio. A dire il vero, più che in casa non erano a proprio agio con Jason, dato che dopo la sua morte, non avevano avuto alcun problema a restare. Lui non era mai stato maleducato nei loro confronti, ma non si era nemmeno prodigato troppo per farli sentire a casa. Discuteva sempre di luoghi e oggetti che i suoceri non si potevano permettere, per non parlare del cibo.

La donna rammentava una volta in particolare in cui i suoi genitori non avevano fatto altro che giocherellare con la cena per tutta la sera. Il menù era in francese, perciò avevano deciso di accettare il piatto consigliato dal cameriere, che si era rivelato essere zampetti di maiale. Quando in seguito lo aveva confidato a Jason, lui aveva replicato che avrebbero dovuto domandare cosa significassero i termini, oppure ordinare qualcosa fuori menù. Se all'epoca le era parso ragionevole, ora Sam si rendeva conto di quanto fosse stata debole. Avrebbe dovuto intervenire quando aveva capito che suo marito sceglieva sempre ristoranti in cui i suoceri avrebbero avuto problemi, ma non voleva innescare una lite, specie quando era lui a pagare. Con gli ammodernamenti della casa era stata la stessa storia: Sam non voleva fare tragedie per niente, specie quando avevano ancora tanto spazio.

«Questa è la donazione più cospicua che abbiamo ricevuto» la informò Jim, riportando la sua attenzione al momento, «Anche se vendessimo all'asta solo la metà delle auto, basterebbero comunque a coprire tutte le spese per un anno.»

Non aver ceduto alla tentazione di rigare quelle macchine che Jason aveva amato tanto quando aveva scoperto il suo cellulare, era stato un bene. Non avrebbe potuto darle via, altrimenti tutti avrebbero capito cosa provasse davvero nei suoi confronti.

All'inizio aveva pensato di offrirle a suo suocero, ma considerato che il figlio era morto in un incidente automobilistico non lo riteneva un gesto appropriato, e poi gli enti che aveva scelto per quella donazione, erano per la maggior parte sostenuti da Jason. Di sicuro i genitori avrebbero approvato.

Una parte meschina di lei non voleva continuare a sostenerli, ma Sam sapeva che non era giusto. Solo perché Jason aveva avuto una tresca con un membro del consiglio di una specifica associazione, non significava che quello fosse il suo modus operandi. E poi, non poteva certo punire un'associazione intera per le azioni di un singolo, specie quando faceva tutto quel bene alla comunità.

«E a giudicare dalle telefonate ricevute, questa di sicuro sarà l'asta più imponente mai fatta» proseguì Jim, «I clienti stanno già chiamando per entrare in lista.»

«Ma è fantastico! Sono felice che queste auto siano così utili.»

«Beh, meglio andare» l'uomo staccò un foglio dalla sua cartellina e glielo porse, «Ecco la ricevuta per la donazione, anche se sono certo che a febbraio Connie le spedirà una distinta.»

«Grazie.»

«No, grazie a lei» replicò lui stringendosi la cartellina al petto, «Non sa quanto significhi questa donazione. I bambini...» Scosse la testa come se gli risultasse difficile trovare le parole.

Sam sorrise. «Dar loro un posto dove passare il tempo dopo scuola vale più di qualsiasi ringraziamento.»

Se non fosse stato per un centro simile, non sapeva che ne sarebbe stato di lei e di sua sorella all'epoca. Dato che entrambi i genitori lavoravano a tempo pieno, loro due vi passavano i pomeriggi. Non solo il centro di quartiere forniva loro un luogo sicuro dove restare fino all'arrivo dei genitori, ma costituiva anche una sorta di seconda casa.

Mentre Jim raggiungeva gli altri che parlavano vicino al camion, la donna si voltò e intravide il piccolo ruscello che scorreva nel giardino giapponese. Era come avere un parco privato nel retro della casa, dove amava passeggiare dopo cena e passare del tempo a leggere quando possibile. Realizzò all'improvviso quanto tutto quello le sarebbe mancato.

Aggrottò le sopracciglia: quel giardino era più ampio dello stesso parco in cui sua madre portava lei e sua sorella quando erano piccole. Mamma mia, quanto era stata viziata! Forse tornare in città le avrebbe fatto bene sotto molti aspetti.

Sentì il rumore di un'auto che si avvicinava e quando si voltò vide Nina.

«Che ci fai qui?» le domandò mentre la donna scendeva dalla vettura. Con il traffico quello era un bel viaggetto per lei, perciò era felice di vedere l'amica.

«Mi serve in prestito un abito. Andrew sta arrivando...»

«Non dire altro» la bloccò Sam sollevando una mano.

Anche se non aveva mai incontrato il fidanzato di Nina, nelle ultime settimane ne aveva sentito parlare talmente tanto che le sembrava di conoscerlo già.

L'altra la guardò con sollievo. «Grazie» mormorò abbracciandola, «Sei la mia salvatrice.»

«Avresti potuto chiedermi di portartene un po' all'appartamento» le disse Sam mentre si staccavano, «Ti saresti risparmiata il viaggio.»

«Lo so, ma mi sento già abbastanza male a ricorrere sempre al tuo armadio» Nina fece spallucce, «Ti offrirei in cambio qualcuno dei miei, ma rispetto ai tuoi sono degli stracci. E poi mi sarei persa quegli stalloni» abbassò gli occhiali da sole adocchiando il gruppetto di uomini accanto al camion. Sam rise: la sua amica non conosceva vergogna.

«Sono venuti a prendere due delle auto di Jason per un'asta di beneficenza» le spiegò. La testa di Nina scattò verso di lei. «Aspetta... dai via due auto?»

«Le ho date via tutte.»

Non voleva avere più nulla da fare con Jason.

L'amica si tolse gli occhiali. «Odio dovertelo dire, Sam ma tuo marito probabilmente ha mentito riguardo al prezzo di alcune auto. Non credo abbia mai speso meno di mezzo milione di dollari per ciascuna.»

«Non mi interessa al momento» ribatté l'altra, sperando di non suonare come una di quelle mogli benestanti che non prendevano mai in considerazione i costi. Nina era un avvocato di successo eppure una sola di quelle auto costava quasi cinque volte il suo stipendio annuale.

L'amica le strinse un braccio. «Hai ragione, mi dispiace.»

Maledizione, non voleva farla sentire in colpa. «Nessun problema» aggiunse affannosamente Sam, «Grazie per avermelo detto, me lo ricorderò quando vaglierò il resto delle sue cose» mentì.

«Come stai?» le domandò Nina prendendola per mano.

L'aria preoccupata la rese rigida. Non era pronta per un altro giro di persone che cercavano di consolarla dicendole frasi carine su Jason. Tutti continuavano a offrirle le condoglianze, glorificandone le virtù mentre tutto ciò che avrebbe voluto fare lei era prendersela con quel bastardo fedifrago per averla tradita. Da quando aveva scoperto del suo tradimento e deciso di non parlarne, le sembrava di vivere in una menzogna. Rivelare la verità però avrebbe ferito i genitori di Jason e Sam non poteva farlo. Era sempre stata trattata come un membro della famiglia e loro amavano il loro unico figlio. Non ne avrebbe mai rovinato il ricordo.

«Okay» replicò, «Come sta Miranda?» cambiò poi discorso.

«Non farmi nemmeno iniziare. Mia sorella ha deciso di trasferirsi a Los Angeles perché il suo ragazzo - o perlomeno quello che era il suo ragazzo due settimane fa, sia chiaro - aveva trovato lavoro là. Come si fa essere tanto...» la stretta di Nina si rinforzò improvvisamente e Sam si rese conto che l'amica stava guardando qualcosa alle sue spalle. Si voltò e vide Jim che stava salendo sul camion.

«Mm… chissà se fanno anche raccolta di libri.»

«Puoi chiedere» Sam rise mentre le mostrava la ricevuta con l'intestazione e le informazioni dell'ente sulla parte alta del foglio, «Però penso che Andrew potrebbe risentirsene.»

«Uff! A volte mi domando se ci tenga davvero a me. Quando è fuori città mi chiama a malapena.»

Il primo pensiero che le attraversò la mente fu che lui fosse sposato, ma poi si diede della stupida per essere saltata a quella conclusione. Solo perché Jason l'aveva tradita, non significava che chiunque altro si comportasse così e poi, conoscendo Nina, era certa che avesse fatto qualsiasi ricerca possibile su di lui in vista del loro primo appuntamento. Se fosse stato sposato o se fossero esistite foto con un'altra donna, lei se ne sarebbe accorta.

«Probabilmente è impegnato» osservò alla fine. In fondo, Andrew meritava il beneficio del dubbio e a Nina non serviva farsi spezzare nuovamente il cuore.

Il camion si avviò e i due uomini salutarono con la mano mentre partivano. Nina inspirò bruscamente: «Che fossette!»

Sam alzò gli occhi al cielo. «L'anno scorso non hai rotto con quel ragioniere perché aveva le fossette?»

«Su di lui non stavano bene. Non quanto a Mr. Wow là sopra! Cavolo,» Nina si fece vento con la mano, «non credevo che le fossette maschili potessero essere tanto sexy.»

Erano carini, sì ma nulla in confronto a Luke. La loro era una bellezza fanciullesca, mentre Luke era un uomo fatto e finito, muscoloso là dove loro erano magrolini... Sam gemette fra sé e sé: doveva smettere di pensare a lui, non era affatto pronta a una storia e anche posto il contrario, Luke non sarebbe stato l'uomo adatto per lei.

Aveva quell'aria perfettamente misteriosa e un po' meditabonda che unita alla ricchezza lo rendeva uno per cui le donne avrebbero fatto pazzie. Sam non aveva le forze per ripercorrere nuovamente quella strada, non voleva doversi chiedere se fosse con un'altra ogni volta che lui faceva tardi al lavoro. Per quanto sapesse che Luke non era un farfallone, non era nemmeno tipo da relazioni stabili. Si sarebbe stancato di lei prima che Sam se ne rendesse conto e allora che le sarebbe capitato?

«Andiamo a cercarti un abito» disse, sperando di far cambiare percorso alla sua mente.

Capiva di essersi trovata in quella posizione per colpa della sua natura di persona fiduciosa, eppure detestava il cinismo a cui si stava abbandonando.

«Grazie per l'aiuto, Charles» specificò poi mentre oltrepassavano l'autista.

«Nessun problema, signora» replicò lui sfiorandosi il cappello.

Sam spalancò la porta d'ingresso e salì lo scalone di marmo. Una sensazione di vuoto sembrava riempire la casa e la donna realizzò improvvisamente che era sempre stato così, solo che non aveva mai voluto ammetterlo.

Nonostante gli arredi e il resto, non le sembrava un focolare ma piuttosto un luogo da prendere a modello. Era privo di tocchi personali e aveva un'aria clinica, come se non ci avessero nemmeno vissuto... Al pensiero di aver tollerato un'esistenza tanto priva di contenuti le si stringeva la gola, ma la cosa peggiore era la convinzione di essere stata felice.

«Beh, questo è nuovo» commentò Nina oltrepassando un bozzetto della Central Station, «Aspetta… anche i dipinti sono andati in beneficenza?»

«No, li ho prestati al museo» non le era mai parso giusto tenere quei capolavori tutti per loro, perciò li aveva dati al museo così che anche gli altri potessero ammirarli. In cambio, come segno di stima le erano stati dati alcuni originali di artisti locali emergenti.

«È stato bello da parte tua» commentò Nina, «Sono certa che molti studenti d'arte saranno emozionati per l'opportunità di vedere gli originali.»

«Lo spero. Jason aveva in mente di donare i dipinti prima o poi e quando ho saputo della mostra su Picasso…»

Prima che il periodo di prestito terminasse, Sam si era consultata con la madre di Jason. In quanto membro del consiglio di amministrazione del museo, Jessica sapeva cosa fosse meglio fare con quei dipinti. Suo figlio li aveva sempre e solo considerati una detrazione dalle tasse.

Entrarono in camera da letto e Nina corse all'armadio aperto squittendo.

«Questo vestito rosso è una favola!»

Dieci minuti dopo, Sam guardava Nina contorcersi davanti allo specchio per capire se l'abito rosso che aveva indossato le facesse il sedere grosso. Ecco una cosa buona del suo matrimonio: poter prestare gli abiti all'amica. Dato che

Jason non voleva che mettesse lo stesso due volte, ne aveva in grande quantità.

«Jason doveva avere tutto in ordine se sei riuscita a mettere in vendita la casa così in fretta» commentò Nina, tornando a guardare lo specchio mentre sfiorava la stoffa.

C'erano donne che avrebbero dato un occhio per essere ricche vedove senza altre persone a reclamare l'eredità, ma Sam avrebbe preferito non dover attraversare tutto quello. Lei sognava un matrimonio come quello dei suoi genitori, che si erano amati incondizionatamente.

Nina parve colpita e si girò velocemente verso di lei. «Oh, Dio sto di nuovo dicendo delle sciocchezze, vero?»

Sam scosse la testa. «No, hai ragione. In effetti, Jason è stato davvero previdente e ha istituito un fondo in modo che nulla dovesse passare per l'omologazione testamentaria.»

È stata l'unica cosa giusta che abbia fatto.

«Non riesco nemmeno a pensare a cosa sarebbe successo altrimenti.» Sospirò fissando il pavimento, «Mi tradiva» ammise sottovoce. Non aveva in mente di rivelarlo a Nina, ma non le piaceva mentire alla sua migliore amica e dentro di sé non era preoccupata solo per i genitori di Jason in caso si fosse scoperta la verità: temeva anche per sé stessa. I media potevano renderle la vita un inferno ma Sam pensava più che altro al giudizio di amici e famigliari. Molti all'epoca avevano reputato il suo, un matrimonio con un uomo ben al di sopra delle sue possibilità. Se ora avesse ammesso che Jason la tradiva, probabilmente avrebbero pensato che se lo meritava perché aveva scelto il denaro invece dell'amore. La verità - che

Sam amava davvero Jason, non sarebbe importata a nessuno.

«Oh, tesoro» Nina la raggiunse sul letto e la abbracciò, «Per questo hai lasciato la società, vero? E per lo stesso motivo vendi la casa.»

Sam annuì, la gola stretta. Voleva darci un taglio e basta.

«Quel bastardo! Non so cosa ti abbia trattenuto dal graffiargli le auto» rantolò l'amica. Improvvisamente, l'altra si mise a ridere felice di averle detto la verità.

«Non ti meritava» sentenziò Nina seria, «Lo sai, vero?»

«Lo so, ma a volte è così difficile da digerire.»

Tornata a casa dopo una settimana in albergo, aveva cercato nuovamente sul cellulare di Jason e nello scoprire quante donne frequentava, si era sentita male. La cosa peggiore era stata rendersi conto di doversi fare gli esami. Per sua fortuna era risultata sana ma non era riuscita a scrollarsi di dosso la sensazione che di lei, al marito non fosse importato nulla.

«Non c'è niente da digerire» ribatté Nina, «Alcuni uomini tradiscono a prescindere dalla donna con cui stanno. Lo fanno solo perché possono.»

«Credo che sia dura non avere la possibilità di parlare con lui. È come se non potessi mai arrivare a chiudere il cerchio.»

Aveva tantissime domande: Jason aveva intenzione di divorziare o gli bastava semplicemente frequentare altre alle sue spalle? Lei - o una delle altre - aveva mai significato qualcosa o lo faceva solo per una questione di ego? Forse, nell'economia del tutto le risposte non importavano poi granché, ma Sam le avrebbe comunque volute.

«A volte la vendetta è la forma migliore di chiusura.»

Sam sorrise, ricordando la reazione di Nina quando a sua volta aveva scoperto il tradimento del suo ragazzo: aveva pagato un tipo che andasse a battere il punteggio di Paul ai videogame in sua assenza. Dopo, ne aveva semplicemente iscritto il nome nella classifica, aveva raccolto le sue cose dall'appartamento in cui vivevano e se n'era andata. In seguito aveva subaffittato la sua metà a un collega che amava discutere di quanto i videogiochi violenti rappresentassero una minaccia per la società.

«Peccato tu abbia dato via le sue auto» proseguì la donna, «Prenderne una a mazzate sarebbe stato divertente.»

Improvvisamente, Nina schioccò le dita. «Ehi, che ne dici di farti uno dei suoi concorrenti?» le domandò guardandola.

Quando Sam inarcò un sopracciglio, le sue spalle si afflosciarono.

«Sì, non lo dicevo sul serio. Probabilmente saranno tutti vecchi e brutti» sollevò il capo, «E se andassimo in un night club? Sono secoli che non usciamo.»

«Perché stiamo diventando troppo vecchie per i night club» commentò Sam beffarda. Nemmeno ricordava l'ultima volta che era successo.

«Che cazzata! Non si è mai troppo vecchi per quello.»

L'amica sorrise. «Grazie per l'offerta ma ho ancora molto da fare qui.»

Non intendeva tornare in quella casa più del necessario. «Usciremo la prossima settimana, così mi racconterai del tuo appuntamento con Andrew.»

La sete di vendetta di Nina era servita a ricordarle che

era lei la parte lesa. Spesso lo dimenticava e si ritrovava a pensare a tutto quello che aveva sbagliato. I suoi genitori l'avevano cresciuta insegnandole ad assumersi la responsabilità delle proprie azioni e decisioni, ed era esattamente quello che aveva fatto. In abbondanza. Nina però le aveva rammentato che Jason aveva trattato il suo amore e devozione come se non avessero alcun valore. Avrebbe fatto meglio a tenerlo a mente.

«Sicuramente ti chiamerò prima, ma okay. Ci sto. Ora invece, quell'abito verde...»

CAPITOLO UNDICI

Luke rilassò le spalle mentre concludeva la riunione settimanale tra i gestori di portafoglio e gli analisti. Per fortuna quel giorno era andata meglio rispetto alle settimane precedenti. Il nuovo flusso di denaro aveva dato una vera sferzata al morale degli impiegati.

«Ti manderò il resoconto per le cinque» gli comunicò Ross.

«Lo apprezzo» replicò Luke alzandosi.

Si diede un'occhiata attorno e vide che la maggior parte dei partecipanti aveva già lasciato la sala riunioni. Nelle cinque settimane dopo la partenza di Sam, erano riusciti ad accaparrarsi qualche nuovo investitore e a mitigare ulteriormente le conseguenze causate dalla sovresposizione di Jason. La società non era ancora tornata stabile e solida come avrebbe voluto, ma le cose stavano decisamente volgendo al meglio.

Aprì la porta a vetri cedendo il passo a Ross. Mentre stava per seguirlo e uscire, gli si avvicinò Chris.

«Non darai davvero l'ufficio di Sam a Dean, vero?» gli domandò il junior manager. Luke sospirò. C'era stato un periodo in cui le persone lo fermavano per chiedergli una promozione o altro capitale da gestire, mentre oggi tutti sembravano volere l'ufficio di Jason o quello di Sam.

«Ancora non ho deciso cosa farò, né col suo ufficio né con quello di Jason» rispose. Sapeva che nessuno dei due sarebbe tornato, però non trovava giusto riassegnare quegli spazi. Quegli uffici sarebbero sempre appartenuti a loro e nel profondo, continuava a sperare che Sam cambiasse idea. Aveva compreso i motivi che l'avevano spinta ad andarsene, ma sapeva anche quanto amasse lavorare lì. Prima o poi avrebbe iniziato a sentirne la mancanza e quando fosse successo, Luke voleva essere pronto.

«Voglio l'ufficio di Sam» dichiarò Chris guardandolo dritto nelle palle degli occhi, «Sai che me lo merito.»

«Cos'ha che non va il tuo?»

Non ne conosceva le esatte misure ma era possibile che l'ufficio di Chris fosse anche più ampio dell'altro.

«Non affaccia su Bryant Park.»

Luke scosse la testa incredulo. Tutti i manager lì dentro avevano quell'atteggiamento alla *va' e prenditelo* ma per quanto bene funzionasse in ambito lavorativo, a volte riusciva a essere veramente seccante.

«Io torno al lavoro. Ti suggerisco di fare altrettanto» e senza aspettare repliche, uscì dalla sala riunioni.

Seduto alla sua scrivania un attimo dopo, si rese conto che Jason avrebbe affrontato la situazione in modo diverso. Il suo *no* sarebbe stato pronunciato in modo affascinante, tanto che l'altra persona avrebbe comunque sorriso come se non ne fosse uscita perdente.

Stava ancora riflettendo a come avrebbe potuto gestire in modo differente la richiesta di Chris quando il suo telefono emise un bip, interrompendo le sue elucubrazioni. Sullo schermo c'era il nome di lei. Luke vi passò il polpastrello velocemente, cercando di ignorare il battito frenetico del suo cuore. Sapeva che talvolta qualche collega le faceva ancora domande, ma non l'aveva più sentita di persona da quando aveva lasciato l'ufficio e le mancava.

Sei libero sabato a pranzo?

Che avesse cambiato idea sul dargli una possibilità? La speranza gli fiorì nel petto.

Sì. Tutto okay?

Non voleva mettere il carro davanti ai buoi. Dopo settimane senza vederla, Luke aveva capito di volerla nella sua vita in qualsiasi modo possibile. Non avrebbe rovinato tutto spingendola verso un passo per cui Sam non era pronta. Si fosse anche solo trattato di amicizia quindi, si l'avrebbe decisamente accettata.

Tutto alla grande. Volevo solo sapere sei eri libero a pranzo.

Sì. Posso venire a prenderti alle undici.

Fantastico. A presto!

Luke sorrise riponendo il cellulare. La parte più realistica di sé era conscia di non dover nutrire speranze. Poche settimane fa, Sam non era interessata a una relazione ed era improbabile che avesse cambiato idea tanto in fretta, ma allo stesso tempo non riusciva a smettere di desiderare il contrario. Sabato non sarebbe mai arrivato abbastanza in fretta.

* * *

Questo è inappropriato per un pranzo con un amico?

Sam prese in considerazione l'abito blu sexy prima di scartarlo. Troppo corto. Decisamente inadeguato.

Lo sistemò sulla stampella e gemette quando notò che aveva già escluso un terzo del suo armadio... non era normale. Aveva già pranzato con Luke in passato, come mai improvvisamente era tanto a disagio? Perché avevano fatto sesso e lui occupava costantemente i suoi pensieri.

Era un amico o qualcosa di più? A essere del tutto onesta con sé stessa, si sentiva attratta da lui e non le sarebbe dispiaciuto averci una storia, ma sapeva anche di non essere ancora nell'ottica mentale migliore per una relazione. Pur sentendosi più tranquilla e in sé, amarezza e dolore erano ancora presenti e a volte la mandavano in crisi. Inoltre, c'era un altro lato di quel dilemma: un amico come Luke le sarebbe davvero servito. Dopo esser stata circondata da gente che fingeva gentilezza solo per ottenere qualcosa in cambio, stare con qualcuno onestamente gentile e privo di secondi fini era liberatorio.

Dannazione, sperava di non aver incasinato tutto con Luke. Lo aveva invitato a pranzo per farsi un'idea di come stessero le cose tra loro e per cercare di cementare quella loro promettente amicizia. Non importava quel che si era sempre ripetuta: era davvero un bravo ragazzo. Sam non l'aveva mai visto approfittarsi di altre persone o di società che gli si rivolgevano per un aiuto; inoltre donava per il semplice gusto di farlo invece di cercare di massimizzare le deduzioni fiscali o la cerchia di relazioni.

Frustrata da quel continuo dilemma sul guardaroba, conscia del fare di un sassolino una montagna, Sam prese il primo paio di jeans che vide e la camicetta a portata di mano. Ecco cosa succedeva quando non lavorava: diventava schizzinosa per qualsiasi sciocchezza.

Si stava dando il rossetto qualche minuto più tardi quando il campanello suonò. Si sforzò di posare lo stick con serenità nonostante le farfalle che turbinavano dentro di lei e si controllò un'ultima volta allo specchio prima di dirigersi verso il soggiorno.

Il suo cuore saltò un battito quando vide Luke nel piccolo schermo video accanto alla porta. Era così bello! Il ricordo della sua barbetta che le sfregava la pelle le provocò un brivido lungo la schiena. Immaginò di sfiorargli nuovamente la mascella, di passare le dita lungo il suo...

Datti un contegno, Sam.

Scosse la testa per scacciare quei pensieri lascivi, aprì la porta e rimase colpita dalla profondità del suo sguardo tanto che le si chiuse la gola.

«Ehi. Ehm... Prendo la borsa.»

«Ti ho portato dei biscotti» esordì lui porgendole un sacchetto.

Solo allora Sam notò un familiare cartoccio beige. Si era talmente concentrata su di lui che non aveva visto altro.

«Oh, grazie.»

Il sacchetto era ancora tiepido e la cosa la commosse: non solo si era ricordato quanto le piacessero i biscotti di Nadine, ma aveva persino fatto una deviazione per portarglieli.

«Li metto via.»

Si allontanò dalla porta e posò i biscotti sul tavolino accanto al divano. Quando si voltò, Luke era entrato e stava guardando il salotto. Sam immaginò che lo trovasse piccolo. Il suo appartamento era spazioso e decisamente ampio rispetto agli standard newyorchesi ma non reggeva certo il confronto con quello enorme di lui, dove il solo salotto aveva praticamente la stessa metratura dell'intero alloggio di lei.

Sam avrebbe potuto acquistare un posto come il suo senza alcun problema, ma non aveva voluto usare più denaro di Jason del necessario, non per lei. Non aveva problemi a spenderne per la sua famiglia invece: anche se sapeva che nulla avrebbe potuto compensare il modo in cui li aveva abbandonati durante gli anni del suo matrimonio, voleva provarci.

«È carino» commentò finalmente Luke. La sincerità nella sua voce la spinse a guardare la stanza che aveva arredato da sola e a sorridere.

«Grazie. A me piace.»

Non era costoso ma tutto, dal divano al tavolo da pranzo era suo. Aveva persino assemblato la libreria da sola.

«Qualche suggerimento su dove mangiare?» le domandò lui.

Forse perché non aveva arricciato il naso al suo appartamento o detto che aveva da raccomandarle un arredatore come avrebbe sicuramente fatto Jason, Sam cedette all'impulsività:

«Forse non lo sai, ma c'è un ristorante nel Village chiamato Flanigan.»

«Lo conosco.»

«Sul serio?» Era un posto dove il cibo costava poco, non riusciva a immaginare che lui mangiasse in locali simili.

Luke fece spallucce. «Era uno dei pochi posti che mi potevo permettere al college.»

«Anche io. Dimenticavo che abbiamo frequentato lo stesso college.»

E a quanto pareva avevano avuto gli stessi problemi finanziari.

Sam prese il cappotto dall'attaccapanni.

«Sono secoli che non ci vado. Probabilmente mi sono fatta l'idea che si mangi meglio di quanto sia in realtà, però volevo comunque tornarci.»

«Ti capisco. A me piacevano molto i loro sandwich.»

«Una volta provai a portarmene uno a casa» gli raccontò lei chiudendo a chiave la porta. A volte non ne poteva più di doversi chiedere se qualcosa era biologico, da allevamento a terra o integrale. In quei momenti, voleva solo qualcosa di delizioso anche se pessimo.

«Però non aveva lo stesso sapore di quelli appena serviti.»

Lui rise mentre andavano all'ascensore. «Sono sicuro che Jason lo avrebbe apprezzato.»

«L'ho fatto mentre lui non c'era» ammise Sam, «Pensavo di essere furba. Jason non voleva che li mangiassi più, perciò ci andai mentre lui era impegnato con un cliente.»

Luke corrugò la fronte. «Ti imponeva dove mangiare?»

«Sì. Non voleva che sua moglie fosse vista in quella che praticamente è una bettola.»

Sam si era arrabbiata con lui, ma aveva cercato anche di

vederla dal suo punto di vista: Jason stava corteggiando clienti che valevano milioni di dollari e sua moglie andava a cena in un bar? Non era mai stata del tutto d'accordo ma alla fine aveva ceduto e senza rendersene conto, la sua remissività aveva incluso anche altre cose. In seguito aveva smesso di andare al ristorante o in qualunque luogo non corrispondesse ai criteri di Jason e lo stesso era stato per abiti e amicizie.

«Non mi sorprende» commentò Luke, «A me fece comprare un nuovo guardaroba così che fossi sufficientemente presentabile quando incontravamo nuovi potenziali clienti.»

Lei inarcò le sopracciglia mentre percorrevano il corridoio.

«Fatico a immaginare qualcuno, compreso Jason, che ti dice cosa fare.»

«In un certo senso lo volevo. Volevo essere parte di quel gruppo di ricchi. Dopo essere stato povero per la maggior parte della vita, era come un sogno divenuto realtà. Mi sembrava di avercela finalmente fatta» Luke scrollò le spalle, «Ma poi mi è venuto velocemente a noia, così ho raddoppiato gli sforzi in tutto ciò che riguardava gli investimenti.»

«Com'è nato il tuo interesse in quel campo?» domandò lei premendo il pulsante per chiamare l'ascensore.

Sapeva tutto di come Luke e Jason si fossero conosciuti alla Brown & Hale e avessero avviato il fondo, ma della vita di lui prima di quell'evento, nulla.

«Sentivo parlare del mercato azionario nei telegiornali

ma non mi ci sono mai davvero concentrato fino a che, al secondo anno di liceo, venne aperta una fabbrica alimentare nelle vicinanze. Si era trasferita da una sede più piccola dall'altra parte della città e mi resi conto che per potersi permettere uno spazio più ampio, gli affari dovevano progredire. Avevo risparmiato un po' di denaro lavorando in un'officina dopo scuola, così comprai alcune azioni di quella ditta.»

Luke ridacchiò mentre entravano nella cabina. «Fui piuttosto superficiale all'epoca: non feci alcuna telefonata né consultai i resoconti annuali.»

Sam rise. «E io che pensavo di essere intraprendente per la mia età quando con mia sorella correggevamo compiti in cambio di denaro per andare ai concerti.»

«Lo eri. Non saprei dire quanti ragazzi lo farebbero» lui la guardò con ammirazione, «E tu? Com'è nato il tuo interesse verso i numeri?»

«La mia storia non è per niente interessante rispetto alla tua» replicò la donna, iniziando a raccontare come in realtà avesse iniziato a gravitare attorno al mondo della finanza solo perché era brava in matematica e pessima in qualsiasi altra materia. Fu una conversazione che placò le sue paure peggiori: per essere uno a cui non piaceva perdersi in chiacchiere, Luke ci riusciva bene con lei e quello doveva pur significare che in fondo, averci fatto sesso non aveva rovinato troppo le cose, giusto?

* * *

Sam entrò nel ristorante a lei familiare, sbattendo le palpebre nel notare i sedili di cuoio consunto e le pareti sospettosamente scure. Era sempre stato tanto buio lì dentro? No. Non poteva essere: il Flanigan era stato uno dei suoi rifugi preferiti dove studiare mentre era al college e non lo avrebbe mai scelto se fosse stato tanto cupo, a prescindere da quanto buoni fossero i panini al manzo. Come sarebbe mai riuscita a vedere quel che scriveva, altrimenti?

Probabilmente le risultava così solo perché era giorno e quello faceva sembrare tutto diverso. Quando alternava le lezioni al lavoro, ci veniva sempre di sera. Inoltre, la differenza di orario spiegava perché il locale non fosse così stracolmo com'era solitamente in alcune sere, per quanto ci fossero abbastanza clienti. Pur sapendo che era inutile scrutò la sala alla ricerca di un tavolo o anche solo di una sedia liberi.

«Mi dispiace» disse quando non ne trovò, «Non mi aspettavo tanta gente a quest'ora. Ti va di ordinare e poi mangiare all'aperto?»

«Certo.»

Facendosi largo tra le persone, Sam non riuscì a ignorare le occhiate indirizzate verso di loro, o a essere precisi, verso Luke. Doveva ammettere che sconosciuto o meno, era pur sempre un bel vedere. Che indossasse un completo o semplici pantaloni casual, c'era qualcosa in lui di innatamente sexy ma Sam non intendeva tornare lì, perciò si sforzò di dimenticare certi pensieri e si unì alla fila.

Ecco in quale altro modo Luke era diverso da Jason: era disposto a stare in fila. Jason la saltava e di solito andava dritto al banco. Non gli serviva una prenotazione, gli avrebbero assegnato un tavolo appena il maître l'avesse visto. Lei lo rimproverava perché non si prendeva il disturbo di prenotare, ma dopo che lui ne aveva fatte e perse un paio, aveva lasciato perdere. Sorrise pensando a quanto il marito avrebbe trovato volgare il menù sulla parete e le sue labbra s'arcuarono ancora di più nel vedere che non era cambiato.

«Cosa prendi?» le domandò Luke chinandosi verso di lei.

«Lo spinacino» replicò lei guardolo negli occhi, «Tu?»

«La punta di petto.»

Mmm... Anche quella era buona.

Luke rise notando la sua espressione. «Vuoi dividere i sandwich?»

«No, grazie.»

Sarebbe già stato abbastanza difficile non macchiarsi gli abiti con la salsa mentre mangiavano su una panchina, non voleva anche pensare all'impossibilità di tagliare quei panini troppo imbottiti in due senza che la farcia esplodesse ovunque.

«Peccato, non vedevo l'ora di assaggiare lo spinacino.»

E lei la punta di petto.

«Probabilmente ci ritroveremo coperti di salsa» lo avvisò.

«Non m'importa.»

Jason non avrebbe mai permesso nemmeno a una singola macchiolina di contaminargli l'abito se poteva evitarlo. Sam s'illuminò scoprendo di apprezzare invece l'idea di sporcarsi con Luke. In più di un modo.

«Okay, però non dire che non ti avevo avvertito.»

Arrivati in capo alla fila ordinarono e Sam aprì la borsa per prendere il suo portafoglio.

«Lascia» la fermò Luke prendendo a sua volta il proprio.

La donna aggrottò le sopracciglia e porse la carta di credito al cassiere.

«Ti ho invitata io.»

«È una cosa da maschi. Assecondami, okay?»

«Ma è assurdo, ho persino scelto il locale.»

Quando il cassiere esitò nel prendere la sua carta, Sam si voltò e lo guardò, implorandolo silenziosamente. Dopo quella che parve un'eternità, l'uomo accennò a muoversi verso di lei prima di fermarsi per guardare Luke, che gli tese a sua volta la sua carta. Sam brontolò fra sé e sé: se Luke gli aveva lanciato una delle sue occhiate severe, il cassiere non l'avrebbe mai lasciata pagare. Diamine, persino lei detestava trovarsi davanti a *quello* sguardo.

«Stiamo davvero discutendo su chi pagherà un panino da otto dollari?» domandò Luke.

L'assurdità di quella domanda fece scoppiare Sam a ridere. Percependo lo sguardo del cassiere addosso, coprì velocemente la risata con un colpo di tosse. No, decisamente non era il momento di farsi degli scrupoli su chi avrebbe pagato quel pasto, ma lei voleva comunque sentirsi sé stessa. Avere un suo appartamento e fare cose da sola nelle ultime settimane era stato incredibilmente liberatorio e non voleva rinunciare, tuttavia sapeva quali battaglie scegliere.

«Va bene» ripose la carta di credito nel portafoglio, «Grazie.»

Luke scosse la testa mormorando qualcosa sulla pazzia

delle donne e lei immaginò che avesse ragione. Non era raro che i loro pasti costassero più di un migliaio di dollari quando uscivano tutti e tre assieme e lei combatteva per uno da sedici?

«È un po' che non mi capita» ammise Sam mentre si spostavano di lato in attesa del loro ordine.

«Cosa, avere un appuntamento?»

Il suo cuore si fermò al pensiero che quello fosse un *vero* appuntamento. Spesso si era domandata cosa sarebbe accaduto se non avesse rifiutato l'offerta di lui di esplorare la possibilità di una relazione. Certo, non sarebbe durata molto ma sarebbe stato comunque eccitante.

Lo guardò, maledicendosi in fretta quando notò il suo sguardo interrogativo. Era ovvio che lui non intendesse in *quel* modo. Voleva solo dire "appuntamento" nel senso di "uscire".

«No. Intendevo andare a pranzo con un amico» chiarì.

In ufficio c'era sempre tanto da fare e l'agenda di Jason era sempre piena.

«Avevo dimenticato come funziona. Io e Nina facciamo sempre a turno e la maggior parte dei pasti con Jason venivano addebitati alla società a meno che fosse un'occasione speciale» increspò le labbra, «Sono davvero otto dollari?»

«Non ne ho idea.»

Lei rise. «Quando è stata l'ultima volta che hai guardato i prezzi su un menù?»

«La settimana scorsa.»

Le sopracciglia di lei saettarono verso l'alto e lui fece spallucce.

«Adam ci stava mettendo troppo a ordinare, ho pensato che tirare fuori il cellulare fosse da maleducati.»

Ogni volta che si erano trovati insieme a pranzo, Sam non lo aveva mai visto usare il cellulare e improvvisamente si rese conto di quanto fosse strano. Luke teneva sempre sott'occhio tutto ciò che riguardava gli affari, perciò avrebbe avuto senso per uno come lui essere incollato allo schermo quando non era fisicamente in ufficio. La sua attenzione era dedicata tutta alle persone.

«Io non li leggo da tanto» ammise Sam.

Era un'assurdità. C'era stato un tempo in cui aveva dovuto farlo per potersi permettere quello che voleva e a volte non era potuta entrare in determinati ristoranti perché troppo costosi per il suo budget. Ora poteva andare ovunque, ogni volta che voleva. Che follia: scremava i report finanziari alla ricerca della benché minima discrepanza quasi fino al centesimo e non aveva tempo da perdere per controllare i prezzi di quello che stava per mangiare?

«Non è sempre una questione di prezzo» commentò Luke, «Dubito che smetteresti di comprare la cioccolata da Gerard se il costo salisse di dieci volte tanto.»

«Come lo sai che mi piace Gerard?»

E sapeva pure dei biscotti di Nadine.

«Dimentichi che abbiamo lavorato assieme. C'erano volte in cui entravo da te e ti vedevo mangiare cioccolata da una scatola argentata a me familiare.»

«Mi piace ricompensarmi col cioccolato.»

Le sopracciglia scure di lui s'inarcarono. «Alle otto della mattina?»

Lei si strinse nelle spalle. «Un premio per essermi svegliata presto.»

Luke rise e Sam proseguì: «Non hai idea di cosa significasse fare la pendolare. A volte avrei voluto chiedere a Charles di girare l'auto e tornare indietro.»

Nemmeno l'essere viziata da un autista privato cancellava la frustrazione quando ti ritrovavi imbottigliato nel traffico.

Lei gli diede un colpetto in cambio di un sorrisetto d'intesa.

«Aspetta e vedrai. Un giorno sarai tu quello che vive in periferia e capirai cosa si prova.»

Il pensiero di lui con un'altra donna le faceva rivoltare lo stomaco, ma Sam cercò di non pensarci troppo. Luke sogghignò proprio mentre veniva chiamato il loro numero.

«Non penso che ci sia da preoccuparsi, a meno che tu finalmente ti decida a porre fine alle mie sofferenze sposandomi.»

Lei rise seguendolo al bancone. Non aveva idea che fosse in grado di tali battute.

Una volta preso da mangiare e da bere, uscirono e trovarono una panchina vuota nel parco poco lontano. Come se un po' più di distanza tra loro l'aiutasse con l'attrazione contro cui stava lottando, Sam posò la borsa in mezzo e lui la imitò con le bottigliette di acqua. Per quanto entrambi fossero disposti a mangiare il cibo di quel locale, nessuno dei due aveva voluto mettere alla prova la pulizia del loro distributore di bevande.

Quando aprì la busta dai panini si sprigionò un profumo familiare. Finalmente stava per scoprire se le lodi che aveva cantato di quel sandwich fossero solo nella sua mente. Li scartò poi li tagliò a metà con cautela, cercando di non far spillare fuori troppa salsa. Ne avvolse una metà in un tovagliolino e lo porse a Luke. «Buona fortuna.»

Era una buona cosa che non portasse uno dei suoi completi. Se per caso si fosse macchiato, Sam si sarebbe sentita malissimo. Avvolse la metà rimanente con un altro tovagliolino, diede un morso e gemette. Aveva scordato quanto fosse buona la loro salsa barbecue. Quel panino poteva anche non essere biologico e integrale, poteva non contenere uova allevate a terra ma accidenti, quanto le era mancato! Prese un secondo morso e un terzo. Dopo un po' si rese conto che Luke continuava a tacere. Si pulì la bocca poi si voltò a guardarlo e scoprì che la stava fissando con un'espressione stranissima.

Le si strinse la gola: dubitava che le donne attraenti con cui usciva lo portassero in bar scalcagnati e mangiassero sandwich *sbrodolosi*. Anche se sapeva di pensare troppo, non riusciva a non sentirsi a disagio. Stava per chiedergli perché non mangiasse quando lui si mosse per passarle il pollice sulle labbra. Il suo battito accelerò. Lo intercettò e si pulì la bocca con una salvietta.

«Non stai mangiando» mormorò.

Luke parve voler dire qualcosa ma poi scosse la testa. «Stavo solo pensando a una cosa.» Sollevò la sua metà di panino e un po' di salsa gocciolò sui pantaloni.

Sam posò il suo involto, le guance in fiamme.

«Mi dispiace, avrei dovuto avvolgerli meglio.»

Aprì la borsa e tirò fuori una salvietta umidificata poi si avvicinò a lui. Tirò la stoffa dei calzoni e iniziò a tamponare il punto sperando di rimuovere la macchia. Dopo un paio di movimenti lui emise un verso e le strinse la mano, provocandole la scossa lungo il braccio.

«Ci penso io, grazie.»

Quando la donna si rese conto di quanto vicino fosse andata al suo membro avvampò.

«Certo» annuì lasciando velocemente la presa sulla salvietta. Lui riprese a sfregare sulla macchia e la donna bevve un sorso d'acqua dalla sua bottiglietta cercando di non guardarlo. Considerati gli scherzi che le faceva ultimamente la mente, di sicuro avrebbe fissato qualcosa che non doveva interessarle.

«Ecco» disse lui un attimo dopo.

Sam abbassò lo sguardo e fece un sospiro di sollievo quando notò che la macchia era quasi del tutto sbiadita.

«Almeno è migliorata» commentò, «Se sono fortunata, quando Maria lo noterà non mi ucciderà.» La cuoca-governante di Luke aveva il pugno di ferro.

Lui fece un suono di scherno. «Maria ti adora. Semmai darebbe la colpa a me.»

Avvolse un altro tovagliolino attorno al sandwich e se lo portò alla bocca. Sam non mancò di notare quanto fossero grandi le sue mani. Si obbligò a distogliere lo sguardo ma finì sul suo collo e il lavorio dei suoi muscoli le prosciugarono la bocca: come poteva trovare sexy il modo in cui mangiava?

Riportò a fatica l'attenzione sul suo panino dandosi della stupida. Lo aveva invitato a pranzo per cercare di salvare quella che sperava fosse l'inizio di una nuova amicizia, ma invece continuava a guardarlo come se fosse il suo dessert. Pazza. Era assolutamente pazza.

* * *

«Grazie per il pranzo» gli disse Sam uscendo dall'ascensore nel suo palazzo qualche ora dopo.

Luke sollevò gli occhi dal suo sedere perfetto, la guardò cercare la chiave nella borsa ed ebbe un sospiro di sollievo. Per fortuna non lo aveva beccato. Non avrebbe nemmeno dovuto guardarle il culo ma cavolo, quei jeans le andavano alla perfezione!

«È stato nulla» mormorò infilando le mani nelle tasche. Sam rise e aprì la porta.

«Il nulla più divertente che mi sia capitato da mesi.»

Lui sorrise e cercò di evitare che quell'affermazione facesse presa nella sua mente. Probabilmente Sam si annoiava a restare in casa per quasi tutto il tempo.

«Anche io mi sono divertito» dopo aver mangiato avevano fatto una passeggiata nella zona universitaria. C'era in tutto quello, un senso di perfezione tale da fargli desiderare che quella giornata non finisse mai.

«Fammi sapere se hai bisogno di un qualche aiuto per il tuo investimento.»

Sam aveva menzionato di aver iniziato l'intermediazione finanziaria e Luke gliene aveva dato merito. Non poteva non essere felice, non solo che facesse qualcosa che amava, ma che lo stimasse tanto da ascoltare le sue idee. Non si avvicinava nemmeno lontanamente a quanto lui pensava di lei, ma almeno era qualcosa.

«Grazie, lo apprezzo.»

Lei giocherellò con le chiavi sulla mano, «Beh, allora magari possiamo rifarlo qualche volta?»

Il suo sorriso lo fece sentire stranissimo e improvvisamente, Luke si rese conto che erano soli. Il suo sguardo cadde sulle labbra di lei e dovette soffocare l'urgenza di stringerla tra le braccia e baciarla. Gli sarebbe bastato fare un passo avanti e avrebbe potuto assaggiare quelle labbra dolci che aveva fissato per tutto il giorno.

«Ti manderò un messaggio.»

Lui indietreggiò mettendo un po' di distanza tra lei e quel suo bisogno selvaggio. Sam costituiva una tentazione eccessiva, se fosse rimasto ancora un secondo avrebbe decisamente fatto qualcosa di estremamente stupido. Aveva creduto di poter tenere a bada i suoi sentimenti ma per tutto il tempo del pranzo si era ritrovato a cercare qualche segno che lei volesse qualcosa di più di un'amicizia. Sfortunatamente, non ce n'erano stati e anche se avrebbe dovuto aspettarselo, la delusione comunque bruciava.

«Certo.»

Provò un dolore al petto nel rendersi conto che avrebbe dovuto porre un limite al tempo passato con lei. Non poteva accettare altri inviti a pranzo e di sicuro non avrebbe dovuto mandarle messaggi, perché in caso contrario non sarebbe mai riuscito a farsela passare.

«Dovrei andare» annunciò accennando col capo al corridoio, «Ho ancora del lavoro da fare. È stato bello rivederti.»

«Sì, anche per me.»

Lui sorrise in modo mesto e se ne andò.

* * *

Ehi, ti va di uscire sabato?

Il messaggio di Sam gli provocò una stretta al petto: erano passate quasi due settimane da quando erano usciti insieme a pranzo e per quanto Luke amasse il fatto che lei si fosse divertita tanto da volerlo rifare, non poteva permettersi un bis. Si sarebbe trovato a volere sempre più di quanto lei potesse dargli e non sarebbe stato giusto per nessuno dei due.

Eppure esitava a rifiutare. Un anno fa, l'opportunità di passare più tempo con Sam lo avrebbe fatto saltare di gioia e non importava che fosse sposata e che tutto ciò in cui poteva sperare fosse l'amicizia, avrebbe accettato qualunque cosa. Ma con Jason fuori dai giochi ormai, essere amici non bastava più. Lui voleva *tutto*. Dato che lei non poteva dargli ciò che Luke desiderava, doveva smettere di farsi illusioni e lasciarla libera. O non sarebbe mai passato oltre.

Provò il peso della delusione in fondo allo stomaco ma sapeva che quella era la cosa giusta da fare. Non l'aveva superata quando Sam aveva sposato Jason, ora che era di nuovo sola, sarebbe stato pressoché impossibile.

Mi dispiace, Sam. Ho un impegno.

Non importava quanto facesse male, non le avrebbe fatto pressione coi suoi sentimenti. A che pro? Lei già li conosceva e non era interessata.

Quando fu chiaro che non avrebbe aggiunto altro, la donna replicò: *Okay. Passa un bel fine settimana!*

Sì, certo. Come se fosse possibile senza di lei. Aveva

raddoppiato il carico di lavoro per cercare di non pensarla ma non aveva funzionato. Continuava ancora ad averla costantemente nella sua mente.

Posò il cellulare e si passò una mano sul volto guardandolo. Detestava l'idea di averla ferita con quel rifiuto, ma tenere le distanze era l'unica cosa su cui poteva contare.

CAPITOLO DODICI

Il mese seguente, Luke stava andando in ufficio quando venne raggiunto da Hank.

«Peter è andato alla Blue Asset Management» gli annunciò il suo Direttore Operativo porgendogli una stampa.

«Buon per lui» replicò istintivamente, proseguendo. Peter non aveva preso bene la scelta di mettere George a capo del fondo di Jason, ma questi si era rivelato in effetti migliore di lui. Non solo era un analista più forte ma anche eccellente nel gioco di squadra. Non temeva di condividere le notizie ed era sempre disposto ad ascoltare chiunque non fosse d'accordo con lui. Peter, invece, era un'isola. Si teneva tutto per sé e non si degnava di prendere in considerazione nessuno di quelli con una visione opposta alla propria, specie se faceva parte dello staff junior.

«Niente affatto» ribatté Hank indicandogli con un cenno il foglio che gli aveva allungato, «Leggi l'articolo.»

Con un sospiro, Luke abbassò gli occhi: *Top Executive della Harkin entra alla Blue Asset Management.*

Merda. Cercò di non pensare ai clienti gestiti da Peter e imprecò nuovamente quando si rese conto che alcuni di quei conti erano davvero ingenti. In quel momento non gli serviva davvero.

«Almeno sappiamo che promuovere George ci ha risparmiato un enorme errore» commentò nel tentativo di alleggerire la questione, «Peter non ha nemmeno avuto le palle per avviare il suo stesso fondo.»

Hank non sorrise. «Continua a leggere» gli consigliò cupo.

Quando vide il nome di Sam, Luke ebbe un brutto presentimento: l'articolo insinuava che li avesse lasciati perché non concordava con la direzione presa dalla società. Unito all'uscita di Peter, sembrava che tutti stessero abbandonando la nave.

Merda. Avrebbe dovuto saperlo che era troppo presto per rilevare le quote di Sam.

«Qual è il piano?» domandò guardando Hank.

«Oh, adesso mi ascolti?»

Luke sospirò: Hank gli stava ancora dando il tormento per non aver accettato di incontrare prima i clienti, anche se poi lui si era dato un gran daffare per rimediare, «Dovrò ascoltare questa litania per sempre?»

L'altro sogghignò. «Probabile. Tu non sbagli quasi mai, perciò devo godermela quando posso.»

Luke scosse il capo. «Ce l'hai un piano, vero?»

Il Direttore Operativo ne aveva sempre uno.

«Sì, ma non ti piacerà» lo avvertì Hank mentre entravano in un corridoio vuoto, «Sarebbe meglio se tu e Sam partecipaste assieme a qualche ballo o a un galà, così che tutti vedano che tra voi corre buon sangue.»

All'idea di poterla rivedere, il cuore di Luke fece una capriola. Non le aveva più mandato messaggi né chiamata dall'ultima volta che lei lo aveva invitato a pranzo, ma la pensava di continuo e si domandava dove fosse, cosa stesse facendo e con chi...

«Sai com'è la stampa» proseguì l'altro, «Se non vedono assieme per un po' certa gente, iniziano a insinuare che ci siano delle frizioni o delle faide.»

Luke non si preoccupò di dire che erano usciti insieme ma la stampa non li aveva beccati.

«Senti, lo so quanto detesti queste cose, ma è meglio di una qualsiasi dichiarazione da parte di Sam.»

L'altro annuì. «Vedrò quello che riesco a fare. Tra un po' dovrebbe esserci il Galà della Children's Society, le chiederò se ha già qualcuno con cui andare.»

«Davvero? Così?» domandò Hank incredulo, «Non ribatti che i galà sono uno spreco di tempo, che preferiresti nuotare con gli squali piuttosto di venire intervistato da un mucchio di reporter buoni a nulla?»

Luke strinse le labbra. Detestava a tutti gli effetti quel genere di eventi ma avrebbe tenuto duro solo per avere la scusa di rivedere lei. Erano passate settimane e francamente sentiva la mancanza di Sam tanto da star male.

«No, non ho intenzione di ribattere nulla» mormorò, «È un buon piano e poi lo so cosa succede quando non ti do retta. Comunque, come stanno Barbara e i bambini?»

Hank si bloccò e Luke capì di averlo preso in

contropiede. Da quando si era reso conto che in sua presenza gli impiegati si trovavano a disagio, si era sforzato di scambiare con loro qualche parola in più. Se nel chiedere come stavano le famiglie tutti restavano ancora sorpresi, forse non si stava impegnando a sufficienza.

«Stanno bene» replicò Hank dopo un attimo, «Eravamo preoccupati per la reazione di Nathan a un altro bambino in famiglia ma si sta già comportando da fratello maggiore. Ieri mi ha detto che dovevo cambiare il pannolino del piccolo perché puzzava.»

Luke rise. Pensò a quando era toccato a lui cambiare quelli di sua sorella e fu grato del fatto che Anna fosse cresciuta in fretta. «Quanti anni ha Nathan?»

«Ne farà tre il mese prossimo.»

Quella risposta lo sorprese: significava che era nato dopo che Hank aveva iniziato a lavorare da loro ma Luke aveva scoperto della sua esistenza solo di recente. Sam gli aveva raccontato che il loro Direttore Operativo non era tipo da infilare il figlio in ogni conversazione, ma un bambino gli sembrava una di quelle notizie che in sette anni di collaborazione sarebbe dovuta uscire almeno una volta. Chissà che altro non sapeva.

Hank scosse il capo. «A volte è dura pensare a quanto velocemente passa il tempo.»

«Tra un po' inizierà a fare conquiste.»

«Non voglio nemmeno pensare alla prima elementare.»

Per quanto non sapesse nulla di bambini, era bello vedere un genitore che si godeva quel suo ruolo. Gli fece un cenno del capo.

«Grazie per avermi fatto sapere dell'articolo. Chiamerò Sam.»

Se ne andò in preda all'emozione e prese il cellulare. Moriva dalla voglia di risentire la voce di lei. Dipendeva da Sam come un drogato e improvvisamente, realizzò che restarle lontano era stato inutile, perché non aveva fatto altro che sentirne ancora di più la mancanza.

Sorrise mentre la linea suonava libera. In poco più di una settimana Sam sarebbe stata di nuovo tra le sue braccia.

* * *

«Dovresti lasciarmi pagare questo, Sam. Mi hai già viziato con una cena e uno spettacolo.»

Le parole di sua sorella la punsero. Il fatto che Cindy ritenesse l'andare insieme a uno spettacolo fosse l'equivalente di viziarla, dimostrava quanto Sam avesse permesso a quei pochi anni di separarle. La cosa peggiore era che la madre le aveva chiesto specificamente di tenere d'occhio Cindy quando si era trasferita in città e invece di farlo, l'aveva praticamente abbandonata a sé stessa. Per quanto la sorella avesse la testa sulle spalle, lei avrebbe dovuto comunque sforzarsi di uscirci ogni tanto, invece era stata talmente presa dal mondo di Jason da aver fallito nel suo ruolo di sorella maggiore. Fallito alla grande.

«Non è nulla» mormorò firmando sullo schermo.

«Ma ogni tanto voglio pagare. Tu mi compri sempre tante cose.»

Sam rise mentre prendevano il caffellatte cercando un tavolo libero nel bar.

«Sai che non è vero» ribatté, notando con sollievo un posto vuoto nella parte posteriore.

«Sì, invece» insistette la sorella seguendola, «Mi hai pagato l'università.»

«Solo la differenza della borsa di studio» puntualizzò Sam sistemando cautamente i bicchieri sul tavolo e sedendosi mentre Cindy poggiava le brioche.

«Mi hai regalato la macchina per l'espresso dei miei sogni e mi hai pensino mandato in una crociera superlusso assieme a Hailey.»

«Quello era un regalo di laurea - che per inciso mi sono persa.»

Aveva accompagnato Jason ad una colazione di lavoro durata più del necessario. Sapendo quanto fossero stretti i tempi non avrebbe dovuto presenziare ma Jason le aveva assicurato che non si sarebbe persa la cerimonia.

Cindy fece un gesto a liquidare la questione.

«Cosa potevi fare? Eri impegnata e poi sei riuscita a venire alla cena di festa, quello è importante.»

Le parole della sorella altro non fecero che aumentare il senso di colpa: Sam era stata talmente inesistente come sorella che quando era arrivato il momento della laurea, Cindy sapeva di non doversi aspettare nulla da lei... quando mai una cena sarebbe stata parte importante di quel traguardo?

Quando lei se n'era andata per frequentare il college erano legatissime e parlavano per ore, mentre ora era fortunata se riuscivano a farlo una volta a settimana.

«Il fatto è che so di essere stata una sorella di cacca negli ultimi anni e voglio rimediare» ammise protendendosi verso di lei.

Ora che poteva avere una visione chiara della sua vita, si rendeva conto di quanto la sua relazione con Jason avesse offuscato le sue responsabilità nei confronti della famiglia e degli amici, di quanto si fosse lasciata attrarre dal mondo del marito e non ne andava affatto orgogliosa.

Cindy scosse il capo. «Sei troppo dura con te stessa. Quando serviva, ci sei sempre stata.»

Sam non ne era proprio certa, ma sarebbe migliorata d'ora in poi. Non avrebbe fatto la sorella solo quando era il momento adatto a *lei*.

«Un attimo: la serata è per questo? Per rimediare?»

«Volevo anche andare a vedere il musical» mentì.

Cindy rise.

«Avrei dovuto capire che c'era sotto qualcosa quando mi hai invitata. Lo so che detesti i musical, ma non ho potuto farci niente: desidero vederlo da secoli e i biglietti costano davvero tantissimo.»

Ecco un'altra cosa positiva del suo matrimonio: poteva acquistare costosi biglietti per Broadway con cui spingere sua sorella a passare del tempo con lei.

Sam prese un sorso del suo caffellatte e sospirò: era proprio buono. «Come hai detto che si chiama questo posto?»

«Deux Pains» rispose Cindy, «Perché?»

La donna scosse la testa prendendo il cellulare per farsi un appunto.

«Mi stavo solo chiedendo se fosse quotato oppure no.»

Scrollò le spalle rimettendo il telefono in borsa. «Non è

solo la posizione a renderlo tanto affollato» commentò guardando i tavoli e gli eclettici avventori. Era un bar che serviva chiunque, dagli studenti agli uomini d'affari.

«Il caffè - e presumo anche il cibo - è davvero buono.»

Società come quella avevano potenziale di crescita.

«Proprio non riesci a smettere, eh?» rise Cindy, «Lavori anche mentre mangi.»

«Scusa. Ho iniziato a fare qualche piccolo investimento.»

Le venne in mente che sua sorella aveva incontrato Luke in un paio d'occasioni e improvvisamente si chiese cosa pensasse di lui, ma poi lasciò perdere. Non importava quel che Cindy pensasse di Luke, perché Sam non lo frequentava.

«Oh, magnifico. Posso iniziare a dirlo in giro?»

«Scusami, cosa?»

«Dei tuoi investimenti» chiarì lei, «Sai, a gente come i Jackson. Chiedono sempre notizie per investire con la Harkin. So che non soddisfano i requisiti necessari al fondo d'investimento perciò non faccio altro che dir loro che la società è chiusa a nuovi clienti.»

Sam sorrise alla premura della sorella, che aveva detto la verità senza ferire i sentimenti di nessuno. La SEC aveva regole severe per chi potesse investire nei fondi speculativi, che prendevano in considerazione il guadagno netto e il salario delle persone. Servivano ad assicurarsi che gli investitori conoscessero e fossero in grado di affrontare i rischi ai quali andavano incontro. Sebbene Sam sapesse che la somma da investire non fosse bassa per i vicini di casa dei genitori, dubitava fortemente che una coppia in pensione avrebbe soddisfatto i criteri della commissione titoli.

«Poi mi hanno chiesto un consiglio sulle azioni, cosa di cui non so assolutamente niente» Cindy fece spallucce indicandola, «Se potessi mandarli da te sarebbe fantastico.»

«Non è possibile. Voglio dire, lo faccio appena da un mese.»

Persino Jason e Luke avevano investito il loro denaro per un paio d'anni prima di iniziare a gestire quello altrui, però l'idea la intrigava. Le piaceva pensare di poter aiutare un'onesta famiglia lavoratrice a far crescere i propri risparmi invece di contribuire a far arricchire clienti già pieni di soldi.

«Ma non è quello che facevi già alla Harkin?»

«Io facevo ricerche sulle società, non ho mai affrontato la compravendita.»

«Pensavo che fosse la parte facile.»

«Ci rifletterò sopra» abbozzò evasiva.

Una cosa era investire il proprio denaro e vedere se riusciva a generare un'entrata decente, un'altra era gestire i risparmi della vita di qualcun altro. Se avesse optato per quella soluzione, avrebbe dovuto intraprendere una strada molto più conservatrice di quella in cui si era avventurata. Era vero che il suo portafoglio aveva molte società stabili, ma c'erano anche alcune incognite con enormi potenziali di guadagno e di perdita allo stesso tempo. Prima di poter accettare la gestione altrui, doveva vedere i risultati dei suoi stessi investimenti e assicurarsi che fosse davvero quello ciò che voleva fare.

«Nel frattempo puoi dire loro di investire in qualche fondo indicizzato.»

Storicamente erano la scelta migliore: solo i migliori tra tutti riuscivano a battere il mercato anno dopo anno.

«L'ho fatto, credimi ma sai com'è fatta la gente.»

Sam annuì. «Sì, cercano sempre di realizzare il più velocemente…»

Il telefono che squillava la interruppe. La donna sospirò sperando che non fosse un altro giornalista che era riuscito ad avere il suo numero o sarebbe stato un inferno.

Prese il cellulare e nel vedere il nome di Luke sullo schermo, sentì il cuore saltarle un battito. Non faceva che pensare costantemente a lui ma non si erano più parlati da quando lui aveva declinato il suo invito a pranzo. La cosa bizzarra era che Sam pensava si fossero davvero divertiti la prima volta, ma ovviamente si era sbagliata.

«Non intendi rispondere?» le domandò Cindy.

Sapeva di comportarsi da codarda, ma non le piaceva essere così scombussolata quando si trattava di lui. Si presumeva che Sam avesse chiuso con gli uomini e invece sembrava essersi infatuata del primo che aveva visto.

«Io… certo.»

Poteva trattarsi di un problema lavorativo o con una delle donazioni.

«Scusami» mormorò alla sorella scorrendo col dito sullo schermo, «È Luke.»

Cindy liquidò la cosa con un gesto della mano. «Figurati.»

Ringraziandola con un sorriso, Sam si portò il cellulare all'orecchio e rispose.

«Ciao, Luke.»

«Ehi, Sam. Vai con qualcuno al galà della Children's

Society?» le domandò lui senza giri di parole. Lei sorrise… tipico suo: andava sempre dritto al sodo senza perdere tempo in chiacchiere.

«No.»

In realtà nemmeno voleva andarci, ma visto che uno dei motivi principali di quel rifiuto era il timore d'incappare in una delle amanti di Jason, si sarebbe obbligata a farlo. Non che intendesse affrontare Carla, aveva solo bisogno di dimostrare a sé stessa che non si stava nascondendo. E poi anche i suoceri si aspettavano di vederla, visto che ci sarebbe stato una specie di tributo a Jason.

«Ci andiamo insieme?»

Al pensiero di rivedere Luke il suo cuore accelerò, ma poi Sam increspò la fronte.

«Tu detesti questi eventi.»

L'unico motivo per cui aveva presenziato in passato era stata la forte insistenza di Jason, ma ora che questi non c'era più, Sam immaginava che Luke avrebbe fatto un falò di tutti i suoi smoking.

«È vero, ma è previsto un tributo a Jason» replicò lui.

Naturalmente.

Assurdo pensare che quell'invito avesse a che fare con lei. Luke aveva messo in chiaro che non era interessato a esserle amico.

Dopo una breve pausa lo sentì aggiungere: «E poi speravo di mettere a tacere le voci che circolano di qualche dissapore tra noi.»

«Quali voci?»

«Che ci hai lasciato perché non eri d'accordo con la mia gestione della società. C'era un articolo sul *Times*.»

Al pensiero che se lei fosse rimasta alla Harkin Luke non avrebbe avuto quel problema, si sentì in colpa.

«Mi dispiace» non avrebbe dovuto fargli pressione per potersene andare ma in quel momento lo voleva disperatamente.

«Scusate» la interruppe una voce, «Posso prendere questa sedia?»

Sam guardò l'uomo in completo che indicava la sedia al suo fianco. Cindy posò il croissant che stava mangiando e rispose affermativamente proprio mentre Luke le domandava chi fosse quello. Un brivido le percorse la schiena: era un'impressione o le sembrava geloso? Registrò a malapena quel pensiero prima di mandarsi a quel paese: non avrebbe dovuto crogiolarsi in quell'idea perché tra loro non c'era nulla. Come mai non riusciva a ficcarselo in quella sua testaccia dura?

«Solo un tizio di un altro tavolo» replicò sbrigativamente, «Mi spiace davvero, non avrei dovuto obbligarti a comprare la quota di Jason.»

«Va tutto bene, fossi stato in te probabilmente avrei fatto lo stesso.»

Che lui cercasse di farla sentire meglio era pure… peggio, ma Sam immaginò che il motivo fosse la sua natura: Luke era una persona gentile. Era stata cieca a non accorgersene in tutti quegli anni.

«Merda… Scusami Sam: è la fondazione benefica di Carla? Dimenticati le mie parole, non voglio che tu sia a disagio.»

«Non preoccuparti» lo rassicurò lei, «Ci sarei andata comunque e preferisco farlo con te se ne ho la possibilità.»

Poteva ripetersi finché voleva che non importava se al galà ci sarebbe stata una delle amanti di Jason, importava eccome. Sarebbe stato bello non andarci sola.

«Grazie, Samantha. Lo apprezzo davvero.»

«Vuoi che rilasci una qualche dichiarazione?»

«No. Immagino che presenziare insieme al galà dovrebbe bastare a calmare le acque. Una dichiarazione sarebbe troppo.»

Probabilmente aveva ragione. Una delle cose a cui guardava lei in quanto analista era il modo in cui le società affrontavano e gestivano determinate situazioni. Se davano l'idea di sovracompensare, di solito significava che lo stavano facendo davvero.

«Va tutto bene?» domandò Cindy quando un minuto dopo riattaccò.

Sam sospirò mettendo il cellulare da parte.

«Luke sta subendo alcuni contraccolpi per la vendita delle mie quote di Jason.»

«Merda!»

«Già. Spera che farci vedere assieme al galà serva a schiarire le idee alla stampa.»

La sorella rise. «Come potrebbero fargli bene le tue critiche in pubblico?»

«Io non critico.»

Cindy si strinse nelle spalle. «Di solito no, ma Luke è un'altra storia. L'ho incontrato solo un paio di volte, nella maggior parte delle quali tu hai avuto qualcosa da ridire su di lui se non direttamente *a lui*.»

Sam fece una smorfia ricordando quando lo avesse trattato male nel corso degli anni. Lo reputava un pessimo elemento e invece era il migliore del mazzo.

«Mi ero sbagliata» ammise, «È una brava persona.»

«Ne dubito ma lo capisco. Fino a che non è arrivato questo tizio, tu non sei mai stata incline a parlar male degli altri. Era solo una questione di tempo prima che tornassi a essere la solita te stessa. Sono sorpresa che sia durata tanto. Ora finisci il tuo croissant, non voglio fare tardi allo spettacolo.»

Sam obbedì, terminò di mangiare e di bere il suo caffellatte ma mentre uscivano dal bar, si sentì nuovamente in colpa. Quando si trattava di Luke, sembrava non essere in grado di fare nulla di positivo: prima lo definiva un bugiardo, poi ci andava a letto assieme e come se non bastasse, praticamente lo obbligava a rilevare la sua quota della società.

Sperò decisamente che presenziare assieme a quel galà facesse chiarezza. Non le piaceva sapere esserne uscita senza macchia pur avendogli causato chissà quanti problemi. Lanciò uno sguardo alla sorella e sospirò nel vedere l'eccitazione nello sguardo di Cindy mentre ammirava il foyer del teatro. Una cosa giusta almeno era riuscita a farla.

CAPITOLO TREDICI

Luke si maledì mentre usciva dall'ascensore nel palazzo di Sam: non avrebbe dovuto invitarla al galà e lasciare semplicemente che rilasciasse una qualche dichiarazione. Invece, aveva colto al balzo la possibilità di passare del tempo con lei. Che Sam non fosse interessata a lui in modo romantico o che l'uomo si stesse solo illudendo nella speranza che le cose non fossero così, non sembrava importare. La verità era che gli era mancata e il desiderio di rivederla lo stava spingendo a fare pazzie.

Solitamente, quando partecipava a un galà indossava il primo smoking che trovava nell'armadio ma con Sam, si era preoccupato del proprio aspetto, comprando uno smoking e delle scarpe nuove anche se ne aveva di perfette a casa. Lei era abituata a Jason, sempre vestito di tutto punto, forse per quello Luke aveva voluto apparire al meglio.

Scosse il capo alla sua stupidità e bussò alla porta dell'appartamento di lei. Era l'ultima volta che faceva una cosa simile: troppo sforzo per cosa poi? Per impressionare qualcuno che gli aveva già detto di non voler stare con lui?

Un'assoluta follia.

La porta si aprì e un attimo dopo, la gola di Luke si seccò. Sam indossava un bellissimo abito bianco che dalle spalle ai piedi le abbracciava ogni curva. L'uomo smaniava per riaverla nuovamente tra le braccia e all'improvviso fu grato per quello sforzo fatto per vestirsi bene quella sera. Diavolo, avrebbe indossato quello stupido smoking altre cento volte solo per stringerla cinque minuti,

Gemette nel ricordare quanto il corpo di lei si adattasse al suo. Non sapeva davvero come sarebbe potuto arrivare a fine serata senza tentare qualcosa di proibito.

Il calore dello sguardo di Luke mentre la fissava come se fosse un dolce che avrebbe voluto divorare, le incagliò il respiro. Sam aveva sperato che quell'abito gli piacesse ma non aveva mai pensato che avrebbe avuto una reazione simile. D'un tratto si sentì felice di aver optato per uno stilista sconosciuto.

Luke batté le palpebre e quel fuoco nei suoi occhi scomparve, rimpiazzato da un'espressione fredda e impassibile.

«Pronta?» le domandò.

La donna sospirò. Che cosa aveva creduto, che dopo uno sguardo l'avrebbe stretta tra le braccia baciandola come due mesi fa? Che non sarebbe riuscito a resisterle, trascinandola nella prima camera da letto disponibile? Se non fosse stata tanto ridicola, si sarebbe messa a ridere. L'unico motivo per cui erano assieme quella sera era mettere a tacere quelle chiacchiere riguardanti il lavoro e non per un appuntamento. Avrebbe fatto meglio a ricordarselo.

«Sì» mormorò cercando di non farsi prendere dallo sconforto. Non capiva perché fosse così delusa. Non era pronta per una relazione e indossare un abito nuovo per fare colpo su di lui era stata un'idea assurda, specie considerato che possedeva vestiti per una vita intera.

«Lasciami solo prendere la borsetta» lasciò la porta e andò in cerca della borsa, «Allora… hai un piano per stasera?» domandò tornando verso di lui e cercando di non pensare a quanto bene riempisse quello smoking. Gli uomini in smoking erano il suo debole e quello a Luke stava alla perfezione. La giacca gli abbracciava le spalle ampie, ricordandole quanto le sue mani avessero percepito sodi quei muscoli.

Lui inarcò le sopracciglia. «Un piano?»

Le guance di lei avvamparono proprio come se Luke le avesse letto nel pensiero e Sam si obbligò a distogliere lo sguardo da quelle spalle per cercare i suoi occhi.

«Sì, le persone con cui vuoi parlare» fece spallucce, «Quelle che vuoi evitare…»

«Non proprio, anche se Hank mi ha suggerito di essere più disponibile.»

Riusciva proprio a immaginare lo svolgimento di una simile conversazione. Prima della morte di Jason, Luke aveva sempre fatto del suo meglio per evitare di incontrare i clienti, non voleva sottrarre tempo al lavoro per quello che considerava semplicemente un 'prendere per mano'.

«Non che importi davvero» proseguì lui mentre

raggiungevano la porta, «Sono sempre gli altri a trovare me a questi eventi. Che mi dici di te? Qualche CEO o Direttore Finanziario che vuoi monopolizzare?»

Ricordava che Sam aveva iniziato a investire: la donna si commosse e sorrise. «No, questo è un evento strettamente personale. I genitori di Jason mi aspettano.»

Solo perché non intendeva rivelare loro dei tradimenti del figlio, non significava che intendesse giocare a fare la vedova affranta per sempre. Le serviva del tempo lontana da tutto per trovare nuovamente se stessa perciò quello sarebbe stato l'ultimo anno in cui partecipava ad eventi simili.

«Hai parlato con loro di recente?» le domandò Luke mentre lei chiudeva a chiave.

«Jessica mi chiama circa una volta a settimana.» Che era molto meglio rispetto a quando le faceva visita ogni giorno. A Sam piaceva molto la suocera ma non desiderava sentire altre storie sul suo amato figlio.

Luke sospirò. «So che sarei dovuto andare a trovarli ma sono stato troppo impegnato.»

Sam fece un cenno liquidatorio. «Sono certa che capiscano e poi li vedrai questa sera. Di sicuro vorranno ringraziarti quando scopriranno che la nuova ala dell'ospedale porterà il nome di Jason.»

«Non ho fatto altro che proseguire con le sue donazioni» puntualizzò Luke.

La donna increspò le labbra. Sapeva che Luke aveva donato molto più di quanto suo marito non facesse di solito, altrimenti non gli avrebbero certo dedicato un'ala dell'ospedale, ma come sempre, lui faceva il modesto.

«Se questa serata dovesse diventare eccessiva, fammelo sapere. Posso fingere di dovermene andare per lavoro e che tu ti sia offerta di aiutarmi.»

Sam rise. «Se non ricordo male hai usato il lavoro come scusa per filartela prima l'anno scorso e presumibilmente anche quello prima.»

Spesso era capitato che Luke sparisse subito dopo i saluti di rito.

L'uomo si strinse nelle spalle. «Ehi, funziona. Fammi solo sapere quando vuoi andartene, okay?»

Il fatto che lui fosse disposto a lasciarla decidere la aiutò a placare una parte dell'ansia dovuta a chi avrebbe potuto incontrare quella sera. Sapere che poteva andarsene in qualunque momento era rassicurante.

«Va bene, grazie.»

* * *

Entrarono nella vistosa sala da ballo e nel vedere tutte le bellissime donne presenti, Sam raggelò. Con quante esattamente aveva fatto sesso Jason? D'un tratto ricordò tutti i nomi e le immagini trovate sul cellulare e capì di non essere pronta. Stava per fare un passo indietro quando il braccio di Luke la cinse.

«Vuoi bere qualcosa?» le domandò.

Il suo fiato caldo le solleticava la pelle, provocandole i brividi ma Sam ne fu grata, perché le dava la possibilità di concentrarsi su qualcosa che non fossero i suoi tempestosi pensieri.

«Certo.»

Una serata. Tutto quello che doveva fare era sopravvivere a quella serata, poi non si sarebbe più buttata in nulla di simile.

Senza lasciarla, Luke la guidò verso il bar nella parte posteriore della sala. Pur sapendo che si trattava solo di una trovata appannaggio della stampa, Sam sorrise al pensiero che lui non l'avrebbe mollata come faceva sempre Jason in quei frangenti. Suo marito spesso le diceva che andava a prendere da bere per entrambi, ma poi si perdeva in qualche conversazione, dimenticandosi della moglie fino al momento della cena.

Alcune persone si fermarono per salutare sia lei che Luke. Ci furono un paio di sguardi impietositi ma non tanti quanti Sam si aspettava. La maggioranza degli invitati voleva torchiare Luke riguardo alla Harkin o chiedere la sua opinione su una determinata azienda o società. La donna realizzò in fretta che ad ogni persona che si avvicinava, la stretta di lui attorno alla sua vita aumentava. Sembrava quasi che Luke traesse forza da lei o che cercasse di ricordare a sé stesso il motivo della sua presenza, nemmeno sentisse il bisogno di sbottare contro qualcuno.

Sam poteva ben immaginare quanto a corto di pazienza fosse ormai. Lo aveva visto impegnato in più riunioni coi clienti nelle ultime settimane che in tutti gli anni alla Harkin e come se non fosse abbastanza, ora gli toccava anche presenziare a cerimonie come quella e intrattenersi in chiacchiere futili? Era una versione di Luke davvero differente e non poteva non ammirarlo per tutto ciò che stava facendo per salvare la società.

Mentre altri fondi speculativi sarebbero semplicemente

passati al ridimensionamento, senza pensare a chi avrebbe perso il lavoro, lui probabilmente stava già operando in perdita. La donna dubitava che i guadagni dalle gestioni di quell'anno sarebbero bastati a coprire gli stipendi, eppure lui non aveva scaricato nemmeno un impiegato. Si stava sforzando di recuperare ciò che avevano perso e sperò che ci riuscisse davvero. Non conosceva nessuno che lo meritasse più di lui.

Avevano appena preso i loro drink quando una bionda in un succinto abito nero incappò in Luke. Le sue mani salirono al petto di lui e a Sam non sfuggì il tovagliolino che gli infilò nel taschino della giacca con la scusa di un buffetto.

«Scusami» mormorò guardandolo con un'occhiata invitante mentre lo accarezzava. Spostò brevemente lo sguardo su Sam poi tornò su Luke proprio come se non la considerasse una minaccia e mimò con le labbra un: «Chiamami» prima di andarsene ancheggiando in modo seducente.

Il pugnale della gelosia affondò dentro Samantha. Anche se Luke non le avesse telefonato, sapeva che c'erano migliaia di altre bellissime donne interessate a lui, molte delle quali presenti in sala. Non le erano certo sfuggite le occhiate che gli erano state rivolte quella sera. Nessuna si premurava di nascondere il suo interesse e lei non riusciva a non pensare che si sentiva nuovamente come se fosse ancora con Jason. Tranne per il fatto che ora, invece di illudersi sulla fedeltà del proprio marito, era conscia di ciò che stava succedendo.

«Scusa» le disse Luke ma lei liquidò la questione.

«Di nulla.»

Per fortuna non aveva accettato di rivederlo o la sua

gelosia sarebbe decisamente peggiorata. I sentimenti nei suoi confronti non importavano: avevano fatto sesso ma comunque Sam non poteva certo accampare pretese. Lui le aveva dato la possibilità di contemplare una relazione ma lei aveva rifiutato, perciò non avrebbe dovuto essere gelosa in caso lui avesse deciso di raggiungere una donna incontrata per caso quella sera.

Sam si rimproverò fra sé e sé per quella sua stupidità: a che diavolo stava pensando? Aveva visto bene quella donna. La questione non era *se* lui l'avrebbe chiamata. Era *quando*.

«Ti va di vedere i lotti per l'asta?» le propose lui.

«Non devi farmi da baby-sitter.»

Di sicuro Luke aveva di meglio da fare che restare con lei tutta la sera, ma apprezzò lo sforzo. Probabilmente voleva proteggerla da Carla, ma Sam non voleva essere un caso pietoso, specialmente con lui.

«Credo che la stampa ci abbia scattato foto a sufficienza di fuori» proseguì. Nessuno avrebbe mai pensato che non andavano d'accordo.

«Rinneghi già tutto?»

«Rinnego cosa esattamente?»

«Di avermi accompagnato.»

Sam rise a quella domanda inaspettata. Luke faceva sembrare lo stare assieme a lei un privilegio, quando in realtà era il contrario. Fu in quel momento che comprese a cosa aveva rinunciato andandoci a letto assieme. Un amico come lui le sarebbero davvero servito, era gentile e premuroso eppure non ci andava certo leggero, dicendole le cose come stavano anche se non erano belle da sentire.

Peccato che ogni volta che lo guardava, lei pensasse al sesso.

«Va bene» cedette annuendo, «Facciamo come vuoi, andiamo a vedere i pezzi per l'asta.»

Forse Madeline era riuscita a convincere José Patron a donare una lezione di cucina privata. Ci aveva lavorato molto per averla, sarebbe stato un favoloso regalo di compleanno per Cindy, che amava la trasmissione dello chef.

Determinata a smetterla con l'ossessione se Luke avrebbe o meno passato la notte con la bionda, Sam si ripromise di vincere quella lezione all'asta.

* * *

«Samantha.»

Divenne tesa quando riconobbe la voce di Tom Williams, il marito di Carla. Non poteva ignorarlo, perciò si scusò coi genitori di Jason e appena si voltò, si ritrovò avvinghiata in un abbraccio stretto. Il profumo intenso della sua colonia le solleticò il naso, perciò si ritrasse velocemente prima di starnutire.

«Ciao, Tom.»

«È bello vederti» la salutò lui con un sorriso, «Io e Carla temevamo che non venissi quest'anno.»

La donna bofonchiò fra sé e sé. Con tutte le preoccupazioni legate a quella serata, non aveva nemmeno ponderato se dire o meno a Tom della moglie. Considerato quanto era gentile con lei, dubitava che fosse a conoscenza della tresca. Allo stesso tempo, Sam non voleva nemmeno rendere le cose difficili a Carla. Poteva anche essere stata una delle tante, però magari aveva provato qualcosa per Jason. Se Tom non era già al corrente della loro storia, dicendoglielo Sam avrebbe procurato alla donna altri guai oltre al dolore che già sopportava.

E se invece lei fosse stata una traditrice seriale, come Jason? Se con Tom avesse un matrimonio aperto?

Nemmeno sapeva perché stava tenendo Carla in una simile considerazione, visto e considerato che lei non le aveva mai nemmeno dedicato del tempo. All'improvviso, desiderò essere rimasta a casa invece di aver partecipato solo per dimostrare a sé stessa che non si sarebbe nascosta. Nemmeno le piaceva andare a quegli eventi, ma non voleva che l'infedeltà di Jason le portasse via più di quanto non avesse già fatto.

«Mi sento in colpa per non essere stata in grado di prendere in mano gli affari di Jason» rispose, provando un profondo rispetto per Luke e il fegato dimostrato nel rivelarle il tradimento. All'epoca non era che fossero legati, eppure lui aveva rischiato le ire del suo migliore amico per lei. Se solo lo avesse ascoltato…

«Oh, non preoccuparti» le assicurò Tom, «Dopo tutti questi anni passati a organizzare l'evento, siamo una macchina bel oliata.»

Gli occhi di Tom brillarono di compassione e Sam capì che stava per parlare di Jason. Sperando di riuscire a divagare ancor prima che lo menzionasse, gli domandò notizie sul suo argomento preferito: i figli.

* * *

Sarebbe andato all'inferno.

Con un gemito si sforzò di distogliere lo sguardo dal favoloso sedere di Samantha che stava parlando con uno dei direttori dell'ente benefico. Già era brutto che le avesse praticamente sbavato addosso quando era andato a prenderla, il problema era che non riusciva a smettere di guardarla. Quei bellissimi occhi a mandorla, quelle curve… Moriva dalla voglia di stringere quel suo culo mentre le scivolava dentro. *Merda*. Sarebbe *decisamente* finito all'inferno. Di sicuro avevano un posto speciale riservato a lui.

«Mi piacerebbe passare per parlarle meglio del nostro progetto.»

Luke batté le palpebre concentrandosi sulla giovane donna dai capelli rossicci che gli stava davanti e nel rendersi conto di non aver ascoltato una sola parola che lei gli aveva rivolto da quando lo aveva avvicinato, venne sommerso dal senso di colpa. Tutto ciò che sapeva era che faceva parte di un qualche ente ovviamente alla ricerca di una donazione.

«Al momento sono piuttosto sommerso di lavoro» ammise, «Puoi inviare un prospetto alla mia segretaria?»

Sheila sapeva a quali organizzazioni era interessato e tra i suoi compiti c'era la scrematura anche di quelle.

«Io… ma certo. Grazie per il suo tempo.»

La donna si alzò andandosene e quasi subito il suo posto venne occupato da Adam Campbell.

«Non posso credere di essere riuscito a beccarti. Non hai sempre una qualche 'emergenza' lavorativa a cui tornare?»

Luke sogghignò all'amico. Erano secoli che non lo vedeva. Si erano conosciuti tramite Jason e francamente,

Adam era l'unico della sua cerchia che gli piacesse davvero. Pur appartenendo a una delle famiglie più ricche del paese, non aveva usato il suo status per adagiarsi. Lavorava sodo e negli anni aveva dato vita a un piccolo impero immobiliare nel sud del paese. Se un giorno i profitti della sua società avessero superato quelli dell'industria cosmetica fondata dal suo bisnonno, Luke non ne sarebbe stato affatto sorpreso.

Insieme a Jason erano usciti spesso a cena o a bere qualcosa, ma Luke era sempre stato talmente ingolfato di lavoro negli ultimi mesi da aver perso quell'abitudine. Tra la morte di Jason, l'affare Cervco, il licenziamento di Peter e l'abbandono di Sam gli sembrava di dover combattere una battaglia dietro l'altra.

«Non quest'anno. Ho accompagnato Sam» rispose facendo un cenno verso la donna.

Dubitava che le sarebbe importato andarsene prima ma non voleva farle perdere il premio messo all'asta che desiderava per la sorella. E poi, era la prima volta che non aveva voglia di abbandonare il galà in fretta. Visto che non sapeva quando l'avrebbe rivista, avrebbe fatto durare la serata il più a lungo possibile.

«Sei venuto con qualcuno?» domandò Adam con le sopracciglia inarcate per l'interesse prima di voltarsi e individuare Sam, «Amico, sei stato gentile. Come sta?»

«Come ci si aspetterebbe che stia» replicò l'altro accigliato. Davvero le persone credevano che l'avesse portata al galà perché provava pena?

«È bello vederla già in giro. Lei e Jason erano così uniti.»

Adam scosse il capo poi indicò Luke. «Una bella pensata

la tua: una dama bellissima, divertente che non si farà illusioni sulla durata della cosa. Cavolo, avrei dovuto chiederle di venire con me!»

L'altro serrò i pugni al pensiero di Adam che stringeva Sam come aveva fatto lui quella sera. Non la voleva tra le braccia di nessun altro tranne le sue. Sì, poteva definirsi un po' territoriale considerato che era già stato rifiutato, ma proprio non riusciva a fare altrimenti. Nella sua mente, Sam apparteneva a *lui*.

«Non credo ami molto partecipare a questi eventi» commentò pur non essendone certo. Sapeva solo di non volere che Adam la invitasse a uscire, «È venuta solo per via del tributo» proseguì, per nulla preoccupato all'idea di usare Jason come scusa per allontanare l'altro.

«Oh, giusto. Avevo scordato» sospirò questi, «Immagino che dovrò trovarmi un'altra accompagnatrice per questi eventi allora.»

Come se rimediare un appuntamento fosse mai stato un problema per lui. Con i soldi e un bell'aspetto, Adam non aveva bisogno di alzare nemmeno un dito.

«Allora, come va il tuo progetto in Texas?» gli domandò Luke sperando di farlo distrarre. Anche se con lui era capitato, non aveva la certezza che Sam avrebbe rifiutato Adam. Era affascinante e bello come Jason e Luke non voleva correre rischi. Aveva già dovuto sopportare la vista di lei col marito per tutti quegli anni, guardarla accanto ad Adam lo avrebbe ucciso.

«Fantastico, finalmente hanno approvato la zonizzazione.»

Adam prese a raccontargli del complesso edilizio che

stava costruendo mentre Luke si ammoniva mentalmente: non riusciva a credere di essere geloso al solo pensiero di lui che chiedeva a Sam di uscire, specie considerato che sarebbe stato solo un appuntamento innocente.

Vederla quella sera era stato un balsamo per la sua anima, ma non poteva permettersi di farlo ancora. Lei lo stava devastando al punto che non riusciva più a pensare seriamente. La cosa peggiore era che più tempo passava con lei, maggiore era la probabilità di fare qualcosa di assurdo come stringerla e baciarla come aveva già pensato di fare almeno un centinaio di volte, e dato che controllarsi in sua presenza era così difficile, avrebbe dovuto piantarla e basta, a prescindere da quanto male sarebbe stato dopo.

CAPITOLO QUATTORDICI

«Grazie per avermi accompagnato al galà» disse Sam mentre entravano in casa più tardi quella sera, «Mi sono divertita.»

Le sue parole caddero inascoltate. Luke non faceva altro che pensare a quanto fosse bella con quell'abito e a come avrebbe voluto prendere a pugni ogni uomo beccato a guardarla. Se solo Sam gli avesse concesso il diritto di reclamarla come sua... e invece aveva messo le cose in chiaro settimane fa. Eppure nemmeno la consapevolezza che lei non lo ricambiasse riusciva a impedirgli di volerla con ogni fibra del suo corpo.

Provò una nuova ondata di disperazione al pensiero di non sapere quando l'avrebbe rivista: quanto sarebbe passato? Mesi? Anni?

Fu quell'incertezza a spingerlo a fare ciò che aveva desiderato per tutta la sera: la baciò. Sam sussultò al contatto e lui ne approfittò, stringendola e approfondendo il bacio. Temeva che lasciandola, lei si sarebbe allontanata. Se quello era l'ultimo bacio che le avrebbe dato, doveva durare il più possibile. Come se potesse spingerla a ricambiare i suoi sentimenti, Luke impresse in quel bacio tutto se stesso, la frustrazione provata nelle settimane passate senza di lei, la mancanza che aveva sentito, le parole che non poteva dirle...

Quando la sentì cedevole tra le braccia e pronta a ricambiarlo, provò un senso di trionfo. Gemette: quanto gli era mancato tutto quello - il suo sapore, la sensazione che gli regalava... Ripensò a quanto fossero state difficili le cose nelle settimane precedenti, a come sapesse esattamente cosa si perdeva a ogni secondo in cui lei era lontana. Una cosa era stata fantasticare su di lei per tutti gli anni, ma ora che aveva scoperto il suo sapore e il dolce suono dei suoi gemiti quando le mordicchiava il collo, non averla con sé era una tortura. Una tortura assoluta che non intendeva subire ancora. Non poteva regalargli il paradiso per una notte e poi portarglielo via la mattina dopo.

Dandosi mille volte dell'idiota interruppe il bacio, posando la fronte contro quella di lei. Quelle labbra gli mancavano di già.

«Mi dispiace Sam» si scusò facendo un passo indietro, «Non posso. Non sono in grado di sopportare un altro rifiuto da parte tua.»

Non avrebbe nemmeno dovuto iniziare ma non era riuscito a fermarsi. La voleva da talmente tanto tempo che per lui era diventato istintivo.

«E se non ti rifiutassi?» mormorò lei. Le sue mani avevano iniziato ad accarezzargli il torace scatenandogli lampi di piacere in tutto il corpo.

«Cosa vuoi dire?»

Anche se la mente lo stava avvertendo di non saltare alle conclusioni, Luke sentì la speranza avvampare dentro di lui come un incendio.

La donna fece spallucce continuando a toccargli il petto. «Una storia, fino a che dura questa attrazione tra noi.»

Il che significava fino a che lei fosse stata disposta a vederlo, perché lui non riusciva a immaginare uno scenario in cui non volesse stare con Sam. Non gli piaceva l'idea di non sapere quando le cose sarebbero finite, ma era consapevole che una storia era il meglio che potesse chiedere in quel momento. La voleva da anni ma per quanto riguardava lei, era tutto nuovo. Diavolo, era stata innamorata di un altro uomo fino a poche settimane prima.

«Una relazione segreta» proseguì lei guardandolo con quei suoi occhi scuri, «Lo so che questa cosa tra noi non è sbagliata, ma non voglio che la gente mi veda in modo diverso.»

A lui non poteva importare meno del giudizio altrui, ma visto che per Samantha non era così, annuì. Gli sarebbe andata bene in ogni modo.

«Quindi sei d'accordo?» domandò lei con un sorriso sulle labbra, labbra che in caso di assenso avrebbe potuto baciare ogni volta che desiderava.

Quel pensiero gli provocò una vertigine: sapeva di dover rifiutare, perché Sam non era il genere di donna adatta a storie disimpegnate e c'era la concreta possibilità che Luke stesse preparando il terreno per un enorme delusione d'amore, ma se l'avesse fatto se ne sarebbe pentito per sempre. Sì, in quel momento a lei andava bene una storiella ma se col tempo lui fosse riuscito a farla innamorare? Se non ci avesse provato, non lo avrebbe mai scoperto.

Annuì prendendole il viso tra i palmi. «Sì» accettò prima di baciarla a suggello. La lingua di lei accolse la sua mentre le braccia lo cingevano.

Con un gemito Luke le accarezzò le curve, memorizzando ogni centimetro di quel suo corpo mentre si spostava sul collo e lo percorreva con una fila di baci. Il suono che emise Samantha gli andò dritto all'uccello.

«La camera?» domandò prendendola in braccio.

Lei indicò alle sue spalle e Luke procedette spedito. Accese le luci poi la posò sul materasso continuando a baciarle la gola. Abbassò la cerniera di quell'abito che aveva ammirato per tutta la sera e quando vide il seno florido racchiuso nel pizzo e le mutandine nere, gli si seccò la bocca: non importava quante volte avesse pensato a lei, non era mai lo stesso che vederla in carne e ossa.

La donna approfittò di quella sua momentanea distrazione e allungò le mani allo smoking. Ansioso di averla a sua volta nuda, Luke cercò i ganci del reggiseno. La stoffa sparì e alla vista del seno gli parve che la testa gli fosse diventata leggera. Ne strinse uno, passando delicatamente il pollice sul capezzolo.

Le palpebre di Sam fremettero quando si portò la punta turgida alle labbra. La sentì sussultare mentre la inumidiva, le sue mani che s'infilavano tra i capelli tirandoglieli. Sorridendo, Luke proseguì nel leccarla e succhiarla prima di passare all'altro seno, adorando il modo in cui la schiena di lei s'inarcava e il respiro si frammentava.

Le accarezzò lo stomaco poi scese, cospargendole la

pancia di baci fino ad arrivare al pube. Quando la baciò attraverso le mutandine, Sam ansimò. Sogghignò poi abbassò la biancheria togliendola. L'umida eccitazione di lei gli strappò un mugolio.

Si tolse velocemente camicia e pantaloni poi tornò tra le sue braccia spalancate e la baciò, godendo delle sue mani avide che gli accarezzavano la schiena come se non ne avessero mai abbastanza di lui. In quell'esatto momento Luke seppe di amarla. Non esisteva altra spiegazione per ciò che stava provando dentro di sé. Si scostò, intenzionato a dirglielo.

«Samantha, io...»

«Prendo la pillola» lo interruppe lei.

L'uomo si maledì: si erano accordati per una storia senza legami, senza amore e a prescindere da ciò che provava lui nei suoi confronti, doveva tenerlo a mente. Sam non pensava a lui in quel modo. Almeno non ora. Per fortuna, lei lo aveva fermato prima che quella sua dichiarazione la spaventasse o le facesse pensare che Luke aveva preso le sue parole alla leggera. Se avesse incasinato tutto, non se lo sarebbe mai perdonato.

«Io sono sano» le confermò invece, sperando che Sam desse credito alla sua parola.

Non era mai andato con una donna senza precauzioni, non si era mai fidato abbastanza da correre quel rischio.

Nel profondo però dubitava che se fosse successo qualcosa gli sarebbe importato. Il pensiero di essere legato a Sam per sempre era inebriante. Non si sarebbe più dovuto preoccupare di rivederla ancora, perché sarebbero stati una famiglia. All'idea di una bambina che somigliasse a lei o di un ragazzino coi suoi occhi, provò una stretta al petto: lui da Sam voleva tutto quanto, casa, famiglia… tutto.

Lei annuì. «Anche io.»

Grato per quel suo atto di fede mugolò baciandola e quando le loro lingue s'intrecciarono, la penetrò. La sensazione di averla attorno a sé era deliziosa. Dio, quanto gli era mancato tutto questo, quanto gli era mancata Sam!

Luke iniziò a muoversi pieno di meraviglia e quando le mani di lei si strinsero attorno ai suoi glutei incoraggiandolo, non se lo fece dire due volte: si agganciò una delle sue gambe alla schiena e accelerò il ritmo. Con un gemito, Sam lo cinse anche con l'altra gamba, spingendolo più a fondo dentro di sé e strappandogli un brontolio. Non sarebbe resistito a lungo, era passato troppo tempo e la voleva disperatamente ma al tempo stesso, desiderava che per lei fosse altrettanto bello. Iniziò a pensare alla rendita per titolo di una società che trattava scisto sulla quale aveva posato gli occhi, nella speranza così di prolungare la propria durata. Quando tuttavia le pareti interne della donna iniziarono a contrarsi attorno al suo membro, capì non essere più in grado di controllarsi. Allungò la mano fino al clitoride. Sam gemette tremante, il suono più sexy che Luke avesse mai udito. Affondò dentro di lei e venne con un mugolio. Svuotato, nascose il volto tra i suoi capelli, inalandone il dolce profumo di vaniglia. Era la prima volta che godeva con quell'intensità ed ora si sentiva completamente distrutto. Con un sorriso le crollò a fianco.

«È stato fa-vo-lo-so» commentò Sam un minuto più tardi voltandosi verso di lui.

Luke la guardò colmo di orgoglio maschile: aveva tutta

l'aria di una donna ben scopata, le guance arrossate e le labbra gonfie. Il fatto che fosse stato lui a regalarle quell'espressione era qualcosa di incredibile.

«Beh, sono felice che la pensi così, perché sono piuttosto sicuro che tu mi abbia appena ucciso.»

La risata di lei fu un balsamo per le sue orecchie. La strinse fra le braccia ma provò una sorta di nodo al petto: era una sensazione perfetta e avrebbe dato qualsiasi cosa per poterla tenere così tutte le sere. Non sapeva come, ma in un modo o nell'altro sarebbe riuscito a farlo.

CAPITOLO QUINDICI

Lunedì mattina Luke rimase a guardare Sam che dormiva più a lungo di quanto avrebbe dovuto. Era sempre stato attento a non farsi beccare mentre la osservava proprio perché non voleva che qualcuno scoprisse ciò che provava nei suoi confronti, ma ora che poteva farlo ogni volta che voleva, si rendeva conto di quanto gli fosse difficile smettere.

Era davvero incredibilmente bella... però lui doveva proprio andare. Probabilmente c'era già qualcuno che lo stava cercando in ufficio e aveva ancora tutto l'arretrato che in teoria avrebbe dovuto recuperare nel fine settimana ma che invece non aveva fatto.

Con un sospiro le sfiorò la fronte con un bacio e delicatamente sfilò il braccio da sotto il suo corpo. Quando si alzò gli parve di avere i piedi di piombo: non voleva andare, preferiva restare e svegliarla con un bacio e magari rifare ancora l'amore ma aveva delle responsabilità e una società da mandare avanti.

«Luke?»

L'uomo si voltò e vide che lei era a malapena sveglia, gli occhi ancora assonnati sembrava pronta a riaddormentarsi da un momento all'altro. Consapevole che prima di sera non avrebbe avuto altre possibilità, si chinò e la baciò. Le labbra morbide di lei si schiusero accogliendo la sua lingua e il suo sapore gli esplose in bocca. Luke le morse il labbro inferiore e nel sentire il suo verso, si eccitò. Con un brontolio si raddrizzò: se non se ne andava subito, non l'avrebbe più fatto.

«Devo andare al lavoro» le disse, sentendo già la sua mancanza.

Non aveva mai passato la notte con una donna, non ne aveva mai provato il desiderio ma stava velocemente scoprendo di voler trascorrere tutta la vita con Sam. Una notte erano semplicemente diventate tre e a suo parere, il numero poteva aumentare con altrettanta semplicità. Era una follia: quel fine settimana avrebbe dovuto aiutarlo a colmare la brama che aveva di lei, e invece l'aveva peggiorata.

«Oh.»

Lei sgranò gli occhi guardando l'orologio sul comodino, «Ma certo.» Si raddrizzò e il sangue di lui si mise a correre. Se si fosse sollevata un po' più dritta, il lenzuolo gli avrebbe dato visione del suo seno florido e Luke avrebbe fatto tardissimo.

«Wow, di solito sei già in ufficio» commentò Sam portandosi i capelli dietro le orecchie.

«Già, però normalmente non vengo sorpreso nel mezzo della notte da una ninfomane.»

Sogghignò quando vide le guance di lei accendersi di un rosso fuoco. Non capiva come facesse a essere così carina e sexy al tempo stesso.

«Pranza con me oggi» le propose impulsivamente. Non gli andava di passare una giornata intera senza vederla.

Sam corrugò la fronte. «Vuoi portarmi fuori a pranzo?»

Lui annuì e la vide scuotere la testa. «Mi dispiace, Luke ma ho già un impegno con mia sorella. E poi eravamo d'accordo di tenere questa cosa privata.»

Al ricordo che quella tra loro doveva essere solo una storia passeggera, che ciò che avevano era temporaneo, gli si rovesciò lo stomaco. A un certo punto, nel corso del fine settimana l'uomo si era illuso che ci fosse più del sesso, che tra loro fosse *reale*.

«Lo so. Non ci avevo pensato.»

Perché l'unica cosa che riusciva a tenere a mente era rivederla. Forse era una buona cosa che Sam avesse rifiutato, in fondo lui non aveva tempo per portarla fuori. Quel week-end lo aveva già portato a ritardare col lavoro, uscire a pranzo avrebbe solo peggiorato le cose.

«Divertiti con Cindy. Immagino che ti vedrò più tardi, allora?»

Quando Sam annuì, si sentì sollevato. Almeno non ci stava ripensando. «Posso chiedere a Maria di preparare l'arrosto.»

«Mi piace l'arrosto ma Maria...»

«Di solito se ne va per le tre» la interruppe lui, sperando di placare così le sue preoccupazioni. Recuperò la camicia dal pavimento.

«Domani le darò la mattinata libera» e qualsiasi altra

mattinata necessaria a trattenere Sam nel suo letto. Al ricordo dei suoi capelli scuri sparsi sul cuscino, delle sue labbra morbide schiuse mentre lui si muoveva dentro di lei, Luke provò una vampa di calore. Il sangue gli si raccolse tutto a sud della cintura e iniziò subito a pensare a tutto quello che avrebbe fatto una volta in ufficio. Quando ebbe recuperato il controllo di sé stesso aggiunse: «Saremo capaci di prepararci la colazione da soli, credo.»

«Io so cucinare le uova» specificò lei sorridendo.

L'uomo sapeva quanto detestasse cucinare, perciò provò un moto di dolcezza: Sam poteva non amarlo ma era disposta a fare qualcosa che non le piaceva pur di stare con lui.

«Mi piace il tuo modo di pensare» mormorò. Indossò la camicia poi prese i pantaloni. Tornò a guardarla, lottando per resistere al bisogno di raggiungerla. Doveva anche tornare a casa a cambiarsi, perciò indossò svelto i pantaloni.

«A questa sera.»

Luke mise da parte il resoconto che stava leggendo e si strofinò gli occhi. Aveva appena passato venti minuti sulla stessa frase senza ricavarne nulla. La sua mente conti- nuava a riproporgli frammenti di passato, distraendolo all'infinito - che bello era stato fare colazione con Sam a casa sua ieri, quanto era sexy mentre godeva, quanto calda e invitante gli era sembrava quando l'aveva lasciata quella mattina...

Scosse il capo e recuperò il documento: più in fretta

smetteva di sognare a occhi aperti e prima sarebbe tornato a casa.

L'immagine di lei che lo aspettava nuda a letto per accoglierlo gli passò per la mente facendolo sorridere. Poteva decisamente farci l'abitudine. Stava proprio pensando a tutte le varie cose che avrebbero potuto fare assieme quando l'interfono vibrò e la voce di Sheila riempì l'aria.

«Ha appena chiamato l'ufficio di Mark Lang. Possono incontrarti a cena alle sette.»

Luke si passò una mano sul volto, inghiottendo l'imprecazione. Erano due mesi che cercava di parlare con il CEO della Jellmeck riguardo ai loro piani di espansione e non aveva avuto fortuna. Quella era la prima volta che l'uomo accettava e dubitava che gli avrebbe dato una seconda possibilità in caso di rifiuto.

«Conferma la cena» ordinò alla segretaria. Detestava dover mettere da parte Sam ma doveva farlo. La Jellmeck stava diventando una delle holding maggiori del fondo ma Luke era preoccupato riguardo ai loro progetti espansionistici nel Midwest. Nel Wisconsin c'era una catena di negozi di vernici concorrente che si stava espandendo a sua volta in Illinois e lui dubitava seriamente che entrambe ce l'avrebbero fatta.

«Certo, capo.»

Sheila chiuse la comunicazione e le spalle di lui si afflosciarono. Non vedeva davvero l'ora di rivedere Sam ma gli affari venivano prima.

Prese il telefono chiedendosi se dopo avrebbe ancora potuto raggiungerla a casa sua oppure no. Probabilmente poteva tornare per le undici.

E se la cena durasse fino a tardi? Poteva facilmente tirare fino all'una e lui non poteva certo chiederle di aspettarlo alzata.

Si rese conto che quella sera non l'avrebbe vista e lo stomaco gli si chiuse. Con un sospiro prese nuovamente il cellulare. Domani, si ripromise. Domani sarebbe andato da lei.

* * *

Era al settimo cielo.

Samantha strinse la presa sul cestino di muffin che aveva fatto preparare al suo cuoco. Si era ripetuta che quella era solo un'avventura, eppure al pensiero di rivedere Luke praticamente gongolava. Dopo che lui aveva cancellato la serata assieme il giorno prima, lei aveva sentito la sua mancanza molto più di quanto avrebbe dovuto e si era ritrovata a contare le ore che mancavano al loro incontro quel giorno. Non era normale, giusto? Non riusciva a ricordare una simile sensazione o modo di fare né con Jason né con Ben, il ragazzo avuto prima di sposarsi.

Guardò i numeri che scorrevano veloci sullo schermo mentre le farfalle impazzivano nel suo stomaco. Era stata sorpresa di scoprire che Luke non aveva revocato il suo codice di accesso all'ascensore privato registrato molti anni prima e ne era grata. Le avrebbe risparmiato l'imbarazzo di dover passare dal portiere ogni volta che lo raggiungeva.

Uscì direttamente nel salotto di Luke, il cui sguardo la accolse facendole saltare un battito. Era dal lato opposto della stanza, le maniche della camicia arrotolate e i primi bottoni slacciati: sembrava diabolicamente bello.

Le guance le avvamparono sotto lo sguardo pieno di apprezzamento di lui. Le sembrava quasi che Luke la stesse toccando con gli occhi. Lentamente, Luke si raddrizzò, posò i documenti che stava leggendo e la raggiunse. S'incontrarono a metà strada e tempo qualche secondo, lui la baciò in quel modo che le faceva desiderare di potercisi fondere assieme. Sam avrebbe passato la giornata a baciarlo.

L'uomo si staccò un minuto dopo e sorrise. «È tutto il giorno che ti aspetto» mormorò prendendole il viso tra le mani e passandole un pollice sulle labbra.

Ogni nervosismo la abbandonò all'istante. Per fortuna non era l'unica a sentirsi così. Sam ricambiò il sorriso e posò il cestino.

«Com'è andata al lavoro?»

Lui emise un brontolio, appoggiando la fronte contro la sua. «Passo tutta la giornata a pensarti e quando finalmente ti vedo, tu vuoi parlare di lavoro? Sto decisamente facendo qualcosa di sbagliato.»

Senza alcun avvertimento la prese in braccio, dirigendosi verso la camera da letto. Lei rise stringendolo e lo baciò.

CAPITOLO SEDICI

«Non posso credere che tu mi stia facendo guardare un filmetto d'amore!»

Era passato un mese e Luke era seduto sul divano del suo appartamento con Sam.

«Smetti di lamentarti» ribatté lei dandogli un leggero schiaffetto sulla spalla, «Ti piacciono, lo sai anche tu.»

Chi non avrebbe apprezzato un film su due migliori amici che s'innamoravano, pieno di personaggi bizzarri e di trovate?

Lui le cinse le spalle e lei si sentì sciogliere. Le piaceva stare tra le sue braccia, specie su quel divano, così diverso dalla sala cinema privata di Jason, con quelle enormi poltrone reclinabili divise da un ampio spazio che ospitava i pannelli di controllo e i portabibite. Era difficile tenersi per mano, figurarsi accoccolarsi.

Sul divano di Luke invece, poteva appoggiarsi alla sua spalla o mettergli la testa sul grembo e non era solo quello a piacerle. Si sentiva più a casa lì che in quell'enorme magione, per quanto capiva che probabilmente era più una questione di uomo che non di ambiente. Luke aveva un che di giusto.

«O forse mi piace il sesso che facciamo nel mentre» insinuò lui, lo sguardo che si faceva più torbido mentre chinava la testa verso di lei.

Le guance di Sam andarono a fuoco al ricordo di come lo aveva cavalcato su quello stesso divano l'ultima volta che avevano provato a guardare un film insieme. Aveva iniziato lui con tocchi circolari leggeri sulla sua spalla e sul polso, che poi si erano allargati al resto del corpo. Prima ancora di rendersene conto, l'aveva issata sopra di sé per baciarla e palpeggiarla fino a portarla a un piacere stordente e poi l'aveva guidata fino alla sua erezione... Rabbrividì pensando alla sensazione di pienezza che le dava.

Luke sorrise, lo sguardo malandrino e Sam sospettò che stesse ripensando allo stesso momento. Come faceva ad avere ancora quell'effetto su di lei? Si frequentavano da un mese ormai e le sembrava di esserne diventata ancor più dipendente. Capiva di comportarsi come un'adolescente che aveva appena scoperto il sesso, ma Luke le faceva provare emozioni sconosciute, forse era perché avevano fatto sesso assieme dopo anni di frequentazione, o magari perché lui era uno dei pochi che pur conoscendo alcuni segreti del suo matrimonio, la sosteneva. Qualsiasi fosse il motivo, stare con lui era facile. Luke la accettava per come era, senza chiedere di più.

Sapeva che se lui le avesse messo le mani addosso, lei

avrebbe perso il filo dei suoi pensieri, perciò si scostò. «Oh, no. Questa volta lo finiremo!»

Lo aveva già visto un centinaio di volte ma con lui mai.

«Certo che sì» convenne Luke, mettendosela sul grembo e catturando le sue labbra in un bacio. Le loro lingue si ritrovarono e il calore esplose dentro di lei. Le mani di lui s'insinuarono sotto alla maglietta, accarezzandole lo stomaco e quando una arrivò a stringerle un seno, Sam aveva già dimenticato il film.

Un'ora più tardi erano a letto. Luke infilò il naso tra i capelli di Samantha annusando il suo profumo di vaniglia e sospirò soddisfatto. La vita non avrebbe potuto essere migliore di così. Dato che non sapeva fermarsi, iniziò a tracciare il percorso dal collo alla spalla con una fila di baci. Con un gemito, Sam inclinò la testa dandogli un miglior accesso e lui sorrise. Gli piaceva da matti quanto fossero in sincronia.

Era appena arrivato in cima alla colonna vertebrale quando squillò il telefono. Non volendo smettere, proseguì scendendo. Chi chiamava avrebbe lasciato un messaggio oppure avrebbe riprovato l'indomani. Dopo un paio di squilli, Sam si voltò verso di lui.

«Non vuoi rispondere?»

Poteva essere importante. Luke si passò una mano tra i capelli sospirando. «Sì, certo.»

Si ritrasse alzandosi e provò un'immediata sensazione

di vuoto. La prossima volta avrebbe staccato la presa e spento il cellulare. Nulla doveva interrompere il tempo che passavano assieme.

«Sì?» disse prendendo la cornetta. Guardò il letto, vide Sam che lo scrutava e si pentì di essersi alzato. *Perché lei doveva sempre essere così responsabile?* Tutto quello che voleva lui era passare il resto della serata a letto, al diavolo il lavoro!

«Pillar vuole un prestito di dieci milioni» gli comunicò George, «Gli serve l'accordo per questa sera, altrimenti andrà da McFadden.»

Luke bofonchiò a quella realtà che era entrata a gamba tesa nei suoi pensieri. Il lavoro era lavoro. Se smettevano di fare affari per via dell'ora, nessuno avrebbe più pensato di chiamarli al bisogno di una veloce infusione di denaro.

«Chiama gli altri. Ci vediamo tra un'ora in ufficio» gli ordinò. Fece una smorfia terminando la chiamata e guardò Sam, «Devo andare in ufficio.»

«Va bene» replicò lei raddrizzandosi.

Lo sguardo di Luke corse all'istante al suo seno elegante e la bocca gli si seccò, «C'è niente che possa fare per aiutarti?»

Quella domanda lo distolse dai suoi pensieri. Provò un certo disappunto alla comprensione manifestata da Sam quando succedevano cose simili e si maledì all'istante: perché reagiva così? Non voleva mica che lei si lamentasse chiedendogli di tornare a letto, giusto? Okay, forse sì. Voleva che Sam di ribellasse un po', così da fargli almeno capire che non era solo lui a provare quel bisogno. Non sarebbe successo tanto presto però, quindi scacciò quelle idee e fece un sorriso.

«No, ma grazie. Apprezzo l'offerta.»

Uscì di casa ricordando a sé stesso che avere Sam nella sua vita doveva bastargli e con quell'ultimo avvertimento, si concentrò su quello che lo aspettava in ufficio.

Due ore più tardi guardava gli analisti che discutevano i termini della loro offerta senza vederli realmente. Ancora non riusciva a superare il fatto che Sam non si lamentasse mai dei suoi orari o che non sembrasse delusa quando lui doveva andarsene prima del tempo. Anzi, era stata talmente indulgente da offrirgli pure il suo aiuto!

Sapeva che il matrimonio con Jason l'aveva abituata a date cancellate e feste di compleanno in ritardo ma lui non voleva che tra loro fosse così. Sam meritava molto di più. Si era ripetuto che non l'avrebbe mai data per scontata come aveva fatto Jason, eppure era ciò che stava succedendo.

Improvvisamente, si rese conto che nella stanza era sceso il silenzio e notò che tutti lo stavano guardando.

«Scusate, come?»

Clark si chinò in avanti. «Quanti posti del consiglio vuoi?»

Cercando di ricordare su cosa vertesse la conversazione prima che la sua mente partisse alla volta di Sam, tormentò il suo cervello e rispose: «Tre. Il loro modello di business è solido ma le vendite recenti lasciano ampio margine di miglioramento. Dobbiamo tenere d'occhio le cose, specie come si comporta il loro nuovo chip rispetto a quello dei concorrenti.»

Nessuno dei quali avrebbe saputo menzionare, al momento. Cazzo, considerato dov'era la sua testa, non si sarebbe nemmeno dovuto preoccupare di partecipare quella sera. Anche ora, tutto ciò a cui riusciva a pensare era che non avrebbe dovuto rispondere al telefono. Sperò che Sam fosse rimasta a casa sua. La parte di Luke rimasta al tempo delle caverne apprezzava il pensiero di lei che dormiva nel suo letto anche in sua assenza, ma non sarebbe stato giusto chiederle di restare quando non sapeva se sarebbe rincasato quella notte.

«Te l'ho detto» sentì sbottare Mike prima che il suo palmo si schiantasse sul tavolo, «Sarebbe un suicidio non accettare l'offerta.»

Luke sospirò tra sé e sé… se non fosse venuto in ufficio sarebbe stato ancora nel letto con Sam. Avevano proprio bisogno di lui lì? I ragazzi avevano tutto un loro sistema e il suo ruolo era più che altro quello dell'arbitro. George o uno degli altri manager sarebbe indubbiamente riuscito a gestire il tutto, solo che lui non aveva mai dato loro una possibilità. Decise all'istante che in futuro l'avrebbe fatto: ora che aveva preso il posto di Jason, forse era tempo di lasciar perdere quelle riunioni a tarda notte. Ovviamente, se gliel'avessero chiesto avrebbe presenziato ma non era una cosa automatica e poi, controllava comunque gli affari più consistenti prima di approvarli.

Una parte del fardello ereditato alla morte del socio si sollevò con quella decisione. Luke si fidava dei suoi impiegati, perciò perché non aveva passato loro il lavoro? Quell'idea lo tormentava ma attribuì la colpa alla sua solita incapacità di delegare. Condividere le responsabilità con qualcuno che non fosse Jason avrebbe richiesto un adeguamento da parte sua, ma se voleva passare più tempo con Sam, doveva cedere in qualcosa. E lui *voleva* passare quel tempo con lei.

CAPITOLO DICIASSETTE

«C'è qualcosa di diverso in te» osservò Adam una settimana più tardi. Posò il suo drink e guardò Luke.

Da quando aveva iniziato a frequentare Sam, l'uomo non si era certo sforzato di vedere il suo amico e grazie ai sensi di colpa, aveva finalmente accettato di incontrarlo a pranzo. Di solito mangiava in ufficio, ma non voleva abbreviare il tempo da passare con Sam, dato che la vedeva solo alla sera e nei fine settimana. Non avrebbe certo sprecato una di quelle serate con Adam, a prescindere da quanto il suo amico significasse per lui.

«Ho capito» esclamò questi schioccando le dita, «Stai sorridendo. È una donna, vero?»

Luke corrugò la fronte. Ultimamente gli era parso che alcuni in ufficio lo guardassero in modo strano. Era perché sorrideva? Non si era accorto di farlo ma probabilmente era vero. Non riusciva a ricordare di essere mai stato tanto felice. Sam non gli bastava mai e per fortuna, per lei sembrava essere lo stesso.

Improvvisamente, desiderò poter raccontare di Sam ad Adam. Non solo non gli piaceva tenere nascosto a uno dei suoi amici più intimi qualcosa di tanto importante, ma era così felice da voler dare la notizia a tutti. Lei però voleva che nessuno lo sapesse, perciò Luke si limitò a scrollare le spalle sollevando il bicchiere.

«Potrebbe essere una questione d'affari in corso» rispose prima di bere ma l'amico rise.

«So che non si tratta di quello, perché l'altro giorno ho parlato con Hank e l'unica cosa che ha fatto è stata lamentarsi dei rimborsi.»

Luke si bloccò sorpreso. Non sapeva che Adam e Hank fossero amici.

«Allora, una donna, eh? Per questo sei stato tanto occupato ultimamente?»

«Mi dispiace per le assenze ingiustificate, davvero» mentì l'altro. Avrebbe di gran lunga preferito passare la serata con Sam che non con uno dei ragazzi, ma dubitava che il suo amico avrebbe apprezzato quella confessione.

«Sì, ne sono certo. E quando mi farai conoscere questa persona che riesce a scombussolarti tanto?»

Si rese conto di quanto brutte sarebbero sembrate le cose quando lui e Sam fossero usciti allo scoperto con la loro relazione, e si accigliò. Dubitava che persino Adam, pur sapendo dei tradimenti di Jason, avrebbe accettato la cosa. Avrebbe pensato che l'amico stava violando un codice fraterno o peggio, che stesse approfittando della vulnerabilità di lei. E forse era ciò che Luke stava facendo. Per quanto si fosse ripetuto che quella prima sera in cui Sam era andata da lui, non aveva fatto altro che aiutarla a dimenticare

Jason, era pur vero che si sarebbe inventato qualsiasi scusa pur di stare con lei. Non poteva nemmeno smettere di vederla, dato che gli bastava anche un solo giorno di lontananza per sentirsi a disagio. Non aveva idea di cosa sarebbe successo se Samantha lo avesse lasciato.

Il fatto che ci avesse impiegato così tanto per capirlo, testimoniava l'influenza che Sam aveva su di lui: quando erano assieme, l'unica cosa a cui riusciva a pensare era lei.

«Andiamo» lo blandì Adam, «Magari solo il suo nome? Se è una cosa seria prima o poi la conoscerò.»

Al pensiero che forse non avrebbe mai avuto occasione di presentare Sam come la sua donna, gli si chiuse lo stomaco. Era sorpreso di sperare profondamente che le cose fossero diverse. Molti uomini avrebbero preferito scoparsi una donna bella e sexy senza alcun impegno ma non lui, almeno non con Sam. Luke voleva molto più di quello. Potendo, voleva passare con lei il resto della vita.

«Non c'è nessuna» le parole erano sabbia nella sua bocca.

Detestava mentire al suo amico ma aveva fatto una promessa a lei. Si chiese se Samantha avrebbe mai accettato di uscire allo scoperto, ma poi ricacciò il pensiero. Si preoccupava talmente del giudizio altrui nei confronti della loro relazione, che quando erano a casa sua, lavavano i piatti e non permetteva allo chef di preparare da mangiare solo per non fargli sapere che si vedeva con qualcuno. Se Luke pensava che portare la loro storia alla luce del sole non le avrebbe creato problemi, stava sognando.

«Il lavoro si è ripreso?» domandò Adam.

«Lo puoi ben dire» asserì Luke, «Si sta decisamente

stabilizzando. Abbiamo recuperato circa un quarto degli affari che avevamo perso.»

Come si era aspettato, si trattava perlopiù di soggetti con un patrimonio ingente che si erano aggiudicati un fondo pensione.

«È una bella notizia. Ehi, prima che mi dimentichi: puoi darmi il numero di telefono di Sam? Quello vecchio è staccato.»

Il sangue gli si gelò: anche Adam voleva Sam? Possibile che a sua volta si fosse innamorato di lei negli anni?

«Per cosa?»

«Cosa sei, la sua guardia del corpo?» rise l'altro bevendo un altro sorso del suo drink, «Mi serve qualcuno che mi accompagni al matrimonio di Larry Thomas, lo sai come sono le donne coi matrimoni: si fanno delle idee e iniziano a metterti pressioni per ricevere la proposta a prescindere da quanto tempo le stai frequentando. Preferirei andarci con una carina e poco complicata che per una volta non si farà venire alcuna pazza idea.»

«Certo, te lo mando per messaggio» *Quando voleranno gli asini.*

Non importava quanto fossero innocenti le intenzioni di Adam, a Luke il pensiero di lei con un altro uomo non piaceva. Al ricordo di come i loro corpi si fossero fusi la notte precedente, si sentì rimescolare dentro: nessuno doveva toccarla tranne lui. In alcun modo.

Il fatto che Sam fosse sempre stata felice di vedere Adam ogni qualvolta lui era passato in ufficio, non fece che cementare quella decisione: non gli avrebbe mai dato il suo numero.

«Non ce l'hai sulla rubrica?» gli chiese l'amico, «Speravo di chiamarla oggi. Il matrimonio è il prossimo sabato.»

L'uomo strinse la mascella. Quando era arrivato al ristorante stava parlando al cellulare, perciò non poteva dire di averlo dimenticato in ufficio, salvo poi scordarsi convenientemente di chiamare Adam. A meno di svelargli la sua relazione con Sam, era all'angolo. Stava quindi per dirgli che la donna era occupata quando rammentò la vulnerabilità nello sguardo di lei alla richiesta di tenere il segreto. Se non avesse accettato, la donna non avrebbe mai detto di sì alla loro storia. Non poteva tradirla, perciò prese il cellulare dal cappotto e con dita rigide scorse lo schermo per recuperare il numero. Dovette praticamente spingersi le cifre fuori dalla sua bocca. La tentazione di sbagliarne una era forte ma non aveva certo bisogno che il suo amico indagasse ulteriormente sul suo modo di comportarsi.

«Grazie, amico» replicò Adam dandogli una pacca sulla spalla.

Luke si chiese se fosse meglio avvisare Sam prima che ricevesse la chiamata.

E se volesse uscirci? Un pensiero in grado di rovesciargli lo stomaco. Anche se lui si sforzava di pensarla diversamente, la loro era una semplice avventura a cui lei prima o poi avrebbe messo la parola fine, lasciandolo solo con i ricordi.

Immaginò di non doversi preoccupare se lei avesse scelto un altro. Luke era sufficientemente benestante da essere considerato un buon partito, però Sam non solo era più ricca di quanto le sarebbe mai servito ma nemmeno le importava, a meno che quei soldi non servissero ad aiutare gli altri. L'unico motivo per cui stava con lui probabilmente, era perché lo conosceva e stranamente, lo considerava una persona migliore di quanto in realtà non fosse. Prima o poi si sarebbe resa conto dell'errore e ci avrebbe dato un taglio. Magari sarebbe successo più poi che prima, perché per quanto lo riguardava, Luke era ben lungi dall'averne abbastanza.

* * *

Sam sorrise scorrendo le fotografie della lezione di cucina vinta all'asta che le aveva spedito Cindy. A quanto pareva, sua sorella si stava divertendo.

Alzò gli occhi al cielo alla dichiarazione che dal vivo, José Patron era ancora più affascinante. Da quando aveva fatto quella lezione, sua sorella gliel'aveva già ripetuto più volte. Stava per rispondere alla sua email quando il cellulare squillò. Al pensiero che fosse Luke a chiamare per dire che quella sera non ce l'avrebbe fatta, si sentì male. Anche se passavano la maggior parte delle sere insieme, a volte lui doveva cancellare perché restava bloccato in ufficio.

Sapendo che ignorare la chiamata non avrebbe cambiato le cose, rispose.

«Ehi» lo salutò, sperando che il disappunto non fosse troppo ovvio. Per quanto detestasse essere lasciata sola, non voleva che Luke si sentisse in colpa.

«Ciao, Samantha.»

La voce di Adam le provocò sorpresa e sollievo. Non era Luke a chiamare per cancellare la serata.

«Ciao, Adam. Come stai?»

«Bene, però sono ferito: hai cambiato numero e non ti sei nemmeno preoccupata di farmelo sapere. Ho dovuto chiedere a Luke per rimediare quello nuovo.»

La donna rise. «Mi dispiace, la stampa mi stava dando la caccia come un segugio. Avevo solo bisogno di dare un taglio.»

Prima o poi il loro interesse sarebbe scemato, ma non intendeva aspettare.

«Capisco e stavo scherzando. Come vanno le cose?»

«Bene, mi sto mettendo alla prova nei panni dell'investitore.»

«Deve essere…interessante.»

Un sorriso le fiorì sulle labbra. Per gli altri, saperla tutto il giorno intenta a leggere pagine e pagine di dichiarazioni finanziarie doveva sembrare noioso, ma lei si divertiva. Era come cercare di scoprire il classico ago nel pagliaio, anche se ogni tanto trovava pure l'oro.

«Magari un giorno potresti provarci anche tu» gli suggerì. Non si era mai immaginata a investire fino a che Luke non gliene aveva parlato. Le piaceva davvero, soprattutto amava non dover convincere un gestore di portafoglio a comprare o vendere, perché era l'unica al comando.

«Sai bene quanto me che Luke riesce a gestire il mio denaro meglio di quanto potrei mai fare da solo, perciò lascio gli investimenti a lui e continuo a concentrarmi sull'edilizia. Il motivo per cui ti ho chiamata è che mi domandavo se volessi venire con me al matrimonio di Larry Thomas il prossimo sabato.»

Sam rimase interdetta: non aveva detto di aver trovato il suo numero grazie a Luke? E Luke sapeva che Adam aveva intenzione di chiederle di uscire? Probabile. Era difficile che questi gli domandasse il suo numero senza dare alcuna spiegazione, il che significava quindi che Luke era al corrente di tutto.

Le si chiuse lo stomaco: davvero gli andava bene che lei presenziasse al matrimonio assieme a Adam? Probabilmente sarebbe stata una cosa innocente ma Sam non riusciva a non sentirsi irritata dalla noncuranza dimostrata da Luke. Se fosse stato lui a dover accompagnare un'altra a un matrimonio, a lei sarebbe importato eccome. Il fatto che non avesse nemmeno battuto ciglio al pensiero di lei con un altro non faceva che dimostrare quanto non fosse serio nei suoi confronti. Era vero, non erano impegnati, però si sentiva comunque ferita. Anche se avevano un legame temporaneo, Luke avrebbe dovuto esigerla solo per sé nel frattempo, non passare il suo numero a un altro!

Dandosi della stupida per la propria stoltezza, addusse la scusa di avere altri impegni. Non stava davvero pensando che Luke iniziasse a provare qualcosa di più, vero?

«Grazie per aver pensato a me.»

Adam sbuffò. «Sai quanto è difficile trovare qualcuna di normale da portare a un matrimonio?»

«Sono certa che troverai un rimpiazzo senza fatica» non solo Adam era bello, ma era anche ricco e dotato di senso dello humour.

L'uomo sospirò. «Non lo so, forse andrò da solo. Da quando io e Luke siamo stati inseriti nella lista degli scapoli disponibili, sta diventando sempre più difficile frequentare qualcuna.»

«Non ti aspetterai davvero che mi dispiaccia per voi?»

Diamine, pensò in quel momento, Jason doveva essersi sentito invidioso anche della presenza di Adam su quella lista. All'epoca, quando a tal proposito non faceva che menzionare Luke, lei aveva chiuso la questione etichettandola come il tentativo del marito di prendere in giro l'amico, ma ora capiva che era un indizio dell'infelicità di Jason. Se non l'avesse sposata, anche lui sarebbe stato uno di quegli "scapoli disponibili".

Forse loro tre - Jason, Luke e Adam - erano più simili di quando lei avesse mai immaginato. Non importava quel che diceva Adam, Sam sapeva che gli piaceva ricevere attenzioni femminili e doveva sicuramente essere così anche per Luke.

E se il suo matrimonio fosse stato solo un'anomalia? Jason si era stancato in fretta, diventando inquieto. Sarebbe successo lo stesso anche con Luke? Stava *già* accadendo? Magari era per quello che aveva dato a Adam il suo numero.

Nei recessi della sua mente si rese conto che era quello il motivo per cui aveva suggerito un'avventura: non avrebbe dovuto preoccuparsi di altre donne se lei e Luke avessero avuto solo una storia temporanea. Non aveva messo in preventivo d'innamorarsi e doveva proprio essere successo, altrimenti non se la sarebbe presa tanto nello scoprire che a lui non interessava se lei usciva con un altro.

Adam rise. «No, penso proprio di no ma valeva la pena provare. Fammi sapere se cambi idea.»

Sam provò un forte senso di delusione quando riattaccò, un paio di minuti dopo. Luke iniziava a piacerle davvero e pensava che per lui fosse lo stesso, invece era saltato fuori che si era sbagliata. Di nuovo.

* * *

Avvicinandosi alla porta dell'appartamento di Sam quella sera, la mente di Luke mulinava: era arrivato un po' prima del previsto ma in ufficio non riusciva più a concentrarsi. L'unica cosa che voleva era vederla. Da quando aveva lasciato il ristorante aveva desiderato chiamarla ma non avrebbe saputo cosa dire. *Adam ti telefonerà per invitarti a un appuntamento. Tu dirai di no, vero?*

Non riusciva nemmeno a pensare alla possibilità che lei accettasse. Avrebbe voluto avere il diritto di dirle che non poteva andare con Adam, ma la loro non era una relazione di quel genere. Sam avrebbe pensato che stava reagendo in modo eccessivo, cosa che in effetti era. Solo perché lui si era illuso che quella storia fosse qualcosa di più, non significava che le cose stessero effettivamente così.

Aprì la porta e la vide sul divano. Lo guardò dal bordo dell'e-reader e una morsa gli serrò il petto. Quante altre volte sarebbe potuto tornare a casa da lei, prima che Sam decidesse di meritarsi di meglio? Spinse a forza fuori dalla sua mente il pensiero che quel momento sarebbe arrivato troppo presto e la baciò. Era la sua immaginazione o non lo stava ricambiando? Liquidò anche quella sensazione, le sorrise e si sedette al suo fianco, prendendole le gambe in grembo.

«Cosa stai leggendo?» le domandò.

Non sapeva mai cosa aspettarsi, poteva essere la

biografia di un presidente come un romanzo d'amore storico.

Lei posò l'e-reader poi raddrizzò la schiena, portandosi una ciocca dietro l'orecchio.

«Mi ha chiamato Adam chiedendo se volevo accompagnarlo a un matrimonio.»

Il cuore di lui sprofondò. Gli avrebbe comunicato così che non si sarebbero visti il prossimo fine settimana? Oltre a detestare il pensiero di lei con un altro, non sopportava che il tempo assieme venisse limitato. I fine settimana erano l'unico momento in cui potevano trovarsi davvero e lei lo avrebbe passato in compagnia di Adam?

Luke digrignò i denti. «E cosa gli hai risposto?»

Poteva sperare finché voleva che fosse diverso ma la verità era che non aveva voce in capitolo. Se avesse cercato di fermarla avrebbe solo rischiato di perderla, per quello non aveva il coraggio di farlo.

«Di no.»

Un sollievo mai provato prima lo abbracciò. *Grazie al cielo.* Le sorrise poi si appoggiò alla spalliera provando la sensazione che gli avessero tolto un peso.

«So che è meschino da parte mia, ma sono felice che tu non vada con lui» ammise iniziando a massaggiarle i piedi.

Sam sgranò gli occhi. «Davvero?»

L'uomo le fece un sorriso timido. «Sì. Dammi pure del cavernicolo ma non mi piace l'idea di te tra le braccia di un altro.»

Lei tolse le gambe dalle sue. «Allora perché gli hai dato il mio numero?»

«Cosa avrei dovuto fare? Visto che dobbiamo tenere

segreta questa storia, non potevo certo suggerirgli di trovarsi un'altra quando me l'ha chiesto» Luke si strinse nelle spalle poi la indicò, «E non sapevo se volevi andare al matrimonio oppure se volevi vedere Adam.»

«Oh.»

Luke batté le palpebre e un attimo dopo capì. «Aspetta: credevi che io *volessi* che tu uscissi con Adam?»

«Non lo so… Dopo quello che è successo con Jason…» Sam sospirò, «Voglio solo che tu sappia che se mai volessi chiuderla, puoi dirmelo. Nessun rancore.»

Come poteva parlare della loro separazione con tanta calma? Come poteva comportarsi come se nulla fosse? Non provava *niente* per lui? Quel pensiero divenne motivo di riflessione: e se stesse sprecando tempo nel cercare di farla innamorare di lui?

No. Sam *doveva* provare qualcosa nei suoi confronti. Un legame tanto forte non poteva essere solo a senso unico, vero?

«Va bene» mormorò, ma non le chiese di fare altrettanto. Sapeva che quando avrebbero rotto, lui ne sarebbe uscito con le ossa rotte ma poiché non era quello il momento, se ne dimenticò.

Al pensiero di quel che Sam doveva aver passato provò uno strano senso di malessere. Detestava averla ferita ma era felice che le cose non fossero ancora arrivate alla fine, perciò la baciò. Le labbra di lei si fecero morbidissime contro le sue, strappandogli un gemito. La cinse con una mano attorno alla vita e se la sistemò in grembo. Magari non la vedevano allo stesso modo riguardo alla loro relazione, ma almeno a letto erano perfetti.

Luke le infilò le mani sotto la camicia, esplorando la pelle setosa. Le percorse la gola con una fila di baci prima di fermarsi sul quel punto che l'avrebbe fatta sciogliere, lo succhiò e ne ricavò un suono che gli arrivò dritto all'uccello. Le tolse la camicia avidamente, provando una vertigine alla vista del suo seno nudo. Gli piaceva da morire trovarla senza reggiseno.

Prese i seni tra le mani sfiorandone i capezzoli coi pollici e in risposta, Sam si spinse contro di lui, le palpebre frementi mentre gli cedeva il potere. Era lui che le stava facendo questo, che la stava facendo sentire così. Non Jason, non Adam. Lui. Inebriato da quel pensiero, accolse uno di quei globi sfacciati in bocca.

Sam iniziò ad accarezzarlo come se non ne avesse mai abbastanza di lui e Luke rinsaldò la sua presa. Amava da morire che lei lo toccasse tanto quanto odiava il pensiero di quelle mani su qualcun altro.

Quando le morse un capezzolo, la donna sussultò. Lui sogghignò, inumidendolo per lenirlo poi lo morse nuovamente. Mentre si spostava sull'altro, sentì le unghie di lei piantarsi nella sua schiena. I gemiti di Sam riempivano l'aria raggiungendo dritti il suo ventre. La voleva, ora. Si avvolse la vita con le sue gambe e si alzò in piedi. Le rapì le labbra mentre lei iniziava a slacciargli la camicia. Gliela tolse mentre cadevano sul letto qualche secondo dopo e iniziò a far scorrere le sue mani ovunque sul corpo di lui.

Luke sapeva che di quel passo non sarebbe durato un secondo di più, perciò iniziò a scendere, baciandole il ventre sexy e togliendole pantaloni e mutandine. Ringraziò il cielo nel trovarla bagnata: non poteva aspettare oltre. Si spogliò velocemente poi tornò da lei. Quando la penetrò, quella dolce sensazione di morsa gli rese la testa leggera. *Che meraviglia! Sam era maledettamente fantastica.*

Iniziò ad arretrare per poi riempirla nuovamente, perdendosi in quella sensazione. Lei gemeva, il suono più dolce che lui avesse mai sentito, aveva i capelli sparsi sul cuscino, lo sguardo velato e le guance d'un bel rosso vivo.

Al pensiero che un altro uomo l'avesse vista così in passato o l'avrebbe fatto in futuro lo fece diventare improvvisamente verde di gelosia.

«Di' il mio nome» le ordinò affondando dentro di lei.

Lei batté le palpebre mugolando.

«Di' il mio nome, Sam» ripeté lui.

«Luke» lo assecondò finalmente lei senza fiato.

Venne invaso da una soddisfazione tutta maschile. Adorava sentirlo pronunciare dalle sue labbra.

«Ancora» insistette continuando a scoparla.

«Luke.»

Si passò una delle sue gambe oltre la spalla col risultato di penetrarla più a fondo, tanto da sentirsi girare la testa. Sam doveva provare lo stesso, perché ansimò graffiandogli la schiena. «Luke.»

Lui accelerò il ritmo: un uomo in missione. Ben presto sentì gli spasmi dei muscoli interni di lei di concerto ai suoi dolci gemiti. «Luke. Luke.»

Grugnì, nascose il volto contro la sua spalla e la raggiunse.

* * *

«Andiamocene da qualche parte questo fine settimana» le propose più tardi mentre se ne stavano accoccolati, «Che ne dici di Martha's Vineyard? Potremmo prendere il jet con un pilota diverso, per tenere nascosto tutto quanto.»

Sam stava quasi per accettare quando aggrottò le sopracciglia: era così semplice stare con Luke e sapeva che di quel passo si sarebbe ben presto trovata innamorata. Per quello la telefonata di Adam l'aveva sconvolta tanto, era convinta che tra lei e Luke le cose andassero benone e non era ancora pronta a smettere.

«Veramente devo aiutare mia sorella con un'uscita didattica» decise improvvisamente.

Nell'email che le aveva scritto quel giorno, Cindy si era lamentata per la mancanza di genitori iscritti alla supervisione e Sam ci aveva fatto un pensierino, ma non voleva sacrificare il suo tempo con Luke. Forse però un po' tempo lontana le avrebbe fatto bene. Doveva rimettere la testa a posto, ricordare a sé stessa che nella vita c'era altro oltre lui, che tra loro la storia era a tempo determinato. Un'avventura insomma. E forse, doveva ricordarsi di non farsi nuovamente prendere da qualcuno tanto da trascurare amici e famiglia.

«Stavo per dirtelo prima, ma poi mi sono scordata.»

«Certo» replicò lui. Sam riuscì comunque a captare la sua delusione. Si sentì in colpa per un attimo ma poi ricacciò spietata quella sensazione: doveva proteggere sé stessa.

Gli sorrise guardandolo. «Magari la prossima volta?»

Le piaceva l'idea di andare da qualche parte insieme. Anche troppo.

«A cosa pensavi?»

Luke la strinse. «Al nostro cottage privato, camminate sulla spiaggia e sesso. Tanto, tanto sesso.»

«Niente vongole?»

«Te ne comprerò un secchio pieno.»

«Mm… mi piace.»

Sembrava proprio la fuga perfetta e avrebbe desiderato accettare, ma non poteva permetterselo. Lo amava già ed era pericolosamente vicina a perdersi in lui. Riusciva a vedersi mentre mollava tutto per stare con lui perché voleva farlo, proprio come era successo con Jason. Però la sua famiglia e i suoi amici meritavano più di quello e fino a che non fosse stata capace di gestire meglio le sue priorità, non poteva compiere quel passo.

«Conosco un'altra cosa che ti piace.»

Lo sguardo di lui si fece più intenso mentre la copriva col proprio corpo e ben presto, Sam scordò ogni altro pensiero.

CAPITOLO DICIOTTO

«Ho preso questo fiore per te. È giallo come il tuo vestito.»

Il cuore di Sam s'intenerì mentre si chinava e accettava il girasole dalla bambina che glielo stava porgendo. Era adorabile, con la coda di cavallo e quegli occhioni.

«Grazie, è bellissimo.»

La piccola le sorrise timidamente prima di andare a raggiungere il resto del gruppo nella caccia al tesoro.

La donna si rialzò e guardò i bambini formare un cerchio prima attorno a un albero, poi dedicarsi a un altro. Provò una stretta al petto: avrebbe mai avuto dei figli? Aveva sempre pensato di sì ma ora non ne era più così sicura. Non voleva che crescessero con un solo genitore, perciò avrebbe dovuto sposarsi e non era sicura di voler rifare di nuovo tutto quanto.

Luke sarebbe un buon genitore.

Sbuffò tra sé e sé quando si rese conto della direzione presa dai suoi pensieri: loro due avevano una storiella e se si fosse messa a pensare ad amore e matrimonio, Sam ne sarebbe uscita pesantemente delusa. Anche se Luke ci teneva a lei, e di questo era certa, dubitava che provasse qualcosa di simile all'amore e non poteva giurare che sarebbe mai successo. E poi, lui non aveva mai parlato di far diventare permanente il loro rapporto.

«Di nuovo tante grazie» le disse Cindy avvicinandosi, «Ti giuro che per merito tuo almeno due padri e un insegnante si sono accodati.»

«Merito mio?» domandò Sam sorpresa. Cindy sghignazzò.

«Non hai notato gli uomini che si sono offerti di portarti la borsa o di piantarti la tenda?»

Sam emise un lamento. «Io pensavo che stessero solo cercando di farmi sentire benvenuta, sai, perché non sono un genitore né un'insegnante.»

Si sentiva davvero stupida.

«Mi dispiace, Sam. Avrei dovuto dir loro che non sei interessata ma mi serviva il tuo aiuto. La gita sarebbe stata cancellata se non ci fossero stati adulti a sufficienza e i bambini avevano lavorato così tanto per raccogliere i fondi. Comunque gli uomini sono dei porci: riesci a immaginare di volerci provare con una donna che è appena diventata vedova? Non posso credere che...»

«Ho iniziato a vedermi con uno» le rivelò la sorella prima che Cindy si spingesse troppo oltre. Non era il modo migliore per darle la notizia, ma non voleva che insistesse nel pensarla diversa da com'era realmente.

«Tu... Un attimo, tu cosa?»

«Ho iniziato a vedermi con un uomo. Nessuno dei due

l'aveva progettato, solo che...» non sapendo cosa aggiungere si strinse nelle spalle.

«È una cosa seria?» domandò la sorella dopo un attimo.

«Mi sa che mi sto innamorando» ammise Sam. Era convinta di poter tenere i suoi sentimenti sotto controllo, ma non ci stava riuscendo affatto bene.

«E lui prova le stesse cose?»

Stava per dirle di no quando ricordò come Luke avesse ridotto le ore in ufficio da quando avevano iniziato a frequentarsi. La Harkin era sempre stata la sua priorità mentre ora lui era più che disposto a prendersi del tempo per stare con lei e non era solo quello: probabilmente Sam rappresentava la relazione più lunga che avesse mai avuto.

«So che prova qualcosa» disse alla fine, «Solo che non sono certa di cosa.»

«Oh, santo cielo: è Luke, vero?» le chiese Cindy prendendola per un polso, «Per questo quando siamo andate a vedere lo spettacolo mi hai detto tutte quelle cose carine su di lui!»

Sorpresa che la sorella avesse indovinato, Sam annuì.

«Non posso crederci» proseguì l'altra, «Insomma, stiamo parlando di te: tu non passi da un uomo all'altro. Com'è successo? Da quanto va avanti?»

Sam stava per raccontarle tutto di Jason ma si fermò: cos'avrebbe pensato Cindy di lei? I loro genitori avevano insegnato a entrambe che importava come si era dentro, eppure Sam si era lasciata abbindolare da Jason, dal luccichio e dal glamour del suo mondo. Anche se dubitava che sua sorella l'avrebbe giudicata, si vergognava. Se non avesse scoperto il cellulare del marito e letto quei messaggi, non si sarebbe mai resa conto di quanto fosse vuota la sua vita. Le piaceva pensare che magari un giorno sarebbe successo, ma non ne era del tutto convinta.

«Qualche mese.»

«Deve essere una cosa davvero seria allora. Ma lui non aveva la politica dei due appuntamenti massimo? E tu,» la indicò con fare accusatorio, «niente di quello che fai è mai meno che serio. La relazione più breve l'hai avuta con Ben ed è durata due anni.»

Sam corrugò la fronte ammettendo che sua sorella aveva ragione. Se si fosse presa in giro da sola pensando di poter avere un'avventura? O era stata la sua scusa per stare con Luke?

«Non che sia una brutta cosa» aggiunse lesta Cindy, «Solo che tu non sei fatta così.»

«Tu cosa pensi di Luke?» le domandò esitante, felice di poterne finalmente parlare con qualcuno.

Quando analizzava dati finanziari ascoltava sempre il suo istinto, ma alla fine di tutto aveva comunque i numeri reali a sostenerla. Nell'ambito delle relazioni amorose quello stesso lusso non esisteva: era stata tutta una questione di sensazioni e istinti ed ecco quello che ne era venuto fuori.

«Oh, no. Mi rifiuto di entrarci.»

«Ti prego. Ti prometto che non userò nulla contro di te e di sicuro non lo dirò a lui.»

Non avrebbe nemmeno dovuto raccontarle della loro relazione.

«Va bene» cedette la sorella mettendosi a braccia conserte, «So che ti sei sempre lamentata di lui, ma con me

Luke non è mai stato meno che gentile, per non menzionare il rispetto che ha sempre manifestato nei confronti di mamma e papà.»

Era una stoccata rivolta a Jason? Stava dicendo che lui non era stato né gentile né rispettoso?

«È che sembra così… autentico, capisci? Non hai la sensazione che stia fingendo, anche se a volte me lo sono chiesto. Mi è sempre parso che tu parlassi male di lui senza avere un riscontro nel suo comportamento.»

«Lo avevo giudicato male» ammise Sam. Provava ancora vergogna per averlo definito un bugiardo quando invece era stato il migliore degli amici.

«Puoi ben dirlo. Ancora non riesco a credere che…»

«Miss Johnson! Miss Johnson!» la interruppe uno dei bambini, «Abbiamo terminato la lista. Abbiamo vinto!»

Sam alzò lo sguardo e vide il gruppo di bimbi, compresa la piccola che le aveva regalato il fiore, che stava correndo verso di loro. «Abbiamo vinto!»

Cindy la indicò. «Non abbiamo finito» la avvisò prima di andare da loro, «Ottimo lavoro! Ora controlliamo di avere tutto quanto.»

Anche se le parole di Cindy la intimidivano leggermente, Sam era profondamente sollevata per aver finalmente parlato di Luke con qualcuno e non solo per quello: sua sorella lo riteneva un uomo decente. Quello doveva pure contare qualcosa.

✳ ✳ ✳

«Hai seguito l'intervista al CEO della Ham oggi?» domandò Sam una settimana dopo, passandosi il cellulare all'altro orecchio e sistemandosi nella poltrona, «Non riusciva nemmeno a guardare in faccia il giornalista.»

Luke rise. «Nemmeno io ce la farei se fossi in lui. Ha inquinato i dati finanziari per l'intera durata della sua dirigenza.»

«Sono ancora sorpresa che non sia stato scoperto per tutto quel tempo.»

Un paio d'anni prima, almeno due analisti avevano dato degli avvertimenti sulla società, ma non era mai successo davvero nulla fino a che un investitore piuttosto noto aveva suonato l'allarme dopo aver *shortato* il titolo.

«Ecco cosa succede quando non si hanno incentivi a fare la cosa giusta. La gestione incassava gli alti salari mentre azionisti e contabili facevano da banca.»

«So che ormai dovrei essere immune a tutto questo, ma a volte l'avidità di queste persone mi sorprende ancora» ammise lei.

Non era solo il CEO a comportarsi così, anche contabili e revisori facevano parte dello schema. In quanto ex contabile, scoprire come certa gente potesse essere comprata la infastidiva.

«Ti capisco. Queste società contabili firmano sui puntini solo per guadagnare un po' di più. Sembra che non abbiano imparato nulla dallo scandalo Rixel. Scusa, Sam. Sheila mi sta facendo dei segnali. Ci vediamo questa sera.»

Lei sorrise posando il cellulare e accese il computer. Se tutto andava bene, sarebbe riuscita a terminare la revisione di una società petrolifera che aveva iniziato quella mattina prima che arrivasse Luke e c'era una catena di hardware nel Nord-Est a cui sperava di dare un'occhiata l'indomani.

Un'ora dopo stava scrivendo un'email al reparto relazioni con gli investitori della compagnia petrolifera riguardante una delle voci del loro bilancio, quando il campanello suonò.

«Sono io» sentì la voce di Nina.

Sorpresa, Sam si alzò e andò ad aprirle. Di solito a quell'ora l'amica era al lavoro. Diede un'occhiata al videocitofono e la vide sorridente e saltellante, nemmeno fosse sul punto di scoppiare. Confusa, si affrettò ad aprire.

«Sono fidanzata!» esclamò Nina appena la vide. Le allungò raggiante la mano mostrandole un anello con un enorme solitario al centro, «Ieri sera Andrew mi ha fatto la proposta.»

«Oh, mio Dio! Congratulazioni» gioì Sam abbracciandola.

«Grazie. Ancora non riesco a crederci» ammise Nina quando si staccarono, «Quando mi ha invitato da lui aveva un tono davvero distante, ero preoccupata che volesse rompere ma poi questo!»

Esultò allungando nuovamente la mano.

«È stato così romantico» proseguì, entrando nell'appartamento, «Sono andata nella sua stanza in albergo e c'erano fiori e candele e musica…» la donna si abbandonò al divano di pelle come se fosse ancora stordita.

«Sono così felice per te!» commentò Sam raggiungendola. E lo era veramente. Nessuna di sua conoscenza lo meritava più di lei. La sua amica aveva avuto alcuni uomini davvero orribili e sapere che ne aveva finalmente trovato uno buono, era un sollievo. Avrebbe solo desiderato conoscerlo prima che lui le avesse fatto la proposta. Ecco quanto si era fatta assorbire da Jason, tanto da non tornare a casa e perdersi anche quello. Quando Nina aveva iniziato a frequentare Andrew, suo marito era ancora vivo. Se Sam non avesse rinunciato alle loro cene settimanali a causa dell'agenda piena con Jason, di sicuro lo avrebbe già conosciuto.

«Usciamo a festeggiare» le propose, sperando così di rimediare velocemente alla situazione.

«Mi dispiace, ma non posso. Devo iniziare a fare le valigie. Ero talmente emozionata che dovevo dirtelo di persona.»

«Valigie? E dove vai?»

Occasionalmente, l'amica era chiamata fuori città per l'incontro con un cliente o perché il tribunale era lontano. A volte non si trattava nemmeno di tragitti lunghi, ma le cose potevano diventare un po' frenetiche e restare in hotel finiva con l'essere più sensato che non fare la pendolare.

«Oh, no. Non in quel senso. Vado a Washington per conoscere i genitori di lui questo fine settimana poi torno, do le due settimane di preavviso e me ne vado una volta per tutte.»

«Ti trasferisci a Washington?» chiese Sam sorpresa. Anche se non si trattava dello stato di Washington, ma della capitale, erano comunque molte miglia di distanza. Non sarebbe più riuscita a vedere l'amica tanto spesso quanto sperava.

«Sì, beh non è lui che può trasferirsi qui» le spiegò Nina. Sam annuì comprensiva: Andrew aveva una piccola azienda metallurgica a Washington D.C. Non avrebbe certo avuto senso spostarsi a New York. Però… Sam ripensò a quanto Nina fosse stata felice quando aveva ricevuto la sua promozione e ora buttava tutto all'aria per un uomo?

Dentro di sé sapeva di sentirsi a quel modo per via di ciò che le era successo con Jason, perciò cercò di dimenticare quei pensieri negativi. Solo perché *lei* aveva perso sé stessa nel matrimonio, non significava che a Nina non sarebbe andata bene.

«Mi mancherai» le disse prendendole la mano. Almeno avrebbe potuto andare spesso a trovarla. Ora che non lavorava più alla Harkin, aveva decisamente tutto il tempo.

«Anche tu mi mancherai» mormorò Nina abbracciandola, «Che schifo però. Ci siamo appena ritrovate e adesso succede questo!»

«Verrò sicuramente a trovarti.»

«Grazie. Anche io lo farò. Il più spesso possibile.» Nina guardò l'orologio e si alzò, «Adesso devo proprio andare, Andrew viene a prendermi alle tre. Ti chiamo quando torno.»

Un dubbio seccante iniziò a tormentarla appena chiuse la porta. Anche se era felice per la sua amica, non riusciva a non domandarsi se lo sarebbe stata mai quanto lei. Sorprendentemente, a differenza di qualche mese prima non si sentiva più recalcitrante all'idea di sposarsi e seppe che il motivo era Luke. Lui l'aveva colta alla sprovvista e Sam iniziava a sospettare che con lui, avrebbe detto sì.

CAPITOLO DICIANNOVE

Luke emise un gemito quando Sam gli mordicchiò il collo. Vide brevemente il suo sorriso sexy prima che lei si allontanasse per iniziare a percorrergli l'ampiezza del torace con dei baci, provocandogli una serie di scintille in tutto il corpo. Sentì la testa leggera nell'accorgersi della direzione in cui stava andando: quando Sam glielo prendeva in bocca, impazziva.

La donna lo accarezzò ingordamente e lui sorrise al pensiero che il suo corpo le piacesse tanto quanto lui amava godersi quello di lei. Voleva che quel desiderio fosse reciproco, che lei lo desiderasse con la stessa sua intensità.

Sam si strofinò contro la sua erezione prima di stringerla e accarezzarla con dolcezza poi lo guardò con un mix di lussuria e giocosità che lo fece sorridere. Conscio dei suoi desideri, lui aprì la bocca: «Ti prego...»

«Luke!»

La voce della madre gli fermò il cuore. Sam si bloccò sgranando gli occhi: la donna non avrebbe potuto scegliere un momento peggiore, anche se doveva ammettere che venendo a trovarlo, la possibilità che lo trovasse con lei erano davvero alte.

Luke saltò fuori dal letto e chiuse a chiave la porta della camera, poi tornò da lei a corto di parole.

«Come si accende questa cosa?» sentì lamentarsi suo padre. Immaginò che stesse cercando di guardare la televisione.

«Così» intervenne suo fratello. Un attimo dopo la voce del canale finanziario riempì l'aria prima di cedere il passo a quello sportivo. Giusto: il football domenicale. Certe cose non cambiavano mai.

«I miei genitori, mio fratello e probabilmente anche mia sorella» sussurrò. Sam iniziò a vestirsi e lui la imitò, «Gli ho consentito l'accesso all'ascensore.»

«E arrivano così, inaspettatamente?» chiese lei raddrizzandosi e guardandolo, «E se tu fossi con qualcuno?»

«Non è che abbia l'abitudine di portami donne a casa» ribatté lui, passandosi una mano tra i capelli.

Non solo non ne aveva il tempo ma aveva sempre detestato quel senso di disgusto provato dopo. Pur non sperando che Sam cambiasse idea e lo considerasse diversamente oltre all'amico del marito, non era mai riuscito a non paragonare le altre a lei, trovando sempre qualche difetto.

«E poi di solito telefonano prima» proseguì. Gemette quando si accorse che molto probabilmente lo avevano fatto, ma avendo staccato il telefono e spento il cellulare all'arrivo di lei la sera prima, non aveva ricevuto alcuna chiamata.

«Forza» mormorò dopo aver indossato i pantaloni. Più

in fretta se ne andavano, più velocemente lui e Sam sarebbero tornati a quello che stavano facendo.

«Aspetta: non posso uscire» quella prospettiva parve inorridirla.

Lui raddrizzò la schiena, la fronte corrugata.

«Cosa intendi con… Oh!»

Gli venne mal di stomaco al pensiero che non volesse vedere i suoi. La conoscevano già, ma come moglie di Jason e non come la donna che amava. Si ritrovò preso alla sprovvista dall'intensità con cui desiderava il contrario.

Sua madre gli rompeva sempre le scatole sull'incontrare la donna giusta e Luke sapeva che anche suo padre lo voleva sistemato. Avrebbe solo voluto dir loro che era così.

Ma lo era poi?

Voleva restare al fianco di Sam per il resto della vita, ma nonostante tutto quello che avevano passato, lei continuava a insistere nel tenere la loro relazione segreta. Il dubbio che quel loro rapporto non la impegnasse tanto quanto coinvolgeva lui, affiorò in superficie prima che Luke potesse respingerlo. Sarebbe riuscito a farla funzionare tra loro.

«Mi dispiace,» Sam scosse il capo, «ma sai che non farebbe bene a nessuno dei due.»

Capiva cosa la motivava, ma non gliene fregava nulla. Cazzo, non stavano facendo niente di sbagliato: erano due adulti liberi che si godevano la reciproca compagnia.

Qualcuno cercò di aprire la porta e lo sguardo di lei si riempì di panico.

«Mi sto vestendo» gridò lui.

«Va bene, va bene» sentì sua madre ribattere.

Luke sospirò passandosi le dita tra le ciocche. «Fammi

andare a sentire cosa vogliono. Torno subito.»

«No, non…»

Prima che Sam potesse dire altro, lui uscì e trovò i due fratelli e il padre intenti a gridare contro la partita di football mentre la madre, in piedi vicino alla finestra si godeva il panorama.

«Luke!» Sua sorella si alzò dal divano e corse ad abbracciarlo.

Lui ricambiò con un sorriso. «Ehi, che ci fai qui?»

Quando tocco alla madre abbracciarlo, notò l'occhiata d'avvertimento.

«Abbiamo cercato di chiamarti ma non rispondevi.»

Il suo sguardo andò alla camera da letto e l'uomo capì che non poteva nasconderle nulla. Voleva dirle che le cose non erano come sembravano, ma cercare di dare una spiegazione avrebbe solo innescato domande alle quali non poteva rispondere, quindi soprassedette.

«Papà e Brian mi hanno aiutato a portare il vecchio divano nella mia camera al dormitorio» intervenne Anna.

Luke si accigliò. «Perché non avete preso un facchino?»

Il fratello rise. «Per un divano?»

«Sì. Per un divano.»

Uno di quei giorni avrebbe dovuto ricordare a Brian che loro padre non era più forte come una volta.

«Viene o no?» domandò l'uomo da divano, praticamente senza distogliere lo sguardo dallo schermo.

Lui sospirò: sua madre avrebbe dovuto saperlo che non doveva fare progetti quando c'era una partita.

«Dove?» chiese guardando la donna.

Anna sorrise. «Mamma e papà ci portano fuori per il

brunch.»

Il senso di colpa calò la scure. Raramente i suoi genitori venivano in quella parte della città e lui nemmeno sapeva che l'avrebbero fatto quel giorno, però non poteva unirsi a loro. Doveva parlare con Sam.

«Mi dispiace, non posso. Magari la prossima volta?»

«Ma certo, caro» abbozzò sua madre mettendogli una mano sulla spalla, «E non dimenticarti di venire a cena la prossima settimana.»

«Sì, se riesce a uscire dal letto» suo fratello sghignazzò guardandolo e Luke resistette alla voglia di dargli uno scappellotto.

«Molto divertente» commentò accompagnandoli all'ascensore.

«Sarà meglio che al ristorante ci sia una televisione» brontolò il padre, «È stato bello vederti, figliolo.»

Appena le porte dell'ascensore si chiusero con la sua famiglia dietro, Luke tornò dritto in camera da letto. Sam, completamente vestita era intenta a prendere qualcosa dalla borsetta. Realizzò con delusione che si trattava delle chiavi della macchina: voleva andare via.

«Posso andarmene da sola» mormorò voltandosi.

«Non esco con loro» sospirò lui passandosi una mano sul volto.

Sapeva che se ne sarebbe pentito, ma non si fermò: «Non voglio più rimanere nascosto.»

Non era un ragazzino, che non doveva dire ai genitori della sua prima ragazza. Aveva trentaquattro anni, per l'amor del cielo, non avrebbe dovuto nascondere la donna che amava.

Guardò i muscoli della gola di lei stringersi. Sapeva che non era ciò per cui si erano accordati ma non riusciva più a illudersi: la amava e voleva restare con lei senza tutti quei sotterfugi.

«Avevamo un accordo» gli ricordò finalmente Sam, interrompendo il silenzio.

L'uomo si sentì come se gli avessero tolto il tappeto da sotto i piedi: anche dopo tutto quel tempo, Sam non teneva abbastanza a lui, a ciò che avevano insieme per dirlo pubblicamente. Sapeva che provava qualcosa, ma iniziava a dubitare che si sarebbe trasformato in *di più*.

«Lo so e mi dispiace ma sono stanco della clandestinità» confermò prendendola tra le braccia. Sperava di non fare errori: non voleva smettere di vederla. Non era mai stato così felice come quando stava con lei. Sapere che per Sam il tempo assieme non valeva più di tanto, lo avrebbe devastato. «E voglio che la mia famiglia conosca la donna che significa così tanto per me.»

«Mi conoscono già.»

«Come moglie di Jason. Io voglio che sappiano quanto sei importante *per me*.»

Lei rimase in silenzio per un momento poi mormorò: «Ci penserò.»

Non era molto, ma Luke era grato che non avesse rifiutato immediatamente quell'idea. Sorrise prendendole le chiavi di mano.

«Non starai davvero pensando di andartene, vero? Avevo pianificato l'intero fine settimana.»

Un sorriso le incurvò le labbra. «Oh, davvero?»

«Sì e per quello che avevo in mente, hai troppi vestiti

addosso.»

Poteva anche non amarlo, ma di una cosa Luke era sicuro: a letto erano perfetti. Non era granché su cui costruire un futuro ma era tutto ciò che aveva e l'avrebbe sfruttato appieno.

* * *

La mattina dopo, Samantha guardava Luke con addosso la stessa camicia bianca del giorno precedente, che girava con mano esperta un pancake. Si domandò quanto ancora quella loro storia sarebbe durata se lei avesse continuato a insistere nel mantenerla privata. Lui stava facendo così tanto per assicurarsi che nessuno li scoprisse: aveva sempre una piccola borsa con le sue cose in auto, così che la cameriera di lei non sospettasse che Sam aveva iniziato a vedere qualcuno; e andava al lavoro in macchina da solo ogni mattina per non mettere la pulce nell'orecchio all'autista. L'aiutava persino a lavare e asciugare piatti e pentole quando si preparavano la cena, così nemmeno il cuoco avrebbe saputo.

Perché accettava tutto ciò? Avrebbe potuto avere qualsiasi donna, eppure si prestava a questi sotterfugi per lei. Rendersi conto che Luke avrebbe meritato molto di più di quanto lei gli stava dando la fece sentire colpevole: forse ieri non avrebbe dovuto farsi prendere così dal panico all'arrivo della famiglia di lui, però era successo. Presentarsi in quanto compagna di Luke avrebbe reso la loro storia in qualche modo più autentica e lei si era spaventata. Era tuttora preoccupata.

Era facile immaginarsi innamorata di lui ma senza esserne ricambiata. Anche se quello era il rapporto più lungo in cui Sam lo avesse visto impegnato, sapeva che la causa era la loro conoscenza di lunga data più che un autentico sentimento. Sì, magari in quel momento Luke si faceva delle illusioni, altrimenti non avrebbe mai passato tutto quel tempo con lei, ma alla fine la novità sarebbe sbiadita e allora cosa le sarebbe rimasto? Allo stesso tempo però, la donna non voleva permettere al timore del giudizio altrui di farselo portare via. Le piaceva stare con Luke e non voleva che la loro storia finisse.

«Mi piacerebbe rivedere la tua famiglia» gli disse prima di perdere il coraggio, «Se sei ancora interessato» aggiunse poi rapidamente.

Non si era forse sentita meglio dopo aver raccontato di Luke a Cindy? Lui probabilmente voleva lo stesso.

L'uomo si voltò lesto verso di lei poi, ricordando la padella tornò a girarsi e spense il fuoco.

«Ma certo che voglio. Ci ritroviamo a casa dei miei il prossimo sabato, sei libera?»

«Sì.»

«Fantastico. Lo dirò a mia madre. Grazie, Sam. Per me significa davvero molto.»

Improvvisamente, la donna si sentì felice di poter fare qualcosa per lui. Era sempre Luke a sacrificarsi per lei ed era bello finalmente poter ricambiare. Lei si sentiva comunque preoccupata per ciò che la famiglia di lui avrebbe pensato, ma anche felice all'idea di contare talmente tanto da volerla presentare ai genitori, specie considerato quanto bene il figlio volesse loro. Quello era un segnale che tra di loro c'era qualcosa di più di una storia ufficiosa, giusto? Diamine, sperò proprio di sì.

* * *

Un'ora più tardi, Luke tornava a casa in auto e telefonava alla madre pervaso da un senso di eccitazione.

«Luke, va tutto bene?»

Fu solo alla risposta che si rese conto dell'ora. Non c'era da meravigliarsi che la donna si preoccupasse: non erano nemmeno le sette della mattina, ma lui era troppo emozionato e voleva dir loro di Sam.

«Sì, mamma. Scusami, volevo solo informarti che sabato porterò qualcuno.»

«Eh?»

«Si tratta di Sam» aggiunse in fretta. Detestava la nota di biasimo nella sua voce ma dopo la giornata precedente, comprendeva. Probabilmente i suoi pensavano che quella in camera da letto ci fosse una tipa rimorchiata a una festa e invece era tutto il contrario.

«*Oh.*»

L'inflessione nel tono della madre gli confermò esattamente ciò che stava pensando: Sam era ancora la vedova di Jason non solo per la sua famiglia ma per chiunque li conoscesse. Avrebbero pensato che lei andava troppo in fretta e forse, che lui si stava approfittando di una vedova sconsolata. Non sapevano però che Jason, nei due anni di matrimonio non aveva fatto altro che tradire la moglie.

«Non è qualcosa che avevamo preventivato» proseguì Luke al silenzio di lei, «È successo e basta.»

Cavolo, forse Sam aveva avuto ragione a tenere tutto nascosto ma lui era stufo. Aveva desiderato a lungo di stare con lei e ora che ci era riuscito, voleva gridarlo a perdifiato.

«Certo, caro. Non hai bisogno di darci delle spiegazioni, sappiamo tutti quanto eri distrutto alla morte di Jason. Ha senso che entrambi abbiate trovato conforto l'uno nell'altra.»

«Non è…» iniziò a ribattere ma poi lasciò andare. Voleva smentire quell'idea che lui e Sam si fossero messi insieme per via del comune dolore, ma cosa poteva dire? Che se fosse stato per lui, Sam avrebbe dovuto lasciare il marito prima? Quello sì che non gli avrebbe fatto guadagnare punti con sua madre.

«Senti, lo so che non sono affari miei ma non voglio che né tu né lei vi facciate del male. Sam ne ha già passate troppe.»

Sua madre credeva che fosse Sam la parte lesa e lui non sapeva come farle cambiare idea.

«Non ho intenzione di farle del male, mamma» dichiarò alla fine.

«So che non è nelle tue intenzioni.» La donna fece una pausa poi sospirò, «Spero solo che entrambe sappiate quello che fate.»

Al termine di quella conversazione, Luke rimase accigliato: sua madre gli aveva sempre rotto le scatole perché portasse a casa una donna e quando finalmente lo faceva, era scontenta?

Fantastico. Davvero fantastico.

* * *

George era decisamente troppo preso dalla Clayton.

Luke aggrottò le sopracciglia leggendo il resoconto che gli aveva fatto. Il collega voleva investire in quella piccola società del Nevada che concedeva mutui e che li aveva contattati per vendere alcuni dei loro titoli con un forte sconto. Dopo molte più insolvenze di quante se ne aspettassero, avevano bisogno di una nuova linea di credito. Ovviamente era improbabile che la Harkin finisse in bancarotta, ma buttarci sopra venti milioni? Era un rischio che in quel momento non potevano proprio permettersi.

Luke prese il telefono ma esitò: lui e George avevano sempre avuto opinioni diverse sul modo in cui diversificavano i loro portafoglio. Il primo preferiva investire poco ma in più società, mentre l'altro preferiva il contrario. Secondo George, le possibilità di buone opportunità erano limitate, quindi preferiva coglierle a piene mani ogni volta che capitavano. Luke era più cauto e riteneva che a prescindere da quanto fossero bravi ad analizzare i resoconti e i contratti annuali, ci fosse sempre margine di errore. Nessuno dei due approcci era sbagliato. Alla fine della fiera, si riduceva tutto a una questione di preferenze personali. Luke non si era certo aspettato che una volta promosso a capo del fondo *distressed*, George cambiasse la propria strategia, specie considerato che lo aveva preferito a Peter proprio per quel suo istinto.

Luke non gli avrebbe fatto domande, almeno non subito. Nei sette anni in cui avevano lavorato insieme era stato quello il suo modus operandi e se non ne fosse stato sicuro, non si sarebbe certo mosso in quella direzione. Ripensò a quanta diligenza il collega avesse messo nell'affare Oakbridge l'anno precedente e si convinse di non avere nulla di cui preoccuparsi. George aveva persino notato cose che lui stesso non aveva considerato.

Passò qualche altro minuto sul resto del resoconto poi fece per telefonargli quando il suo cellulare squillò. Lo prese e vide il nome del fratello sullo schermo. Sua madre doveva aver appena finito di parlare con Brian.

«Mamma te l'ha detto» rispose senza salutarlo. Sperava che il sabato seguente la sua famiglia non facesse della relazione un caso di stato proprio davanti a Sam, o lei si sarebbe pentita di essersi unita a loro.

«Già. Mi ha chiesto se ne sapevo qualcosa. Da quanto va avanti?»

«Quasi tre mesi.»

Brian tacque per un po' poi chiese: «È lei, vero? È il motivo per cui non sei mai riuscito a fare sul serio con nessun'altra. Eri troppo preso per notare le altre donne.»

«Non era che la stessi aspettando.»

Tranne per quel breve momento di pazzia, quando aveva pensato di riuscire a farle lasciare Jason, aveva sempre saputo che Sam non lo avrebbe mai preferito al marito. Aveva cercato di dimenticarla tante volte frequentando altre donne, seppellendosi di lavoro e persino cercando di evitarla, ma non aveva mai funzionato. Persino vederla di sfuggita lo eccitava più di un appuntamento con un'altra.

«Ehi, ti capisco. Non puoi decidere di chi innamorarti. Finalmente quelle occhiatacce che mi lanciavi alla festa di Natale hanno un senso.»

Luke fece una smorfia ricordando la reazione quando

aveva visto Sam ballare e ridere tra le braccia di suo fratello durante l'ultima festa natalizia della società. Sapeva che se le avesse chiesto di ballare, lei non avrebbe rifiutato. A prescindere da ciò che provava per lui non lo avrebbe mai messo pubblicamente in imbarazzo; ma lui temeva la sua mancanza di self-control. Aveva paura che una volta tra le sue braccia, non l'avrebbe più lasciata andare, perciò si era limitato a guardarla mentre s'intratteneva con Jason e qualche altro collega, probabilmente lanciando strali a chiunque e passando il tempo a immaginare che fossero lui.

«Ero così ovvio?»

Brian rise. «Non sapevo cosa fosse cambiato: un minuto prima eri felice di vedermi e poi mi fissavi come se volessi castrarmi.»

Quell'analisi tanto vicina alla verità gli strappò l'ennesima smorfia.

«Allora devo iniziare a preparare il discorso come testimone dello sposo?»

Luke provò una stretta al cuore. Non c'era nulla che volesse più che sposare Sam, ma dubitava che per lei fosse lo stesso. Sì, era disposta a incontrare i suoi genitori ma una cena non si avvicinava nemmeno all'ipotesi di sposarsi.

«Cosa ti fa pensare che sceglierei te?» gli domandò. Non riusciva nemmeno a pensare a quanto fosse remota la possibilità di un matrimonio.

«E perché non dovresti? Non starai davvero pensando di preferire Adam? Io sono tuo fratello.»

«Lui è decisamente la scelta più sicura» lo stuzzicò, «Non dovrei preoccuparmi che tiri fuori qualche imbarazzante foto di me da bambino.»

Dubitava che avrebbe mai scordato le guance paonazze di Anna quando Brian, davanti al suo ragazzo invitato a casa per la prima volta, aveva sfoderato l'album di famiglia.

«Magari una sola?»

Luke rise. Non riusciva a credere che suo fratello stesse cercando di negoziare. Il suo tono tuttavia tornò serio. «Hai intenzione di sposarla, vero?»

«È un po' presto per pensarci» ammise, «Sam non vuole nemmeno farlo sapere in giro che stiamo insieme.»

«Desiderare un po' di privacy e comprensibile, no? Insomma: la notizia che voi due vi frequentate, specie così presto dopo la morte di Jason andrebbe decisamente in prima pagina. E poi ti ha concesso di dirlo a noi, giusto?»

«Sì» dopo che lui le aveva praticamente forzato la mano. Considerata la reazione di sua madre, si chiese se non avesse sbagliato a farle pressione. Di sicuro, la disapprovazione delle prime persone che li vedevano insieme come coppia non avrebbe aiutato la causa. Forse, Sam non avrebbe voluto rischiare una seconda censura.

Sperò di non aver incasinato tutto spingendola a quell'incontro. Avrebbe dovuto accontentarsi di stare con lei e prendere quello che era disposta a dargli, invece non era stato in grado di fermarsi. Dopo averla amata tanto a lungo, voleva di più.

Al pensiero di aver rovinato ciò che di più bello gli era capitato, sentì chiudersi lo stomaco e gli passò la voglia di parlarne.

«Scusa, Brian. Posso richiamarti?»

CAPITOLO VENTI

«Allora… stiamo andando nella casa dove sei cresciuto?» domandò Sam sabato sera mentre entravano nella superstrada in direzione dell'abitazione dei genitori di lui.

Luke le lanciò un'occhiata prima di riportare l'attenzione alla strada. «No, ho fatto trasferire i miei un paio di anni fa.»

«Sei fortunato ad averli convinti. I miei mi hanno permesso solamente di installare un sistema di sicurezza.»

Aveva cercato di dar loro il denaro per traslocare un mucchio di volte, ma l'avevano sempre rifiutato. La casa era costata un mutuo trentennale ed era il loro orgoglio e la loro gioia, e Sam lo capiva ma avrebbe voluto che i suoi le permettessero di fare di più. Avevano rifiutato ogni offerta di piccole riparazioni, come i gradini traballanti del portico e la sostituzione del divano lacero che tanto amavano.

«Brutto quartiere?»

Lei esitò un attimo. «Così così. Hanno dei bravi vicini e

anche qualcuno di sospetto» rispose poi. Poteva essere meglio ma anche molto peggio. Fece spallucce.

«Vorrei semplicemente qualcosa di meglio per loro.» Come una casa dove i gradini non scricchiolavano e un quartiere in cui non temere di venire colpito da pallottole vaganti.

«Ti capisco» solidarizzò Luke, «Io volevo un quartiere racchiuso o almeno una casa all'interno di una comunità dai confini delimitati, ma i miei non hanno accettato. Non volevano allontanarsi dai vecchi amici.»

«Già. Ai miei lo stile di vita di Jason non è mai piaciuto. Persino uscire a cena era un'impresa per loro.»

Lui rise. «Immagino. Jason conosceva sempre tutti i ristoranti più nuovi e alla moda. Una volta mi portò in uno che serviva cibo crudo e non sto parlando di sushi.»

«Si suppone che crudo contenga più elementi nutritivi» gli spiegò lei ridendo.

«Sarà anche così ma non mangio manzo se non è cotto.»

Sam sorrise indicandolo. «Sai già cosa penso di quei locali. Credo di aver messo su cinque chili mangiando tutto quello che avevo abbandonato negli anni.»

«Mm...più tardi ricordami di cercare questi cinque chili. Non li ho visti, ma forse non ho guardato abbastanza da vicino.» Le fece un sorrisetto furbo e al pensiero di lui che la studiava attentamente, il viso le avvampò. Era certa che Luke la conoscesse come il palmo della sua mano ma una controllatina non avrebbe fatto alcun danno.

* * *

«È dolce che tu gli abbia comprato una casa nuova» commentò Sam prendendo la scatola di cioccolatini dal bagagliaio venti minuti più tardi. Gli aveva domandato se ai genitori piacesse la cioccolata, dimostrandogli di voler fare una buona impressione. Il cuore di lui si era gonfiato nella speranza che quello significasse che Sam si stava innamorando di lui.

«Sono certo che al mio posto avresti fatto lo stesso» le disse prendendo a sua volta il gelato e chiudendo il bagagliaio.

«Ehi, vi serve aiuto?» domandò Anna avvicinandosi. Era a casa per le vacanze di primavera.

«No, siamo a posto così. Grazie.»

«Ciao, Sam!» la salutò la ragazza raggiante, abbracciandola.

«Ciao, Anna. È da tanto che non ci vediamo.»

«Lo so. Sono stata talmente impegnata con lo studio che non avevo mai tempo per venire a trovarti in ufficio.»

Fu una sorpresa scoprire che le due si vedevano in ufficio, eppure Luke non ne avrebbe avuto motivo: Anna era socievole con chiunque. La sorella gli sorrise e lo abbracciò.

«Ciao, Diana» la salutò Sam, «Ho portato della cioccolata per te e Richard.»

Quando alzò lo sguardo, l'uomo la vide abbracciare sua madre.

«Oh… grazie, cara. Non avresti dovuto.»

«Di Nulla. Ti serve aiuto in cucina?»

Considerato quanto Sam detestasse cucinare, al pensiero che fosse pronta ad aiutare sua madre Luke provò un'improvvisa dolcezza e quasi si sciolse quando l'altra accettò l'offerta. Sua madre faceva entrare in cucina solo le persone che le piacevano.

«Metto il gelato in freezer» disse, ma la madre lo scacciò.

«Ci penso io» ribatté prendendogli la vaschetta dalle mani mentre lo abbracciava, «Penso che tuo fratello voglia parlarti» aggiunse poi sottovoce.

Annuì con curiosità poi guardò le tre donne più importanti della sua vita entrare in casa ridendo. Quel peso che aveva da quando aveva telefonato alla madre si sollevò non appena le seguì dentro.

Il fratello gli comparve quasi subito davanti, indicandogli con un cenno del capo la cucina.

«Sembra felice» commentò, «E anche tu.»

«Lo sono» ammise, sperando che Sam con lui lo fosse almeno la metà di quanto Luke lo era con lei.

Brian gli fece un sorriso. «Ti va di vedere qualcosa di forte?»

«Certo.»

Suo fratello annuì a qualcosa alle sue spalle e quando Luke si voltò, notò le persiane di legno. Si avvicinò stupito.

«Le ha fatte papà» lo informò Brian dietro di lui.

Luke si girò verso di lui sorpreso.

«*Papà?*» ripeté provando ad aprirle e chiuderle e ammirando i manufatti. Sembravano uscite da un catalogo.

«Già. Dice che la pensione lo annoia.»

Luke le aprì poi le chiuse nuovamente. Non sapeva che suo padre avesse un simile talento. Aveva sempre fatto dei lavoretti in casa ma era convinto che fosse perché non potevano permettersi un manovale. Possibile che avesse portato a termine quell'opera perché gli piaceva farlo?

«Vuoi vedere cosa sta realizzando con il legno in più?»

«Ti prego, non dirmi che sta rifacendo i pavimenti.» Quello sarebbe stato un lavoro eccessivo.

Era felice che suo padre avesse trovato qualcosa con cui passare il tempo, ma non voleva che si sovraccaricasse. La pensione se l'era guadagnata.

«No» Brian sogghignò, «Te lo mostro.»

«Va bene, fai strada.»

Mentre raggiungevano il seminterrato, Luke chiese come andavano le cose.

«Potrebbero andare meglio» sospirò Brian scuotendo la testa, «Credo di essere esaurito. A essere sincero non pensavo che sarei rimasto tanto in banca.»

Non cercare mai un lavoro migliore doveva essere una caratteristica di famiglia: entrambi i genitori erano andati in pensione dal primo e unico impiego mai avuto. Non era il massimo, ma probabilmente dovevano ritenersi fortunati di averne uno e gli pareva che sia lui che i suoi fratelli avessero ereditato lo stesso tratto. Se non fosse stato per Jason, Luke stesso sarebbe rimasto alla Brown & Hale, felice della possibilità di avere una vita migliore ma ignaro dell'esistenza di tutt'altro mondo a portata di mano.

«L'offerta di un prestito è sempre valida, se mai decidessi di provare qualcos'altro.»

Brian era sempre stato quello creativo della famiglia. Faceva impazzire la loro madre prendendo gli oggetti di casa per realizzare i propri gadget. Luke aveva sempre pensato che suo fratello sarebbe diventato un ingegnere o un inventore, scoprire che dopo la laurea si era trovato un lavoro presso la banca locale era stata una sorpresa.

«Grazie. Ci penserò. A volte penso di essere semplicemente geloso quando vedo papà divertirsi con la carpenteria.»

Brian aprì la porta del seminterrato e Luke annusò il profumo del legno.

«Oh, è già ora di cena?» domandò il padre, smettendo di martellare.

«Quasi» rispose Brian scendendo le scale, «Mamma non ha ancora detto nulla.»

Luke diede un'occhiata allo schizzo sul tavolo. Suo padre non era altrettanto bravo a disegnare, ma si capiva che avrebbe costruito una bellissima casetta per uccelli.

«Sarà il mio regalo di anniversario per vostra madre» gli rivelò l'uomo.

«Le piacerà da morire» commentò lui con un sorriso. Sua madre aveva sempre avuto un debole per gli animali.

Era felice che suo padre si impegnasse in un'attività che evidentemente gli piaceva, ma dispiaciuto che avesse dovuto aspettare fino alla pensione per riuscirci. Lui e la moglie non avevano mai fatto una vacanza fino all'anno prima, quando si erano imbarcati in una crociera in Europa. Se l'erano goduta talmente tanto da prenotarne un'altra poche settimane dopo essere tornati a casa.

Era strano pensare che i suoi non avessero mai avuto i soldi (erano sempre contati) per quel genere di lussi quando lui era più giovane, mentre ora Luke ne aveva abbastanza per fare tutto ciò che voleva ma gli mancava il tempo. Si rese conto che quell'aspetto avrebbe dovuto cambiare se voleva una famiglia con Sam. E la voleva: una casa nei sobborghi e dei bambini ma senza ridursi come suo padre, che tornava a casa troppo stanco per giocare ad acchiapparello e aiutarli coi compiti.

L'uomo aveva fatto tutto ciò che poteva considerate le circostanze, ma Luke si trovava in una fase della vita diversa da quella del padre. *Poteva* ritirarsi dal lavoro senza soffrirne a livello finanziario e decise che quando lui e Sam avessero avuto dei figli, lo avrebbe fatto. Non voleva finire a godersi la vita solo dopo la pensione, specie quando poteva scegliere.

* * *

«Grazie davvero per essere venuta con me questa sera». Le porte dell'ascensore si aprirono sul suo attico.

«Penso che sia la quarta volta che mi ringrazi.»

Luke le sorrise prendendola tra le braccia. «È che sono davvero felice.»

Sapere che qualcosa di tanto semplice come accompagnarlo a una cena di famiglia potesse renderlo così, la riempì di piacere.

La madre di Luke le aveva rivelato di essere la prima donna che fosse mai stata portata a casa e una grossa parte di lei si era emozionata all'idea. Le piaceva stare con Luke ed era felice che lui provasse nei suoi confronti qualcosa che non aveva mai provato per le altre. Un'altra parte di lei, quella più razionale, era preoccupata che stessero andando troppo in fretta. Era saltata nel suo letto letteralmente pochi minuti dopo aver scoperto i tradimenti del marito e ora andava a cena dalla sua famiglia?

Le braccia di Luke si strinsero maggiormente.

«Balli con me?» le domandò facendola ondeggiare. Lei rise, poi lo cinse a sua volta.

«Non c'è la musica.»

«È proprio qui» disse lui prendendo il cellulare. Guardandola negli occhi chiese all'assistente vocale della musica lenta, poi gettò il telefono sul divano. Ben presto la stanza fu pervasa dal suono di un sassofono. Lui sorrise e tornò ad abbracciarla.

«Allora: dove eravamo?»

«Mm...stavi dicendo che mi avresti preparato i tuoi famosi waffle alle noci pecan domattina, come ringraziamento per averti accompagnato dai tuoi.»

«Davvero?»

Sam gli strinse il sedere e sentì la sua erezione premerle contro la pancia.

«Tra le altre cose.»

«Oh, avrai i tuoi waffle» mormorò lui chinando la testa e passandole la lingua sull'orecchio. I brividi le corsero lungo la schiena, «Tra le altre cose» aggiunse, poi la baciò.

CAPITOLO VENTUNO

Pazzo. Era decisamente pazzo. Una sola cena con Sam e stava già scegliendo un anello? Lei non era nemmeno pronta a uscire allo scoperto ma nonostante quello, Luke digitò le informazioni della sua carta di credito nel sito sul quale aveva appena trascorso le ultime due ore creando l'anello per Sam. In un qualche modo era passato dal leggere un resoconto su una società mineraria, a cercare fedi nuziali. Non aveva trovato nulla degno di lei presso le gioiellerie più famose, così era finito su un sito che permetteva la creazione dell'anello perfetto.

Aveva giocato con un mucchio di impostazioni e pietre prima di decidere per una semplice fascia di platino con un diamante dal perfetto taglio principessa al centro. Non era la pietra enorme che si meritava, ma lui sapeva che a Sam non sarebbe piaciuto nulla di vistoso e pacchiano. E poi non voleva che si sentisse a disagio nel portarlo. A dire il vero, gliel'avrebbe voluto vedere al dito ovunque lei andasse.

Il pensiero di Sam col suo anello lo colmò di soddisfazione prima che la realtà bussasse alla porta. Partecipare a una cena di famiglia con lui era decisamente stata una mossa nella giusta direzione, ma erano ancora lontani chilometri dalle nozze. Luke non riusciva nemmeno a convincerla a uscire insieme in pubblico, dove chi li conosceva avrebbe potuto vederli: come avrebbe mai potuto averla al suo fianco per il resto della vita?

Frustrato, si passò una mano tra i capelli. Sapeva che con Jason era stata dura, era comprensibile che Sam volesse controllare i limiti della loro relazione ma lui *detestava* poter stare con lei solo la sera e la mattina. Voleva molto, molto di più: portarla fuori, vederla durante il giorno, poterle telefonare e dire a chiunque cosa rappresentava. Dopo essersi abituato a vederla al lavoro, gli mancava uscire dal suo ufficio e trovarla dentro alla propria stanza e non solo quello. Lui voleva viverci assieme, tornare a casa da lei ogni giorno ed essere colui dal quale Sam tornava.

Per quello, nonostante non conoscesse la misura del suo dito, proseguì con la transazione. Se non fosse stato deprimente, si sarebbe messo a ridere. Se almeno Nina avesse saputo di loro due avrebbe potuto chiedere a lei, ma Sam non si era confidata neppure con la sua migliore amica. Di sicuro, lui non avrebbe preso in prestito la sua vecchia fede per controllare, anche se sapeva esattamente dove si trovava. Qualcosa di tanto speciale non doveva essere rovinata dalla relazione che Sam aveva avuto con Jason.

Valutò senza particolari motivi che fosse una misura cinque. Non aveva esperienza con gli anelli ma se lo sentiva. E poi, avrebbe potuto farlo aggiustare in caso si fosse sbagliato.

Mise da parte i dubbi che lo stavano assediando: per quanto impulsivo fosse quell'acquisto, era la cosa giusta da fare. Sam era l'unica con cui immaginava di passare il resto della vita. E quando finalmente avrebbe avuto la possibilità di chiederle di sposarlo? Beh, si sarebbe preoccupato allora della risposta.

* * *

«Nei prossimi anni ci aspettiamo che la concorrenza nell'industria dei giocattoli si faccia più agguerrita» commentò George, «La quota di mercato della Toyco è aumentata in modo costante e la Playtime ha appena firmato un accordo di licenza con la Juniper.»

«La Juniper è la società che fa tutti quei film coi supereroi?» chiese lumi Luke. Era piuttosto sicuro di avere visto le pubblicità.

«Sì. A novembre è uscito *Il Serraglio* e il prossimo film, *Bearman* dovrebbe essere un grosso successo.»

L'altro annuì guardando i conti della Seidler. Il fondo *distressed* deteneva i titoli della società da almeno due anni e ne aveva realizzato un profitto decente. Le cifre erano ancora buone, anche più di quando l'avevano acquisita, ma stavano affrontando troppi problemi. Una nuova linea di prodotti in arrivo o nuove aggiunte a quelli attualmente a disposizione, avrebbe potuto aiutare ma non ne avevano, così come non c'erano progetti di sviluppo in un prossimo futuro.

Scorse nuovamente le cifre, accigliandosi quando notò che la compagnia aveva iniziato il riacquisto dei propri titoli. Sebbene quell'operazione spesso aggiungesse valore a una società, Luke era contrario. C'era ancora margine di crescita e invece, la compagnia sceglieva la stagnazione.

Henry, uno degli analisti iniziò a descrivere come i grossi guadagni dell'ultimo trimestre significassero che era il momento migliore per vendere le loro posizioni e Luke si ritrovò mentalmente concorde. Improvvisamente, l'aria cambiò. Si voltò e vide Samantha che parlava con uno degli avvocati vicino alla postazione del caffè.

Quasi lo avesse percepito, la donna si girò e gli sorrise prima di tornare alla sua conversazione. Il cuore di Luke accelerò il passo e l'uomo tornò ai dati finanziari. Che ci faceva lì? Era venuta a trovarlo?

Conscio che George e gli altri analisti avessero già adeguatamente valutato ogni aspetto prima di presentarglielo, annuì. «Vendete tutto.»

Il gruppo si sciolse in fretta e Luke uscì per incontrare Sam, che ora parlava con Karen. Gli venne spontaneo pensare che la sua presenza lì in ufficio fosse perfetta. Quello era *il suo posto*.

Karen rise a qualcosa detto da lei e l'altra la imitò. I loro sguardi s'incrociarono e il cuore di Luke saltò un battito. Anche dopo mesi appiccicati, riusciva ancora a fargli quell'effetto. Quando sorrise, l'uomo non poté esimersi dal provare un senso di orgoglio: per quanto meschino fosse quel pensiero, era davvero felice che finalmente i sorrisi di Sam fossero per lui e non per Jason.

Karen vide che l'attenzione della collega era rivolta altrove e si voltò, notando Luke.

«Oh-oh» disse rivolta a lei sfiorandole un braccio,

«Meglio che torni alla mia scrivania prima che voi due arriviate alle mani. È stato bello rivederti.»

Il primo impulso di Luke era quello di baciarla e abbracciarla come sempre faceva quando la vedeva, ma le parole di Karen lo bloccarono: erano in pubblico e Sam era stata chiara al riguardo, quindi si cacciò le mani nelle tasche.

«Ciao, Sam.»

«Ciao, Luke» replicò lei stringendo la borsetta, «Volevo solo sapere se eri libero a pranzo.»

Voleva offrirgli il pranzo?

Non sarebbe mai stato sufficientemente celere.

«Certo, dammi un minuto.»

Era quasi troppo bello per essere vero. Aveva sperato che lei si sentisse più a proprio agio in quella relazione e ora, Sam era lì.

Andò da Sheila per assicurarsi che non ci fossero urgenze a cui dedicarsi nell'ora seguente, poi le annunciò che stava uscendo. Quando tornò nella zona della piazza di scambio, Sam stava parlando con Cecilia. Nel notarlo che si avvicinava, questa mosse velocemente il mouse e chiuse una finestra sullo schermo del computer.

Luke torse le labbra. Sapeva che mostrava le foto dei nipoti a chiunque volesse vederle, aveva un tono di voce talmente alto che spesso la sentiva anche dall'altra parte della stanza ma dato che non voleva essere scoperta, l'uomo scelse di non commentare, domandandosi improvvisamente se Sam sarebbe stata altrettanto ansiosa di mostrare a chiunque foto dei loro figli. Fu un pensiero in grado di stringergli il cuore: non si era mai davvero immaginato nelle vesti di padre, ma sapeva che con lei lo sarebbe diventato. Persino i sobborghi iniziavano a piacergli se c'era lei.

«Pronta?» le domandò raggiungendola mentre lottava contro il bisogno pulsante di passarle un braccio attorno alla vita e baciarla. Non voleva che lei si pentisse di quell'invito.

La donna annuì e salutò Cecilia. A Luke non sfuggì il modo in cui la fiscalista sorrise raggiante tornando al proprio computer. Sam aveva quell'effetto sulle persone.

«Sai che se vuoi tornare la porta è sempre aperta» le disse mentre raggiungevano gli ascensori.

La donna si bloccò, costringendolo ad aggiungere in tutta fretta: «È un lavoro che fai già, potresti svolgerlo qui. Puoi sempre passare ad altri le analisi che non ti va di fare. Chissà, magari le hanno già svolte. Sono sicuro che debba esserci una qualche sovrapposizione tra le società che stai studiando e quelle su cui stanno lavorando i ragazzi qui. Potremmo riservarti una porzione di un fondo da gestire…»

«Io… è…» Sam scosse il capo, «Apprezzo davvero l'offerta, ma non posso.»

Lo stomaco di lui si torse. Sam non voleva passare tutto il suo tempo con lui? Luke aveva sperato che quella sorpresa di arrivare in ufficio fosse un segno che lei iniziava a sentire la sua mancanza durante il giorno, ma doveva essersi sbagliato. Forse non credeva che la loro storia sarebbe andata avanti? Per quello rifiutava di uscire allo scoperto e ora anche la sua offerta di lavoro? Non voleva rendere le cose tra loro imbarazzanti una volta chiusa la storia? In fondo, lui le stava offrendo di fare quel che già faceva a casa, assieme a coloro con cui amava lavorare. Eppure non aveva accettato.

Nel tentativo di non soccombere al malessere, Luke cambiò argomento. Almeno Sam era lì, era già qualcosa.

«È sempre così ombrosa quando ci sono io» commentò indicando Cecilia con un cenno del capo.

«Chi, Cecilia?»

«Sì. All'inizio credevo fosse perché sono il capo, ma poi ho visto che con Jason si comportava normalmente.»

Sam rise.

«Perché Jason era praticamente innocuo, mentre tu sai essere veramente spaventoso a volte. Non so se l'hai notato, ma quasi tutti qui dentro finiscono per andarci cauti davanti a te.»

«Anche tu?» domandò lui sorpreso.

«*Specialmente* io. Ammetto che ci sono state volte in cui ho pensato che non sarei durata a lungo in ufficio, specie durante quei primi mesi. Mi sembravi sempre così arrabbiato nei miei confronti» Sam fece spallucce guardandolo, «So che all'inizio non mi volevi a lavorare qui.»

Luke fece una smorfia al pensiero della sua reazione iniziale. Non aveva nemmeno cercato di nascondere quel che pensava di lei come candidata a quel posto, ma Jason aveva insistito e per quello, lo ringraziava. Se non l'avesse fortemente voluta a lavorare con loro, lui non avrebbe mai avuto quei mesi assieme a Sam.

«Mi dispiace, avrei dovuto concederti una possibilità.»

Ironico quanto volesse che se ne andasse i primi tempi, mentre ora avrebbe fatto di tutto per farla tornare.

«Probabilmente al posto tuo mi sarei sentita allo stesso

modo» ammise lei mentre entravano nell'ascensore riservato, «Non avevo esperienza con questo genere di cose e il mio background di contabile aiutava a malapena. Questo è un mondo a sé.»

Ma aveva appreso velocemente, facendogli rimangiare ogni singola parola.

Le porte dell'ascensore si chiusero e lui le strinse un braccio.

«Mi spiace davvero per tutto il dolore che ti ho causato.»

«Non c'è problema. Direi che adesso siamo a pari.»

Lui rise, sentendo l'urgenza improvvisa di baciarla. Stava per stringerla a sé quando rammentò le telecamere nella cabina e la lasciò. *Questa sera*, promise a sé stesso. L'avrebbe baciata e sfiorata assecondando il desiderio del proprio cuore.

* * *

Un'ora e mezza più tardi, Sam lo ringraziò per il pranzo mentre risalivano in ufficio. Avrebbe dovuto lasciarlo una volta arrivati davanti all'entrata del palazzo, ma si stava divertendo troppo e non aveva ancora voglia di andarsene.

Luke sorrise e lei ne assorbì il calore. «Quando vuoi.»

La donna si stava domandando se il giorno dopo sarebbe stato troppo presto, quando le porte dell'ascensore riservato si aprirono. Theresa balzò dalla propria sedia appena li vide.

«Luke, George ti sta cercando.»

«Grazie» mormorò lui e si affrettò verso la porta a vetri che portava alla piazza di scambio, tenendola aperta per

Sam. Appena entrarono, vide George arrivare con dei fogli in mano.

«Ho provato a chiamarti al cellulare. Devi firmare questi» gli disse porgendoglieli.

Sam sorrise vedendo Luke occupato. «Ci vediamo.»

Lui rispose con un bagliore di apprezzamento nello sguardo. «Grazie.» Si voltò verso George e prese la penna che gli stava porgendo il manager.

«Moduli d'investimento?» domandò Luke iniziando a firmare le carte contro la parete.

Visto quanto era occupato, Sam era commossa che l'avesse portata a pranzo. Ripensò alla stessa offerta che le aveva fatto dopo il primo fine settimana insieme. In tutti quegli anni in cui avevano lavorato fianco a fianco, raramente lui usciva per mangiare, figurarsi per una donna. Non gli piacevano le distrazioni durante l'orario di lavoro, eppure era stato disposto a farlo con lei. Pur continuando a ripetersi che non significava niente, continuò a sorridere mentre prendeva il cellulare dalla borsa per dire a Charles di preparare l'auto. Stava per avviare la chiamata quando notò che l'ufficio di Jason era in penombra.

Non gli aveva mai davvero detto addio, perciò ripose il cellulare e si avvicinò. Janet non era alla sua scrivania. Luke le aveva detto che la segretaria di Jason era stata trasferita al reparto relazioni col cliente qualche settimana prima e stava facendo un ottimo lavoro.

Accese l'altra luce ed entrò in quella stanza famigliare. Tutto, dal piccolo set da golf sulla destra alle foto di lui con vari esponenti politici era esattamente dove Jason l'aveva lasciato. L'unico indizio a rivelare che non era fuori per affari, erano gli scatoloni bianchi sul pavimento e sulla scrivania. Sam immaginò che Janet avesse tolto i documenti dall'armadio e dalla scrivania in caso a qualcuno potessero servire.

Con la fronte corrugata, andò a sedersi sul divano di pelle in fondo alla stanza. *Nulla.* Non provava assolutamente niente. Credeva che entrando avrebbe sentito qualcosa di più, magari rabbia per il modo in cui Jason aveva buttato via il loro matrimonio, o frustrazione per gli anni sprecati con lui, ma non gli portava nemmeno quel rancore perché se non fosse stato per il marito, non avrebbe mai conosciuto Luke né avrebbe mai passato quegli ultimi fantastici mesi.

Luke.

Provò una stretta al cuore nel rendersi conto che se non era più arrabbiata con Jason era proprio grazie a lui. Era così felice da non avere più motivi per provare il sentimento opposto. Continuavano a non esserci scuse per i tradimenti di Jason, ma se aveva provato per le altre anche solo una frazione di ciò che Sam provava per Luke, diventavano un po' più comprensibili. Di sicuro lei non aveva mai sentito le stesse cose nei confronti del marito.

L'illuminazione riguardo all'amore per Luke le provocò una capriola in petto: era un qualcosa di molto più intenso rispetto a quello nutrito per Jason. In realtà non era nemmeno sicura che quello provato per il defunto marito si potesse definire tale. Quelle emozioni sembravano pallide copie rispetto a ciò che nutriva nei confronti di Luke e alla fine, Sam si ritrovò a pensare di aver avuto una sorta di infatuazione adolescenziale per Jason, laddove per l'altro era un amore maturo.

Decise velocemente che quella sera gliel'avrebbe dichiarato. Magari lui non provava lo stesso nei suoi confronti, ma voleva fargli sapere che lo amava. Dopo averla aiutata così tanto, Luke lo meritava. Probabilmente, Sam avrebbe passato quegli ultimi mesi rabbiosa e ferita, bloccata nella stessa routine emotiva se non fosse stato per lui.

Si alzò e spense le luci col cuore improvvisamente leggero e libero.

Addio, Jason.

* * *

«Devi firmare questi» gli disse George porgendogli i fogli.

Luke aggrottò le sopracciglia. «Moduli d'investimento?»

«Ci vediamo» lo salutò Sam e lui sospirò guardandola. Sperava di poter avere un po' di tempo solo con lei, ma avrebbe dovuto aspettare la sera.

«Grazie.»

Era sempre così attenta nei confronti del suo lavoro.

Luke prese la penna che George gli stava offrendo e si mise a firmare le autorizzazioni.

«Olson ha dimezzato i dividendi dopo aver mancato i guadagni stimati. Incolpano la tempesta» lo informò sarcastico il collega.

Lui scosse mentalmente il capo restituendogli i fogli. Sapevano che non era colpa di quello, perché tutti gli altri grandi magazzini stavano avendo delle annate da record. Olson si stava già arrabattando quando l'avevano acquisita, ma ne avevano visto del potenziale nel piano di risanamento del commerciante. Quando i negozi rinnovati si erano dimostrati praticamente uguali a prima, avevano pian piano iniziato a vendere i loro titoli. Il taglio del dividendo era l'ultima goccia.

Appena George se ne fu andato, Luke richiamò la schermata dell'azienda sul cellulare: il prezzo delle azioni era crollato di più di un quarto dall'annuncio. Scuotendo la testa andò nel suo ufficio per dare un'occhiata ai loro ultimi resoconti. Stava ricalcolando il flusso di cassa disponibile venti minuti più tardi, quando George entrò.

«Siamo riusciti a liberarci di tutto con una perdita del venti percento» annunciò. Fece una pausa poi aggiunse: «Non sono riuscito a raggiungerti.»

Luke fece una smorfia. Aveva lasciato il cellulare spento dalla sera prima.

«Mi dispiace.»

George aveva l'autorità per fare piccole operazioni ma quelle il cui margine superava i dieci milioni richiedevano la sua approvazione. La sua prima reazione fu di alzare la cifra massima, così che i suoi manager potessero operare senza il suo assenso, ma poi arrivò il senso di colpa: il problema non erano i limiti di operazione dei manager, era lui che si era preso troppo tempo per stare con Sam, spesso uscendo prima la sera e arrivando tardi in ufficio. E come ciliegina sulla torta, probabilmente stava facendo un decimo del lavoro che svolgeva solitamente a casa. Quindi no, alzare i massimali così da non dover sempre stare vicino a un telefono non era la risposta. Dieci milioni per una singola operazione finanziaria erano sufficienti. Semplicemente, non avrebbe dovuto spegnere il cellulare.

Era fortunato che si fosse trattato solo di quello e non di un altro grosso scandalo contabile. Si sentì ulteriormente in colpa al pensiero di non aver fatto un'ulteriore verifica come al solito. Invece, si era affidato sempre di più ai report stilati da analisti e manager e nonostante la sua squadra fosse una delle migliori nel ramo, a volte sbagliava. La sua revisione era sempre stata quella precauzione in più.

Il buco allo stomaco s'ingigantì quando si rese conto dei danni che quell'intoppo avrebbe potuto creare se fosse stato maggiore. Dopo tutto quello che avevano passato, la Harkin ne sarebbe uscita devastata.

George sospirò pesantemente sedendosi su una delle poltroncine davanti a lui, le spalle basse.

«Hai intenzione di chiudere la società?»

«Come? No. Cosa te lo fa pensare?»

George lo indicò. «In queste ultime settimane eri piuttosto assente… arrivavi tardi, uscivi presto…»

Luke si sentì pungere al ricordo della velocità con cui aveva accettato la vendita delle azioni Seidler appena aveva visto Sam, solo per poter uscire il prima possibile. Aveva seriamente rischiato il futuro della società per una donna che nemmeno voleva far sapere al mondo che stavano insieme? Imprecò tra sé ai progetti che aveva fatto per alleggerire il lavoro una volta avuti dei figli, così da passare più tempo tutti insieme.

«Mi dispiace, George. Non succederà più.»

Aveva delle responsabilità non solo verso sé stesso ma verso i suoi impiegati e gli investitori. La sua leggerezza poteva costare a un pensionato la possibilità di un ritiro tempestivo proprio come era successo a suo padre con quel fondo. E fu quel pensiero a rimettere in riga le priorità di Luke, a rinnovare la sua concentrazione. Non avrebbe deluso più nessuno.

CAPITOLO VENTIDUE

L'eccitazione di Sam era al colmo mentre preparava la tavola. L'aver capito di amare Luke era stata un'epifania che non voleva più tenere dentro di sé. Voleva tutto con lui: amore, famiglia, matrimonio… Tutti quei sogni che aveva ritenuto morti, erano tornati con una forza allarmante e ora sperava che anche per lui fosse lo stesso. Avrebbe riservato il discorso su matrimonio e famiglia per un altro momento ma gli avrebbe dichiarato il suo amore, confermandogli di non desiderare più il segreto per la loro relazione.

Capiva solo ora che quella era stata una scelta da codardi. Era come se tenesse sempre un piede fuori dalla porta, come se pensasse che la loro storia non sarebbe durata. Da quando aveva deciso di chiarire i suoi sentimenti però, le sembrava di essere pervasa da un senso di calma. Aveva smesso di preoccuparsi per eventuali cadute perché sapeva che Luke l'avrebbe presa, come lei avrebbe fatto con lui.

Raddrizzò la schiena e guardò la sua opera: il tavolo

aveva un aspetto perfetto. Aveva aggiunto delle rose e due candele gemelle ai lati come decorazione; il vino era in fresco, l'insalata e la torta erano nel frigorifero e il resto della cena si stava scaldando in forno. Stava proprio per cambiarsi, indossando l'abito nero appena comprato, quando il cellulare suonò. Il suo cuore accelerò i battiti nel vedere che sullo schermo c'era il nome di Luke.

Mi dispiace ma questa sera non riesco a tornare.

Sam corrugò la fronte: qualcosa non andava, lo sentiva. Era da un po' che Luke non cancellava una serata, raggiungendola anche se era tardi. Le poche volte in cui l'aveva fatto, non era mai capitato così, all'ultimo minuto.

L'ansia si fece largo dentro di lei: si stava preparando a lasciarla? Non poteva essere, in fondo quel pomeriggio quando lo aveva lasciato in ufficio era stato tutto sorrisi e serenità. Le sembrava felice come non mai. E allora perché aveva mandato a monte la serata? C'era un'altra donna?

Sam si rimproverò all'istante per quel pensiero. Luke *non* era Jason, il tradimento non era nelle sue corde. Quei due potevano essere simili in superficie ma l'essenza era completamente diversa. Lo capiva adesso.

Jason aveva sempre manifestato una certa mitezza che non solo lo aveva spinto a farcela, ma anche a fargli cercare l'approvazione altrui, mentre Luke non si era mai particolarmente curato di cosa pensassero gli altri. A lui interessava solo la Harkin.

Sospirò al ricordo di quanto fosse concentrato quando si trattava di lavoro... si stava preoccupando per niente. Da quando lo conosceva, Luke aveva sempre vissuto e respirato la Harkin: probabilmente aveva semplicemente avuto un'urgenza.

Scuotendo la testa alla propria stupidità, Sam rispose al messaggio.

Va bene. Ci vediamo domani?

Il telefono suonò nuovamente dopo una breve pausa.

Sì. Verrò a casa tua.

Con le sopracciglia aggrottate, la donna posò il cellulare e andò in cucina a togliere la cena dal forno. Non importava quante volte si ripeteva che stava facendo un dramma di un nulla, non riusciva a liberarsi della seccante sensazione che qualcosa stesse andando tremendamente male.

Due giorni dopo, Luke esitava fuori dall'appartamento di Sam con una morsa al petto. Non voleva chiudere con lei. Non ricordava di essere mai stato così felice se non con lei ma qui c'era in ballo molto di più di sé stesso. Aveva una società e degli impiegati a cui pensare, che si meritavano un capo con i piedi per terra, non con la testa tra le nuvole.

Aveva ipotizzato di non vedere Sam nei fine settimana, ma sapeva che non avrebbe funzionato. Non solo dubitava della sua capacità di restarle lontano durante la settimana, ma era anche conscio che la sua mente non l'avrebbe mai lasciata, proprio come era successo negli ultimi due giorni. Non si erano visti eppure non era stato in grado di pensare ad altro. Prima di Sam, Luke non aveva mai avuto problemi a concentrarsi sul lavoro mentre ora si consumava pensando a lei. E come i suoi impiegati e investitori, anche la donna meritava più delle briciole del suo tempo.

Quegli ultimi mesi avevano dimostrato che Luke non era in grado di dividersi equamente tra la Harkin e Sam, perciò meglio lasciare quest'ultima. Il pensiero di una vita senza di lei era quasi del tutto insopportabile ma non poteva essere egoista, prendendo con un sorriso tutto quel che poteva perché in quel caso, non sarebbe stato migliore di Jason. Non intendeva sfruttarla.

Quello che peggiorava il tutto era la consapevolezza che l'avrebbe ferita. Magari lei non era ancora innamorata di lui, ma ci stavano arrivando. A Sam piaceva passare del tempo con Luke tanto quanto lui amava stare con lei e la cena con i suoi genitori gli diceva che era pronta a far funzionare la loro storia. Per la miseria: anche se detestava cucinare, gli aveva persino preparato la colazione. Erano tutti piccoli passi verso ciò che l'uomo voleva disperatamente ma ora lui doveva fare quel che era necessario.

Il pensiero della facilità con cui lei avrebbe sicuramente trovato un altro gli faceva torcere lo stomaco, ma doveva chiudere per il per bene di entrambi. Aprì la porta e la vide seduta al tavolo da pranzo davanti al computer, in sottofondo le notizie finanziarie.

Sam alzò gli occhi e gli sorrise. Luke provò un dolore al petto nel rendersi conto che non sarebbe più entrato nel suo appartamento trovandola al tavolo, che non l'avrebbe più sentita cantare sotto la doccia né si sarebbe svegliato abbracciato a lei.

La donna si alzò e lo raggiunse mentre lui restava lì impalato. Non voleva farlo.

Sam lo guardò con la fronte increspata. «Cosa succede?»

«Dobbiamo chiudere» dichiarò prima di perdere il coraggio.

Sarebbe stato semplice gettare ogni prudenza alle ortiche e godersi quel che avevano per tutto il tempo possibile, ma non doveva. La società esigeva la sua più completa attenzione, così come Sam aveva bisogno di qualcuno che la mettesse al primo posto, «Mi dispiace» aggiunse scuotendo la testa e col cuore a pezzi, «In ufficio ho sempre più da fare e non ho tempo per una relazione in questo momento. Devo concentrarmi sulla Harkin.»

* * *

«Oh» Sam provò una fitta al petto, «Capisco» disse, ma non era affatto vero.

Ma cos'aveva di sbagliato? Prima, Jason la tradiva perché lei non era abbastanza per lui, e ora Luke che pensava lo stesso. Perché sapeva che quella degli impegni era una cretinata. Avrebbe potuto benissimo dirle che voleva tirarsi indietro per riprendere quando le cose al lavoro fossero state meno frenetiche, ma non lo aveva fatto. Lui voleva lasciarla e stava cercando di renderle le cose più facili adducendo la scusa degli impegni.

Si accorse vagamente che la stava abbracciando e che il suo profumo l'avvolgeva.

«Grazie» le mormorò allontanandosi, «È stato fantastico.»

«Va tutto bene» si obbligò a dire.

Sì, faceva un gran male in quel momento ma Sam non

voleva stare con qualcuno che non la voleva. Sarebbe stata solo l'anticamera del fallimento per entrambi.

«È stata comunque solo un'avventura.»

Le parole con cui stava cercando di rendere insignificante la loro relazione le sembravano sbagliate, false. Una presa in giro di tutte le emozioni intense che Luke le aveva fatto provare.

«Amici?» domandò guardandolo.

Si stava solo illudendo: avrebbe fatto di tutto per uscire dalla vita di lui così da non essere costretta a vederlo assieme a un'altra donna.

«Amici.»

L'uomo esitò prima di darle qualcosa. Una chiave. Quella dell'appartamento di lei.

Il cuore di Sam andò in pezzi. Luke aveva pianificato tutto e lei non avrebbe mai avuto la possibilità di fargli cambiare idea. In quel momento fu felice di non averlo pregato, di aver reagito con dignità e compostezza.

«Grazie» replicò intontita.

«Sì… Io… ehm… ci vediamo.»

Appena lui uscì, Sam diede libero sfogo a tutte le lacrime che aveva trattenuto. Non sapeva perché, ma si sentiva molto peggio di quando aveva scoperto dei tradimenti di Jason. Luke le era penetrato sotto pelle, portandola ad amarlo come nessun altro aveva fatto e ora, Sam temeva che non si sarebbe mai più ripresa.

* * *

Cavolo, è una grande occasione. Devi comprare prima che ci pensi qualcun altro. E dopo fammi sapere, così ne compro un po' anche per me!

Sdraiato a letto, Luke sorrise dolcemente leggendo un vecchio messaggio che si era scambiato con Sam due settimane prima. Riusciva quasi a sentire la voce di lei e da masochista quale era, non riusciva a smettere di leggere. Di leggerli tutti.

Avrebbe conservato i ricordi degli ultimi mesi con lei per il resto della vita, odiando tutti quelli nuovi che si sarebbero formati nella veste di semplici amici. E non era nemmeno sicuro che ne avrebbero avuti. Da quando si erano lasciati, nessuno dei due aveva contattato l'altro e Luke non si aspettava certo che la situazione cambiasse a breve. L'aveva ferita ed era comprensibile che Sam volesse restargli lontana. O forse no. Se non avesse avuto l'intenzione di esserlo davvero, non gli avrebbe mai chiesto di restare amici. All'epoca, credeva sarebbe stato un inferno provarci, ma dopo due settimane senza vederla né sentire la sua voce, Luke avrebbe ucciso per una sua telefonata.

Lesse un altro messaggio in cui lei gli chiedeva cosa volesse per cena e capì che era ora di lasciarla andare. Aveva fatto la cosa giusta rompendo, doveva solo rassegnarsi. Col cuore a pezzi cancellò tutti i messaggi. Nel momento in cui li vide sparire provò un breve attimo di panico, poi tornò saldo: doveva andare avanti, non piangersi addosso. Non serviva a nulla guardarsi indietro e pensare a come le cose avrebbero potuto essere diverse perché non avrebbe fatto altro che sentire la sua mancanza ancora di più.

Dato che tanto non sarebbe riuscito a dormire, scese dal letto. Si sarebbe liberato di tutto ciò che gli ricordava Sam, altrimenti non sarebbe mai riuscito a proseguire con la sua vita. Andò a prendere un cesto da biancheria vuoto e lo riempì con tutto ciò che aveva lasciato nel suo appartamento: giacche, magliette, persino i regali che le aveva fatto negli anni in cui era stata con Jason. Stava aggiungendo un libro che Sam gli aveva regalato a Natale due anni prima, quando si ricordò dell'anello sulla mensola superiore della cabina armadio. Lo aveva sistemato lì perché non voleva averlo sotto gli occhi fino al momento in cui glielo avrebbe dato. Andò a prenderlo con un sospiro. Il giorno che l'aveva ordinato era stato così speranzoso, convinto che il suo amore potesse sostenere entrambi... Stupido, stupido, stupido.

Sapeva che avrebbe finito col donarlo in beneficenza ma per un breve attimo considerò l'idea di darlo a lei. La bocciò immediatamente e buttò la scatola nel cesto. Se l'avesse fatto, avrebbe sollevato domande alle quali non voleva rispondere dato che a conti fatti, nulla era cambiato e lui non poteva comunque averla.

Raddrizzò la schiena e provò una stretta al petto nel guardare il letto in cui insieme si erano coccolati per ore. Si rese conto che Sam riempiva l'intero appartamento e sarebbe sempre stato così. Se davvero voleva liberarsi di ogni ricordo, avrebbe dovuto trovarsi un'altra casa.

Samantha Johnson.

La donna guardò accigliata il documento cartaceo temporaneo. Aveva sempre pensato che una volta ripreso il suo nome da nubile si sarebbe sentita felice, anche sollevata, e invece era vuota dentro. A essere sincera, stava così da quando Luke aveva rotto con lei, perché starci insieme era diventato del tutto naturale. Senza di lui, si sentiva persa.

Il suo cellulare squillò. Sam ficcò il foglio nella borsa e prese il telefono.

«Ciao, Nina» la salutò mentre usciva dal tribunale nel calore estivo.

«Tesoro, che succede?»

Fece una smorfia. Era talmente presa dai suoi pensieri da aver scordato di dover suonare allegra. Di nuovo.

«Ho cambiato nuovamente il mio cognome tornando a Johnson, ma ancora non sembro averlo digerito. Magari quando mi daranno la patente mi sentirò diversa.»

«Dolcezza, a te serve del sesso per vendetta, non una patente.»

Il senso di colpa tornò a tormentarla al ricordo di come avesse usato Luke. Non era stato giusto quel che aveva fatto e ora stava pagando.

«L'ho fatto, ma non ha funzionato.»

Si era gradualmente illusa che quella loro storia fosse qualcosa di più, ma in realtà era sempre e solo stata un'avventura.

«Tu… aspetta. Aspetta… con chi? Quando? Come?»

Sam esitò. Dato che la storia non aveva funzionato, ringraziava che solo uno sparuto gruppo di persone ne fosse a conoscenza. Da un lato aveva reso la separazione più facile, perché non era stata obbligata ad affrontare domande e sguardi, ma Nina era una di famiglia, senza contare che le aveva sempre raccontato tutto.

«Con Luke» mormorò.

«Tu non fai mai nulla con moderazione, vero?» commentò l'amica dopo una breve pausa, «Io pensavo più a un compassato professore o un medico, mentre tu ti sei subito buttata sull'estremo.»

«Non credo sarei mai riuscita a fare sesso con qualcuno che non conoscevo» confessò Sam.

«Lo so. Il sesso occasionale non è per tutti. Come mai non ha funzionato, non era bello?»

«Era favoloso» ammise l'amica. Il migliore mai fatto.

«Oh, santa pace: ti sei innamorata, vero?»

«Già.»

L'ammissione riuscì a malapena a superare il grosso nodo in gola. Pensava ormai di aver finito le lacrime ma non era così.

«Oh, tesoro, mi dispiace tanto.»

«È colpa mia. Sapevo fin dall'inizio che non sarebbe stato solo sesso. Innamorarsi di lui è stato così facile» Sam sospirò, «So che mi sto comportando da ingrata: finalmente sono riuscita ad avere la chiusura netta che volevo mesi fa, ho venduto la casa e metà della società di Jason, mi sono trovata un appartamento in città e sono tornata al mio nome da single...»

E con quel che era successo con Luke, dubitava che lui si sarebbe mai più fatto vivo. Era davvero un nuovo inizio, peccato che questa volta non lo volesse. A prescindere da quanto fresca sarebbe stata l'aria, detestava l'idea di non rivederlo mai più.

«Però non è quel che desideravi» osservò scaltra l'amica, come se le stesse leggendo la mente.

«Già.»

«Senti, perché non vieni da me questo fine settimana? Potresti conoscere Andrew e aiutarmi a trovare l'abito da sposa. Guarderemo anche tutto il necessario per la damigella. Sarai la mia damigella d'onore, vero?»

«Mi piacerebbe tantissimo,» ammise Sam, «ma non pensi che dopo tutto quello che è successo io possa essere la scelta sbagliata?»

«Io credo che tu sia una persona tenacemente romantica e non vorrei nessun'altra a farmi da damigella.»

Gli abiti da sposa e da damigella era l'ultima cosa a cui Sam voleva pensare, ma per il bene di Nina avrebbe messo da parte la tristezza.

«Allora mi piacerebbe proprio.»

CAPITOLO VENTITRÉ

La porta si aprì dopo una leggera bussata.

«Sono quasi le due e non hai ancora mangiato» gli comunicò Sheila, «Vuoi che ti ordini qualcosa?»

«Non ho per niente fame» replicò Luke senza alzare lo sguardo dal resoconto che stava leggendo. Non era dell'umore nemmeno per parlare in quel momento.

«Va bene» disse la sua segretaria prima di fermarsi di colpo, «No, invece. Non va affatto bene. Ho cercato di farmi gli affari miei ma adesso basta: cos'è successo?»

Sorpreso da quell'uscita, Luke alzò la testa e trovò la solita Sheila che lo stava fulminando con lo sguardo.

«Niente» rispose finalmente, «Solo che ora non mi va di mangiare.»

Non aveva proprio appetito.

«Qualsiasi cosa tu abbia detto a Sam, scusati e basta.»

Il cuore di lui saltò un battito nel sentire il nome di lei, poi l'uomo si rese conto delle parole che la segretaria gli aveva detto.

«Sai di Sam?»

Sheila alzò gli occhi al cielo mettendosi a braccia conserte.

«Non ci vuole un genio per vedere com'eri diventato scontroso da quando lei se n'è andata e come invece hai iniziato a sprizzare gioia dopo il galà.»

Luke tacque e lei proseguì. «Scusati per qualsiasi cosa tu abbia detto o fatto, perché con tutti i tuoi grugniti e l'espressione fissa nel vuoto stai iniziando a spaventare parte dei ragazzi.»

Quelle parole gli ricordarono la conversazione avuta con Sam quando era venuta a trovarlo per andare a pranzo. Nemmeno immaginava che sarebbe stata l'ultima volta che uscivano assieme.

L'uomo corrugò la fronte all'ennesima illuminazione.

«Non t'infastidisce sapere di me e Sam?» domandò sorpreso. Jason era sempre stato popolare tra i suoi impiegati e Luke non riusciva a immaginare che accettassero la sua relazione con la vedova dell'amato capo.

Sheila fece spallucce. «È Wall Street, siete tutti un po' matti. E poi, almeno non hai soffiato la fidanzata a tuo figlio come quel tizio, Rick» rispose, riferendosi al manager di un altro fondo speculativo che aveva divorziato dalla moglie per poter sposare la fidanzata del figlio, «Ancora non riesco a crederci. Bastardo pervertito!»

La donna scosse il capo. «Fammi sapere se cambi idea riguardo al pranzo.»

Una volta rimasto solo, l'uomo si passò una mano tra i capelli. Sapeva che Sam non avrebbe approvato il suo modo di comportarsi ultimamente, ma la verità era che si sentiva spento. Gli sembrava di essere trasportato dalla corrente. Nemmeno il fatto che la Harkin fosse finalmente tornata sui binari giusti gli era d'aiuto, la sensazione di avere un grosso buco nel petto gli faceva temere che non si sarebbe più sentito sé stesso.

Aveva sentito dire che aver amato e perduto era meglio del non aver amato affatto, ma dubitava che chi l'aveva decretato avesse mai provato almeno un barlume di ciò che aveva provato lui per Sam. Non aveva assolutamente idea di come farcela senza di lei. Quella donna gli era arrivata talmente dentro che ora Luke non riusciva più a dormire. Aveva solo due chiodi fissi: lei e il fatto di non averla…

Gemette. Anche se amava quei momenti preziosi assieme a Sam, sapeva che sarebbe stato meglio negando che non rimpiangendo. Accantonò quei pensieri foschi e caotici e si concentrò sull'unica cosa che riusciva a gestire: il lavoro.

* * *

Il giorno seguente Luke era appena uscito dalla doccia quando il suo cellulare gli segnalò un messaggio. Sentì l'eccitazione correre lungo il suo corpo pensando ai motivi per cui Sam gli aveva scritto e dovette scorrere il polpastrello tre volte sullo schermo prima di riuscire ad aprirlo.

Posso salire?

Era nel palazzo! Che fosse venuta a dirgli che loro due erano fatti per stare insieme e Luke aveva fatto un errore? Magari era solo una visita per salutarlo. Qualsiasi fosse il motivo, era felice di vederla.

Certo. Il codice è rimasto lo stesso, come pure le tue impronte digitali.

Premette Invia poi corse a mettersi qualcosa addosso. L'ascensore si aprì proprio mentre lui entrava in salotto. Il suo cuore fece una capriola mentre si beava della vista di lei, i capelli scuri e quegli occhi bellissimi che avrebbe potuto ammirare per tutto il giorno. Era talmente felice di vederla che nemmeno si accorse dello scatolone tra le sue mani fino a che praticamente Sam glielo spinse contro.

«Ecco le cose che hai lasciato da me.»

Lo prese con lo stomaco chiuso: Sam si stava liberando di ciò che glielo ricordava. Così poco significava per lei il tempo trascorso assieme?

Luke sentì la gola serrarsi alla scoperta che per Sam si era trattato solo di una storia occasionale. Certo, lo aveva sospettato ma la conferma era un colpo al cuore.

«Aspetta, anche io ho roba per te» le disse, ritraendosi istintivamente. Se lei non voleva avere più nulla a che fare con lui, per Luke sarebbe stato lo stesso.

Prese il cesto in cui aveva buttato tutto quanto la notte precedente e tornò in fretta da lei. Sam non si era mossa di un centimetro, rimanendo davanti alle porte dell'ascensore. L'uomo suppose che non fosse intenzionata a restare più a lungo del dovuto. Furente, quasi le gettò la cesta ma quando la vide prenderla, se ne pentì. Aveva cancellato tutti quei messaggi e ora non gli rimaneva nulla di lei.

Stava quasi per riprendersi il cesto dicendole che era un errore, quando la sentì mormorare un ringraziamento accompagnato da un sorriso pallido.

«Che geni, eh?»

Era troppo tardi.

«Ci vediamo.» Sam si voltò e con due passi raggiunse l'ascensore.

Luke avrebbe voluto che tornasse da lui, ma le porte si aprirono e per l'ennesima volta, la donna se ne andò.

* * *

Perché fa così male?

Provò una fitta al petto mentre sistemava la cesta che le aveva dato Luke sul divano. Erano stati insieme solo per tre mesi. Tre mesi. Com'era possibile che la loro separazione la colpisse tanto, specie dopo tutto quello che era successo con Jason? La cosa peggiore che le potesse capitare avrebbe dovuto essere la fine del suo matrimonio, e invece non era così.

Sospirò passandosi le mani tra i capelli. Non avrebbe dovuto farsi delle grandi aspettative su Luke dati i suoi precedenti, eppure era come se ad ogni suo sorriso, ad ogni bacio, un pezzetto di lei si perdesse.

Dov'erano finiti il suo orgoglio, la sua dignità? Se lui non la voleva, lei non avrebbe dovuto desiderarlo, giusto? Invece era il contrario: lei lo voleva con ogni fibra di sé. Amare qualcuno quanto lei amava Luke senza esser ricambiati le sembrava quasi ingiusto, per non parlare della noncuranza con cui lui le aveva ridato i suoi oggetti! Era così preparato, probabilmente lo faceva con ogni donna che frequentava. Lei invece voleva semplicemente liberarsi di tutti i ricordi che le rendevano insopportabile la sua mancanza.

Sam ricacciò indietro le lacrime e dopo aver guardato nel cesto prese una felpa rossa che aveva lasciato da lui. La rabbia le esplose dentro: forse era un bene sapere quanto poco avesse contato per lui, così avrebbe superato la cosa più velocemente.

Determinata a lasciarsi Luke alle spalle, la donna ribaltò il contenitore sul divano, guardando con la fronte corrugata la scatoletta nera che atterrava sulla felpa. Non ricordava di avergli mai dato nulla di tanto piccolo. Sembrava quasi una scatola per gioielli.

La prese provando una certa tensione: era quella coi gemelli che gli aveva regalato assieme a Jason? Non rammentava nulla tranne il design, perciò la aprì e d'improvviso fu come se le avessero tolto il tappeto da sotto i piedi.

Un anello di diamanti?

Si ritrovò a pensare a mille motivi per cui Luke possedesse un anello con un solitario: aveva conosciuto qualcuna o lo conservava per un amico? Né Brian né Adam avevano una ragazza fissa, perciò Luke doveva aver conosciuto un'altra donna. *Ecco* perché aveva rotto con lei, non era occupato al lavoro: aveva un'altra!

Provò un intenso dolore al petto al pensiero che avrebbe sposato una donna che non era lei, ma poi rammentò che Luke non agiva mai d'impulso. Era un perfezionista fatto e finito, non avrebbe mai fatto un acquisto simile per l'ultima arrivata. Doveva aver frequentato entrambe contemporaneamente, un'idea che la fece esplodere di rabbia: ecco perché era stato così accondiscendente nel tenere segreta la loro relazione!

Il sangue le ribollì. Chiuse la scatola con forza poi andò alla porta. Poteva non aver detto a Jason quel che si meritava di sentire, ma di sicuro lo avrebbe fatto con Luke, godendosi ogni secondo!

* * *

Il sacco scricchiolò ondeggiando all'indietro. I muscoli di Luke si tesero nell'attesa: gancio destro, diretto sinistro. Scricchiolò nuovamente allontanandosi e quando tornò, lo colpì con forza anche maggiore, caricandolo con tutta la sua frustrazione. *Sapeva* che non avrebbe mai dovuto iniziare una storia con Sam, si era semplicemente illuso che tra loro potesse essere reale.

Due uppercut.

Quanto gli sarebbe piaciuto poter tornare indietro ed evitare che accadesse tutto quanto. Iniziavano a fargli male i pugni ma continuò a colpire. Il dolore era meglio dell'indifferenza che provava da quando si erano lasciati.

Era talmente preso dal sacco che non sentì l'ascensore. Emise un brontolio, convinto che la madre fosse venuta a controllarlo dopo che l'uomo aveva ignorato le sue chiamate. Sapeva che avrebbe dovuto rispondere ma non se l'era sentita di fingere che tutto andasse per il meglio quando non era così. Ancora non le aveva detto che aveva lasciato Sam. Non solo non voleva la sua pietà, ma ammettere la separazione davanti alle uniche persone messe a parte della loro storia, rendeva in qualche modo la cosa definitiva. Sospirando tolse i guantoni e andò in soggiorno ma invece di sua madre, vide Sam avanzare infuriata e spingergli contro qualcosa lanciando lampi con lo sguardo.

«Vuoi spiegarmi cos'è questo?» domando.

L'uomo abbassò gli occhi e provò una stretta al petto nel vedere l'anello.

«Nulla» rispose.

Non le serviva sapere che era stato tanto stupido da pensare che avrebbero passato il resto della vita assieme.

«Nulla» gli fece eco Sam, «Come hai potuto fare questo a me e a un'altra donna? Pensavo fossi migliore.»

«Cosa?» domandò lui confuso. *Quale altra donna?*

«Non riesco a credere che tu mi abbia tradito con un'altra mentre stavamo insieme.»

Luke detestò la delusione dipinta nei suoi occhi, specie considerato che non era affatto colpevole. Non avrebbe mai dato per scontato l'amore di Sam a quel modo. Al contrario, l'avrebbe accettato felicemente, passando il resto della vita ad assicurarsi che lei non si pentisse della decisione presa.

«Io non ho mai tradito nessuno in vita mia» ribadì. Non gli piaceva vedere la bassa opinione che aveva di lui, «Sono sempre stato sincero con te.»

Lo sguardo di lei lampeggiò nuovamente. «Non ci credo: nemmeno lo ammetti! Ecco, prenditi il tuo anello.»

«Tienilo» le offrì svelto. Poteva essersi pentito di aver cancellato gli SMS e di averle ridato tutte le sue cose, ma quell'anello gli avrebbe solo rammentato ciò che aveva perso, «E comunque non c'è stata proposta.»

«Beh, è stato bello aiutarti a fare chiarezza nei tuoi casini» lo rimbeccò lei maligna. Spinse la scatoletta contro il suo torace e si allontanò per la seconda volta quel giorno.

La donna che amava aveva una pessima opinione di lui.

«Aspetta» la fermò Luke seguendola, lo stomaco contratto. Quando lei non accennò ad assecondarlo, le strinse un braccio. L'istinto ebbe immediatamente la meglio e la baciò. Sam lo ricambiò, forse seguendo la sua stessa indole ma l'uomo riuscì a percepire le scariche di rabbia che la percorrevano. Nemmeno quel sentimento però avrebbe rovinato il bacio, perché lei era nuovamente tra le sue braccia.

E poi qualcosa cambiò. Sam divenne più dolce e improvvisamente, Luke non si sentì più tanto disperato. Sembrava che entrambi stessero prendendo tempo per scoprire nuovamente il reciproco sapore. Premendo le dita nella sua carne, lui emise un gemito profondo. Dio, quanto le era mancata. Luke si sentiva nuovamente a casa. Approfondì il bacio gustandola e godendo della sensazione di lei... Lei, che troppo presto iniziò a ritrarsi.

«Ti amo» le disse, disperato all'idea che quella fosse l'ultima volta in cui poteva sentire il sapore delle sue labbra mentre la stringeva a sé.

Sam rise. «Come? Ti va male una proposta, quindi avanti la prossima?»

«Non c'è mai stata un'altra donna» ripeté lui frustrato, «Solo tu. Ho comprato l'anello per te.»

Lei esitò per un microsecondo prima di tornare rigida. «Prima o dopo avermi mollato?»

«Prima.»

«Quindi prima mi compri un anello di fidanzamento, poi decidi di rompere? Dovevi scriverla meglio questa storia.»

Stava per mollarlo lì e una paura mai provata s'impossessò di lui.

«Non andartene» la pregò stringendola nuovamente, «Io ti amo» dichiarò nascondendo il viso nel famigliare profumo di vaniglia del suo collo, «Ti ho sempre amata.»

«Che cosa significa?» domandò Sam, il tono improvvisamente cauto mentre si scostava per guardarlo.

«Che ti amo fin dall'inizio» rispose semplicemente lui, «Non so cosa sia successo. Sono passato dal pensare che avrei dovuto trovare una donna come te, al volerti. Probabilmente fu per quello che ti rivelai della scappatella di Jason anni fa.»

Luke sospirò passandosi una mano tra i capelli. «Okay: è stato *esattamente* quello il motivo. Diciamo che non rappresenta il mio momento migliore, ma detestavo quel suo modo di darti per scontata. Ogni volta che lo vedevo uscire dall'ufficio sapendo che non andava affatto a un incontro di affari, morivo perché tu meritavi di meglio.»

Sentì la gola chiuderglisi. Moriva dalla voglia di toccarla ma sapeva di non averne diritto.

«E non ti merito nemmeno io, però ho bisogno di te nella mia vita. Ti prego, non andartene.»

* * *

«Lo so che ho fatto un casino, ma sto impazzendo» Luke si mise in ginocchio trattenendo una delle sue mani, «Vuoi farmi l'onore di diventare mia moglie?»

Il cuore di Sam si mise a fare le capriole, riscaldato dal

calore del suo sguardo: non riusciva a credere alle proprie orecchie. Luke la amava?

«Dici sul serio?»

«Sì. Non riesco a immaginare di vivere senza di te, non voglio farlo. Queste ultime settimane sono state una tortura.»

Lei scosse la testa confusa. «Ma sei stato tu a rompere!»

L'uomo fece una smorfia. «Sei una tale distrazione che è semplicemente troppo facile per me mollare il lavoro per stare assieme a te, però ho scoperto che da solo è peggio. Ho bisogno di te, Samantha. Ti prego, dimmi di sì.»

Era proprio vero?

Sam cercò la risposta nei suoi occhi e vide l'onestà. Grata, batté le palpebre un paio di volte poi si mise in ginocchio davanti a lui.

«Non pensavo che mi sarei innamorata di nuovo, non dopo quello che mi ha fatto Jason» gli spiegò prendendogli il viso tra le mani, «Eppure so di amarti più di quanto abbia mai amato lui. Non mi sono mai sentita tanto devastata come nelle ultime…»

Lui la interruppe baciandola e lei lo reputò giusto così, perché quei baci non erano mai sufficienti.

«Ti amo» dichiarò Luke staccandosi per guardandola negli occhi.

Quelle parole le colmarono il cuore di gioia. «Anche io ti amo.»

Lui rise. Entrambi si rialzarono in piedi ricominciando a baciarsi.

«Dillo ancora» la pregò lui ritraendosi.

«Ti amo.»

Luke sorrise e le diede un ulteriore bacio. Quando le mani corsero al suo punto vita per sollevarla, Sam provò un brivido.

Raggiunsero la camera e lui la depose gentilmente sul letto.

«Anche io ti amo.»

Le strinse il viso tra le mani poi passò a dimostrarle quanto.

EPILOGO

Un anno e mezzo dopo

Luke provò una stretta al cuore guardando Sam che entrava in ufficio spingendo il passeggino. Dopo tutto quel tempo, gli faceva ancora lo stesso effetto anche solo entrando in una stanza. Non sapeva come avesse fatto a essere tanto fortunato da avere lei come moglie e quella splendida figlioletta piena di salute, ma sarebbe stato grato per sempre. Loro erano il suo tutto.

Pensare a quanto fosse andato vicino a perdere Sam lo spaventava ancora. Non riusciva a credere di aver quasi scelto la società al suo posto, di aver pensato di doverlo fare. Abituarsi a delegare il lavoro agli altri gli aveva richiesto tempo, ma non era stato così difficile come avrebbe creduto, specie quando significava poter avere più tempo libero da passare con lei.

Si alzò a baciare la moglie, lasciandole le guance arrossate. Sapere che le strappava ancora la medesima reazione gli strappò un sorriso.

«Dorme?» domandò accennando alla loro piccola Suzie.

Sam sorrise. «No. Si è svegliata mentre eravamo nella piazza di scambio. Tutti volevano vederla.»

La stampa aveva criticato la loro relazione, insinuando persino che lei e Luke si fossero frequentati anche mentre Jason era vivo, ma tutti alla Harkin erano stati sorprendentemente tolleranti. Secondo Adam era perché dopo il matrimonio con Sam, Luke era diventato un capo con cui era più semplice lavorare, ma lui pensava che gli altri fossero semplicemente felici di riavere lei in ufficio. Comunque fosse, era grato. Non avrebbe mai voluto che sua figlia venisse trattata in modo differente per colpa delle scelte amorose dei genitori.

Si chinò e vide dei bellissimi occhi scuri, proprio come quelli della mamma, che lo guardavano da sotto la copertina.

«Ciao, piccolina» la salutò portando la mano davanti a lei. Suzie sgranò gli occhietti e gliela afferrò.

«Ho una riunione tra dieci minuti» annunciò Sam.

Oltre a gestire i capitali di amici e famigliari, ora si curava anche di una parte del portafoglio societario.

«La guardi tu o chiedo a Brenda? È di nuovo di sotto che sta flirtando con Ruben.»

Luke rise al pensiero della baby-sitter che faceva gli occhi dolci alla guardia di sicurezza.

«Lasciali stare, credo proprio che troveremo qualcosa da fare.»

Suzie batté le manine e scalciò come a indicare che era d'accordo.

«Grazie.»

Sam lo raggiunse per un breve bacetto ma Luke aveva tutt'altra idea. Girò il passeggino al contrario e dopo aver cinto la moglie, approfondì il bacio.

Dopotutto, mancavano ancora dieci minuti.

DOLCE PASSIONE

Olivia Montgomery dovrebbe sentirsi emozionata quando le viene assegnato il compito di rinnovare Il Palazzo. Ha sempre desiderato restaurare l'hotel del nonno per riportarlo alla sua gloria originale. Sfortunatamente il nuovo proprietario, Adam Campbell, ha altri progetti. Invece di rinnovare l'hotel, vuole distruggerlo e Olivia non può permetterlo: farà tutto ciò che è in suo potere per conservare la visione del nonno.

Quando Adam capisce le sue intenzioni, decide di tenerla sotto controllo... da molto molto vicino.

www.ingramcontent.com/pod-product-compliance
Lightning Source LLC
Chambersburg PA
CBHW021301190726
48288CB00003B/641